Em estado de memória

Tununa Mercado
Em estado de memória

Tradução de
Idelber Avelar

Obra editada no âmbito do Programa *Sur* de Apoio
às Traduções do Ministério das Relações Exteriores,
Comércio Internacional e Culto da República Argentina

EDITORA RECORD
RIO DE JANEIRO • SÃO PAULO
2011

CIP-Brasil. Catalogação-na-fonte
Sindicato Nacional dos Editores de Livros, RJ

M524e Mercado, Tununa, 1939-
Em estado de memória/Tununa Mercado; tradução de Idelber Avelar. — Rio de Janeiro: Record, 2011.

Tradução de: En estado de memória
ISBN 978-85-01-09092-8

1. Romance argentino. I. Avelar, Idelber. II. Título.

10-5938.   CDD – 868.99323
                                CDU – 821.134.2(84)-3

Título original em espanhol
EN ESTADO DE MEMORIA

Copyright © 1990, Tununa Mercado

© Ada Korm Editora S.A.

Editoração eletrônica: FA Editoração

Texto revisado segundo o novo Acordo Ortográfico da Língua Portuguesa.

Todos os direitos reservados. Proibida a reprodução, no todo ou em parte, através de quaisquer meios.

Direitos exclusivos de publicação em língua portuguesa somente para o Brasil adquiridos pela
EDITORA RECORD LTDA.
Rua Argentina, 171 — Rio de Janeiro, RJ — 20921-380 — Tel.: 2585-2000, que se reserva a propriedade literária desta tradução.

Impresso no Brasil

ISBN 978-85-01-09092-8

Seja um leitor preferencial Record.
Cadastre-se e receba informações sobre nossos lançamentos e nossas promoções.

EDITORA AFILIADA

Atendimento e venda direta ao leitor:
mdireto@record.com.br ou (21) 2585-2002.

Em memória de Mario Usabiaga

Sumário

9   A DOENÇA
31 O FRIO QUE NÃO CHEGA
45 CORPO DE POBRE
63 CURRÍCULO
73 ORÁCULOS
85 ORDEM DO DIA
93 ESTAFETA
101 ALVÉOLOS
113 A ESPÉCIE FURTIVA
125 VISITA GUIADA
137 CASAS
145 EMBAIXADA
153 RECEPTÁCULO
163 FENOMENOLOGIA
175 INTEMPÉRIE
205 O MURO

A DOENÇA

O nome de Cindal, cuja ortografia desconheço, de vez em quando, associa-se a um homem e a uma frase que ele repetira sem cessar na antessala de um consultório psiquiátrico. *Diga-lha que faça alguma coisa por mim, que faça alguma coisa por mim! Tenho uma úlcera, uma úlcera!*, clamava, demonstrando algo mais que uma recorrência. Enquanto ele implorava, eu imaginava que, em uma fábrica, em algum lugar de seu corpo, na boca do estômago, pelo gesto de dobrar-se e abraçar-se à cintura, se abriam úlceras sem dó nem piedade. O gemido paralisava as pessoas da antessala que havíamos acudido por problemas menores, se comparados à situação terminal de Cindal. A secretária, a quem ele havia perguntado pelo médico, não sabia como lidar com aquele caso fora do comum, sem hora marcada, sem consultas prévias, que irrompia sem ter se antecipado por telefone e que não parecia vir de um homem violento. Ela havia desaparecido clínica adentro e reaparecido para dizer que o doutor não poderia vê-lo, que estava em atendimento e que depois o grupo na sala de espera deveria entrar. Então, o homem veio até nós e rogou-nos, com voz já entrecortada pelo sofrimento, que lhe deixássemos uns minutos de nossa hora. Mas a hora era inviolável, e, apesar de estarmos de acordo em lhe ceder o terreno de nossa loucura para que ele espraiasse ali a sua, abonando, talvez, a nossa, o psiquiatra foi taxativo: não iria recebê-lo.

Tão desvalidos estamos nas mãos dos psiquiatras, que não se pode, sequer, discutir o que eles impõem; chega-se, inclusive, nessa submissão supostamente transferencial, a julgar que o médico pode ter escolhido uma tática terapêutica eficaz quando decide *endireitar* um desesperado fora de hora. Ele quis endireitar Cindal, fazê-lo ver que não poderia lidar como quisesse com sua loucura e com o tempo dos outros e, por fim, Cindal foi embora, não sem antes ter implorado o máximo que pôde por sua internação: *Por favor, me interne!* O psiquiatra, já no consultório, não respondeu a quaisquer de nossas perguntas e manteve-se em silêncio; vim a entender que, com o tempo, esse silêncio analítico sepulcral foi se aperfeiçoando para aqueles que procuram respostas imediatas a seu desespero. Cindal enforcou-se naquela mesma noite.

Não deixo de pensar em Cindal, quem o terá chorado, e quem ainda o chora. Além de mim, quem se lembra dele, dobrado em dois, lastimoso, produzindo sua úlcera como quem faz um dever, como quem cumpre uma tarefa escolar na antessala da morte e traça uma letra fulgurante e vermelha com as feridas da úlcera, e sangra por dentro em torrentes, e acaba indo embora para o outro mundo, nesse arrastão, afogado no próprio sangue. Ele, suponho, levantava-se de manhã ou de noite, ou no transcurso do dia, depois de um breve cochilo no qual talvez tivesse conseguido controlar sua dor, acordava e deparava-se ali com a úlcera apenas, não uma úlcera isolada, mas uma úlcera em constante comunicação com a mente, como se ela fosse única e se parecesse com o terror que ela desencadeava ou que a desencadeava. A úlcera e o terror, juntos, assolavam Cindal no despertar a qualquer hora do dia. Dobrava-se em dois e gemia, pedindo ajuda.

Pessoas assim, que sofrem com tanta convicção — isso foi dito depois que Cindal se pendurou de sua corda —, devem ser deixadas, nada se pode fazer; e quando pessoas assim procuram a própria morte e a encontram, costuma-se pensar que encontraram a paz, que deslizaram suavemente para algo diferente e que, no final das contas, pararam de sofrer. Deixaram Cindal morrer porque se pensou que era isso o que queria e que, mais cedo ou mais tarde, o iria encontrar. Cindal, cujo nome vem com regularidade à minha memória, sempre acentuado na letra *i*, e cujo gesto de se dobrar reitera-se em mim em sucessivas evocações, deixaram-no morrer porque sua demanda não poderia ser preenchida e porque reclamações desse tipo não fazem mais que escurecer a vida dos outros e minar a plenitude a que todos têm direito. Ninguém que viva em conformidade, cheio de projetos e certezas, ninguém que receba constantes gratificações pode baixar a guarda e deixar entrarem pessoas como Cindal, que não marcou uma consulta, que não reservou qualquer passagem e que chegou atrasado à última margem da lucidez, aquela que um consultório psiquiátrico poderia lhe oferecer. Muitas vezes evoquei o nome de Cindal em situações semelhantes à que ele havia sustentado, implorante, na antessala do psiquiatra. Há uma grande diferença, todavia, entre suas demandas e as minhas. Ele parecia decidido a fazê-las no grito, como se o pudor o tivesse abandonado e nada mais pudesse ocultar sua autocomiseração. Não tinha controle sobre suas súplicas, havia descido de joelhos até a genuflexão, dobrava-se, nenhum orgulho podia deter, então a consciência de seu fim. Eu, ao contrário, postergo qualquer afloramento da angústia de maneira obstinada, em grande parte por boa educação, para não arruinar a festa de ninguém, escondendo, com artimanhas, os altos picos de aflição que me assaltam. Seria muito difícil manifestá-los, decepcionar as pessoas, fazê-las ver que a antiga seiva do poema, "a que pelo verde talo impulsionava a flor, a mesma que impulsionava meus verdes anos", era, na realidade, uma perfeita indutora de úlcera e gastrite, e que derrubar a tranquilidade com que me viam pastorear as horas e os dias não teria servido para nada.

Em termos terapêuticos estritos, a psicanálise sempre me foi poupada. Nunca, para dizer a verdade, pude recorrer a um tratamento clínico individual em que eu oferecesse, na horizontal, os materiais de meu inconsciente;

sempre, por razões econômicas, tive de frequentar terapias de grupo, nas quais, sem maior esforço, consegui escamotear dos olhos de meus companheiros, e talvez da sagacidade do psiquiatra, minha angústia e minha vulnerabilidade. Dei um jeito de dissolver-me nas risadas ou nos prantos coletivos, munida de minha boa educação e de um suposto bom-senso que, por ser acerbo, se parece bastante com amargura.

Não tive, então, um tempo individual em que discernisse meus conflitos de maneira especializada e específica. Nenhum psiquiatra se ocupou de mim em particular, deixando sem leito a imensa capacidade de transferir que me caracteriza e que tem me levado a diversas formas de dependência de médicos de toda laia, incluídos os dentistas, os ginecologistas e, sobretudo, os curandeiros das mais variadas espécies: santeiros, xamãs e suas "plantas mestras", as quais efetuaram a limpeza de meu corpo. Com ramos de menta e manjericão, defumador de mirra e incenso, com alhos, loções, teixos de coco, oráculos e outras superstições. Alguns tentaram curar meu mal e salvar-me dos feitiços; em ocasiões, conseguiram-no, porque não deve haver terreno mais fértil para as curas que meu corpo e minha alma.

Em 1967, sete dias depois da morte de Che Guevara, que feriu nossas vidas de modo tão irreparável e fatal, antes de eu empreender uma viagem à França e de uma longa estada nesse lugar, o consabido psiquiatra, que me conteve em seu grupo durante três anos e expulsou, impiedosamente, Cindal, vendo que eu poderia soçobrar nesse trajeto transatlântico, concedeu-me algumas horas individuais em que não pude dizer uma só palavra. Sozinha, sem as muletas do grupo, permaneci calada, não tive nada a dizer a meu analista, nenhum inconsciente se manifestou, não contei qualquer sonho, e ele também permaneceu em silêncio nessas duas ou três sessões, sem que eu soubesse, portanto, qual era sua avaliação de meu estado psíquico, nem se me condenava ou me absolvia com aquele silêncio, ou se, finalmente, não tinha nada a me dizer. Porém, o certo é que, vendo que eu talvez não teria forças para sobreviver às mudanças que se aproximavam, ele me deu o endereço de uma psiquiatra suíça que falava espanhol e que havia morado e trabalhado na Argentina. Disse-me também que iria lhe escrever, e até cheguei a imaginar que enviaria um diagnóstico sobre mim. Essa suposição de que eu poderia ter uma existência como *caso* me tranquilizou: minha saúde ou minha doença mental adquiriram um caráter singular. Não é um absurdo falar de "doença mental", uma vez que, na terapia, nunca deixava de nos inculcar que estávamos ali como doentes mentais.

Já na França, quando percebi, de fato, que não estava em condições de aguentar qualquer "mudança", eufemismo com que se costuma designar os momentos cruciais, escrevi a carta prometida à psicanalista suíça, logo no dia seguinte à minha chegada. Não esperei, mal havia tirado meus pertences das malas e comecei a escrever essa carta.

Disse-lhe que eu havia sido paciente do doutor Fulano de Tal até há pouco tempo, que ele, por sua vez, haveria de lhe escrever brevemente sobre meu caso e que eu queria vê-la para estabelecer um tratamento. Propus-lhe umas sessões quinzenais e expliquei que morava a uns poucos 100 quilômetros de Genebra, onde ficava a clínica, e que pensava em fazer uma viagem para expor meus sofrimentos. A carta foi escrita, naturalmente, em espanhol, não só porque ela dominava a língua, mas também porque eu não falava nenhuma palavra sequer em francês. Só sabia recitar um fragmento de *A náusea*, de Sartre, que havia lido em voz alta muitas vezes até saber de cor, em umas aulas de francês duas semanas antes de sair de Buenos Aires. Estive tentada, inclusive, a transcrever esse trecho para ilustrar minha angústia, mas não o fiz: o mero fato de enviar a carta, de pôr a mira em um alvo psiquiátrico, fez-me sentir melhor. Tanta é minha disposição terapêutica e tão consuetudinária, que, quando a carta saiu para o devido destino, nesse instante, todas as minhas esperanças se depositaram na Suíça.

O inverno começava cruel, muito cruel; as estradas cobriram-se de neve, e me dei conta de que a famosa viagem entre Besançon e Genebra poderia estar infestada de desventuras. Vi-me atravessar as florestas geladas, em trens brancos e por países brancos, e tive uma antecipação de pânico, que só pôde ser disfarçada pelas expectativas de cura. Atravessaria os gelos, mas eles não se quebrariam sob meus pés — não molharia o rabo, como a raposa do I Ching em sua travessia invernal — porque teria um tratamento individual, prolongado, radicalizado e psiquiátrico.

Nunca atravessei os gelos; Madame Spira, que pelo renome talvez seria a psicanalista da rainha Juliana, não poderia assumir um compromisso quinzenal comigo "no momento"; suas horas estavam todas tomadas. A carta que me enviou não fazia menção a *caso* algum enviado de Buenos Aires, a nenhuma carta que me apadrinhasse, tampouco a meu psicanalista; dizia estar às ordens para mais adiante e perguntava se eu a desculparia. A resposta não me surpreendeu: eu já havia me dado conta da façanha de pagar uma análise em francos suíços, das viagens esquivando montanhas e à beira de precipícios em francos suíços, do alojamento semanal junto ao lago Léman ou longe dele em francos suíços; tudo isso tinha ficado irrisório havia semanas, desproporcional, como um sonho de pobre. Fracassava, uma vez mais, minha intenção de oferecer-me uma cura analítica profunda, individual, à qual milhares de argentinas e argentinos haviam tido direito ao longo dos últimos trinta anos.

Sempre me contentei com curas sucedâneas. Por exemplo, no retorno à Argentina daquela estada na França, o mesmo psicanalista que, sem perceber o desmedido de seu propósito, havia me colocado em contato com Madame Spira, me recomendou a uma colega sua daquela vez, uma que, de novo, dadas as minhas condições econômicas, me colocou em um grupo. Minha primeira análise grupal havia sido com alucinógenos. Cada vez que relatei essa experiência em termos estritos e medianamente verazes, os que me escutam vestem uma cara neutra que delata, mais que indiferença, a decisão de manter distância de uma espécie de perigo de um possível contágio sobre suas pessoas. Quando digo que tomávamos ácido, psilocibina ou mescalina, nomes temíveis, eles preferem não ouvir e apenas me observam para ver se o dano aparece em algum sinal.

A verdade é que havia cessado essa terapia com psicotrópicos quando consultei minha nova psicanalista. Depois do golpe de 1966, esses tratamentos foram questionados e proibidos: confundiu-se de maneira acrítica, por razões ideológicas ou morais, o uso psiquiátrico com a dependência, permanecendo sem progresso uma técnica que se baseava na alucinação. Abandonados ao efeito de um ácido, havíamos voado até as zonas da origem, e com um altíssimo custo naquele momento, porque quem acredita que essas incursões produzem felicidade, estritamente felicidade, se equivocam: a comoção que provocava esse regresso a qualquer fonte, fosse o útero materno, abóbada da espécie, ou o eco do primeiro pranto órfão e daí por diante, não é de se desejar a ninguém. Somente porque nos haviam convencido do caráter médico dessas práticas, o grupo se entregava a elas e aceitava o risco de perder ou ganhar tudo em uma única sessão.

Já que não se podia tomar substâncias como o peiote sem que ocorresse a alguém questionar a lei que as proibiam, o grupo reunia-se ao redor da psicanalista, sem o ácido, exposto somente aos efeitos de seu olhar de mulher-pássaro. Ao sair do consultório, costumávamos ir à casa de um de nós para fumar haxixe ou qualquer outro tipo de sumidades floridas, em uma atitude tipicamente substitutiva. Em uma dessas ocasiões, traguei o cigarro com fruição demais e, quando cheguei à minha casa, estava desdobrada, queria dizer *eu*, mas dizia *ela* e rogava para que voltassem a me unificar, que me restituíssem ao armário de onde provinha e no qual havia estado até aquele momento, com tanta despreocupação como inconsciência. Custou muitíssimo voltar a mim, ou tirar de mim uma *outra* que eu entrevia e a que não poderia aceder, ou ainda *mais uma outra* que não me soltava, eu sem saber distinguir entre a outra que deveria afugentar e a minha que deveria reter.

Apesar dos escassos paliativos que a psicanálise me ofereceu, uma espécie de preliminar que rodeava a profundidade, nunca deixei de me entregar às suas mãos. Em pleno exílio, quando todos os dias havia alguma notícia terrível da Argentina, muitas vezes se tratava de telefonemas de qualquer confim da terra, incluída a terra natal, que nos diziam que assassinaram alguém, várias pessoas, uma em particular que era muito próxima a nós, quase um parente, duas ou três que haviam mantido comigo algum tipo de vínculo. Nesses momentos tão cruéis que nos obrigavam a sentar na beira da cama e a chorar, viver era sobreviver. Mas, em um daqueles dias, o peso foi demasiado, um dia em que o morredouro a que estávamos submetidos foi atual e imediato demais, senti que minha saúde desmoronava. Os espasmos da gastrite, que apareceram mais tarde com nitidez, eram, até então, apenas uma dor difusa na boca do estômago, uma leve sensação, semelhante à que poderia haver deixado um golpe acidental em uma brincadeira infantil. As coisas aconteciam sobretudo na garganta, que se obstinava em reproduzir anginas vermelhas, pultáceas, resistentes a qualquer antibiótico. Alcatroada, com a mucosa rígida e escorregadia, os gânglios enfartados, sem nenhum cílio que vibrasse à passagem do ar ou ao som da voz, mas com uma profusa colônia de auréolas, a garganta era o lugar no qual minha própria morte parecia gestar-se.

Eu tinha cãibras no pescoço e uma incipiente septicemia que poderia ter tido um desenlace definitivo; passei por médicos, clínicas, laboratórios e me expus a exames. Inutilmente, verti meu sangue em provetas e submeti meus fluidos a cultivos, e nada aconteceu; a cura passou longe, sem me ver. Em meu retábulo pintado, eu poderia ter aparecido no leito de enferma, o teto do quarto aumentado pela febre, a janela desenhada no muro, com as cortinas recolhidas para deixar entrar a luz do Espírito Santo: cena de milagre, de recuperação por obra de um poder luminoso. Uma lenda poderia ter rubricado aquela cura: "Quando já se perdia a esperança de mantê-la com vida, encomendou-se à Virgem, curando-se por sua Graça nos dias últimos de outubro do ano do Senhor de

1976." A Obra foi, na realidade, da homeopata unicista e do remédio de calêndula diluída em um copo d'água, com doses espaçadas a cada meia hora, depois de hora em hora e, para terminar, três vezes ao dia. Tive sorte porque ninguém se aventurou a dizer que meu problema era psicológico e tornou-se como natural que eu fosse a um médico. A outros que chegavam ao exílio, quando demonstravam ter perdido a energia, dizia-se que era normal ter esses sintomas, que o desenraizamento e os tempos vividos na Argentina, com tantas perdas, terror e lutos, não poderiam, senão, tê-los deprimido. Eram aconselhados a receber um apoio psicanalítico que, segundo as práticas do momento, deveria convir com as convicções políticas da linha de ação a que pertencia. Esse analista, ao qual se entregavam os recém-chegados, poderia ficar em sua própria redoma e não indicar análise de laboratório, aferrado à sua ideia sobre a depressão; então, o organismo se aventurava a trazer à tona seus males passados, a doença seguia seu curso, desalentando o psicanalista e o doente, optando o primeiro por *derivar* seu paciente, desconsiderada ação cuja consequência era, de fato, uma deriva, de uma ponta a outra, de uma orelha a outra, de divã a cadeira, com interpretações flutuantes acerca dos sintomas: julgar rigidez como histeria, transtorno neurológico como regressão ao seio materno, incontinência urinária como uma tentativa por parte do paciente para chamar atenção; e assim por diante.

Passamos toda a vida tentando nos apoiar em colunas, colar a pobre massa psíquica a estruturas exteriores, com o objetivo de dotar-lhe de uma forma, ampararmos uns aos outros, sejam pessoas, animais ou coisas, até fundir-nos com eles. Elaboram-se costumes, procurando, por meio da repetição, a maneira de evitar a infelicidade. Os recursos não têm fim e renovam-se de maneira cotidiana; operam, às vezes, como conjuros, oferendas ingênuas que, hora a hora, vão se depositando em pequenos altares domésticos e pelas quais se espera recompensa. Se é lua cheia, por exemplo, fecham-se as janelas para impedir a exacerbação da loucura que seus raios incitam; se o vento ulula também fecham-se as janelas para que não entrem seus malefícios. Se, pelo contrário, um pássaro canta, espicha-se atentamente o ouvido para que o benefício de seu trinado penetre. As pessoas relacionam-se constantemente com o exterior, o que vem do outro lado da parede condiciona seus movimentos e organiza seus rituais. Procuram, fundamentalmente, estar em um grupo, pertencer à sociedade, pensando, talvez com razão, que isso possa afastar deles a loucura ou, pelo menos, a incerteza.

O que eu deveria expor a um psiquiatra ou, em nível ou grau diferente a um psicanalista, era uma série de núcleos que não conseguia se dissolver. Eram, ou são, estados de desvalia, fragilidades que me impediam de enfrentar com naturalidade os fatos cotidianos; deveria explicar a esse analista que qualquer situação de *competição* provocava em mim uma necessidade imperiosa de fugir e de não enfrentar; se esse confronto era a respeito de méritos, o impulso de apagar-me do campo se transforma em um foco inextinguível de ansiedade, como se dirimir minhas capacidades para ocupar um lugar pusesse à prova toda a minha existência.

Não podia disputar lugares, e se, por obra das circunstâncias, alguma vez eu era julgada de forma valorativa e positiva por alguém, essa avaliação nunca surgia de uma contenda na qual eu tivesse podido ser eleita entre pares, mas sim à margem, como se somente depois de muita demora se descobrissem os méritos de minha pessoa. Brilho que não se vê, que os passantes não conseguem ver, costumavam ser as interpretações que atinavam meus psicoterapeutas, os sentados e os centavos. Por isso, sempre senti uma profunda piedade solidária por todos os que cedem à imposição de pertencer a alguma esfera da existência, para a qual aceitam dar prova de conhecimento, força ou valor. Ser submetida a prova, julgamento, concurso, a qualquer tribunal; estar em oposição a um semelhante para que alguém estabeleça um juízo e uma qualificação, figura ineludível caso se queira viver em sociedade, sempre foram, para mim, uma condição humilhante e cruel, e me separei dela com persistência, como quem se afasta do mal.

Não obstante, para ganhar a vida e com um aceitável critério de "vencer" dificuldades, algumas vezes aceitei me expor a essas situações extremas. Por exemplo, um dos desafios que me gerou maior sofrimento foi aceitar, na contramão da minha fobia, um cargo docente na Universidade de Besançon, lugar no qual, como acredito ter dito antes, estivemos em um chamado primeiro exílio, depois do golpe de Estado de 1966. Ali, onde as somatizações haviam encontrado seu lugar na coluna vertebral, uma semana depois de chegar e ter escrito a carta à psicanalista da rainha Juliana, tive de começar a ministrar aulas de literatura e civilização da América Latina a um grupo de 25 alunos, pessoas que estudavam espanhol e punham suas expectativas em um emprego além-mar. Minha primeira aula — e as sucessivas, sem atenuantes — foi, em sua totalidade, posta por escrito em mais de sessenta laudas, uma lauda lida por minuto, para arredondar a hora que se exigia de mim.

Passei todo aquele ano e os seguintes escrevendo laudas à máquina para serem lidas na aula. Ainda assim, com a segurança que o papel escrito sobre a mesa me dava, no qual estava tudo previsto, incluídas as possíveis respostas a possíveis perguntas, cada vez que entrava na sala e que os 25 aspirantes a ultramarinos se levantavam e diziam *Bonjour, Madame*, produzia-se em mim o chamado buraco no estômago, ou melhor, o buraco girava no vazio, pois, desde a véspera e pode-se dizer que todos os dias desde minha chegada à França e àquela universidade, esse buraco estava ali, produtivo, tão produtivo como as páginas que ele enchia com seu vazio.

Não sei por que eu me submetia a desafios tão fortes. Terminar a aula provocava-me, devo dizê-lo, um grande alívio, e eu chegava à rua e à praça em frente à faculdade com a sensação plena de ter vencido um torneio espetacular. Essa calma durava algumas horas, somente as necessárias para recobrar o alento e preparar as ansiedades de minha próxima aula. Desses anos, ficaram umas centenas de páginas que contavam a história da América Latina, estimulavam o interesse pelos textos iluminados da literatura de nossos países ou analisavam, com uma minúcia demencial, parágrafo por parágrafo, universo por universo, vírgula por vírgula, a obra de Rulfo. Depois fui jogando essas páginas, uma a uma ou em bloquinhos de dez, no incinerador da casa de Besançon, antes de regressar a Buenos Aires, em 1970.

Acredito, inclusive, que a compulsão examinadora e a impossibilidade de superá-la impediram que eu licenciasse em letras. Nunca tive esse título, apenas me faltavam duas matérias para consegui-lo e não fui capaz; naquelas disciplinas em que consegui passar, foi à custa de uma concentração fora de série, exercida em noites em claro e amanheceres. Estou convencida de que minha passagem traumática pela universidade, na qual não segui a profissão nem conquistei uma carreira, não deixou vestígios. Meus contemporâneos, por outro lado, são todos reconhecidos profissionalmente nos quatro cantos do mundo; muitos, quase todos, ocuparam cátedras civilizadas em terras do exílio e regressaram ao país, ocupando também prestigiosas funções. Ganharam e ganham honradamente a vida com seus conhecimentos literários, ministraram aulas, obtiveram status. Sempre penso que eu também poderia ter conquistado um ofício se houvesse conseguido passar em minhas últimas provas de Literatura Ibero-Americana com o professor Verdugo, nome cujo significante havia deslizado ao de usurpador da cátedra de Literatura Argentina em 1966, quando demitiram o titular.

Então, em vez de terminar de maneira tranquila minha carreira e de possuir um título, prevendo que sem ele não se pode fazer nada, nem pertencer a uma cátedra, nem doutorar-se, nem fazer nenhum curso de pós-graduação, nem obter bolsas de pesquisa; que, sem um diploma, você está condenado a ser funcionário público, ou jornalista chinfrim, ou freelancer em ocupações diversas; que, sem o qual, você estará no escalão de baixo, impedido de ascender, e, de maneira progressiva, se converterá, no que se chama de escritor fantasma, no caso, uma escritora, profissão para os que não têm título de uma faculdade de letras.

Ser escritora fantasma, estar na corda bamba, detrás das páginas escritas por outros, corrigindo, estabelecendo, com propriedade, os nexos da sintaxe e melhorando, no melhor dos casos e, no pior, arruinando os textos que outros vão assinar. Esta acaba sendo uma profissão de fé e, a longo prazo, configura uma neurose do destino. Essa missão de fantasma tutelar sobre a frase alheia, de ama de criação sobre o berço de palavras que saem de outro imaginário, de outro inconsciente, de inspetora municipal da língua e dos discursos, operando cisões nos parágrafos, isolando os conceitos de uma oração com relativos, pontuando, aspeando onde se pode e se deve; essa missão apresentava-se para mim como negra e impossível cada vez que aprendia mais a seu respeito. À medida que eu bem articulava, bem ortografava — pelo menos assim acreditava e por isso me pagavam —, tudo o que poderia escrever por mim mesma, por minha conta e risco, desarticulava-se, e pedaços de mim se alojavam nos escritos de meus semelhantes, gestavam e davam à luz engendros irreconhecíveis. Frase a frase, meu texto morria, morre, se extinguia, se extingue, é correto, se mascara, se alinha, sorri, corrigido.

Eu tinha que expor ante esse psiquiatra virtual que essa condição de ser a segunda em qualquer ordem, outorgada pelo acaso do nascimento entre dois irmãos, me levou a estar ao serviço, por assim dizer, de pessoas sem escrúpulos que, ao mesmo tempo em que me elogiavam pelo que eu escrevia e, mesmo que assinado por elas, e agradeciam, acabavam por me negar. Negavam-me ou faziam-me de zé-ninguém depois de terem se valido de minha suposta capacidade ou ofício de colocar ideias por escrito, o que elas consideravam menos importante. Acontecia, além do mais, que nem sempre tinham as ideias, e era necessário colocar a escrita em estruturas ocas ou desviá-la na direção de questões anedóticas, na falta de conceitos.

Há pessoas que constroem abundantes currículos, com artigos e até com ensaios amplos e densos que não escreveram, que deram para escribas como eu fazer. Pessoas que pedem emprestada a palavra de outro ou que a compram, oferecendo, inchadas de orgulho, como contraparte um chamado "marco teórico", sem o qual se supõe que nada pode ser feito, minimizando questões secundárias como a sintaxe. Pessoas que acreditam que não saber escrever é uma incapacidade irrelevante, já que só importa ter teoria, formular teoria. No marco vazio do qual se vangloriam, a trabalhadora ou o trabalhador têm de amarrar os fios.

Esses impostores ou impostoras que vendem a torto e a direito seu marco teórico preenchido por outros e que sempre conseguem que instituições, fundações, agências nacionais e internacionais e outros aparatos acadêmicos o comprem, têm uma gama de escritores fantasmas. Há também aqueles que procuram uma linguista para que amarre a seu marco uma teia saussuriana; que conseguem enganchar uma filósofa forte, com contribuições ao marxismo e à psicanálise, capaz de adaptar ao marco uma rede foucaultiana; que seduzem uma teórica feminista para que lhes alinhave alguma proposta sobre o pessoal e o político, o igual e o diferente. Essas pessoas forjam para si uma personalidade por meio de uma impiedosa transfusão da competência alheia.

O FRIO QUE NÃO CHEGA

O exílio aparece-me como um enorme mural riveriano, com protagonistas e comparsas, líderes e bufões, vivos e mortos, doentes e despossuídos, corroídos e corrompidos; o mural tem uma espessa cor plúmbea, e seus traços são grossos. Há um forte dissabor na evocação; esforço-me, neste momento, para separar do conjunto algum instante coletivo de felicidade, porque estes existiram, mas a melancolia leva a dianteira, nada se subtrai à melancolia de uma recordação cinza, mesmo que muito intensa. No mural, há uma largura por uma altura, um começo e um final, e o que ressalta no pano delimitado e o que vibra na paisagem é, irremissível, a melancolia.

Não se pode dizer algo mais anódino e estúpido que a frase "divertiram-se no exílio", uma trivialidade que, muitas vezes, por exculpação, se aceita ouvir, ou sua contraparte da mesma laia "os que ficaram na Argentina passaram pior" e outras variantes dessas simplicidades que deveriam indignar, pois põem em situação de conflito instâncias que não as admitem e que resistem a classificações tranquilizadoras: exílio / exílio interior, que separam e aligeiram, por assim dizer, a massa ainda sem podar, compacta, destrutiva e arrasadora que foram esses anos, de 1974 até a restauração da democracia, sem contar os coices que ainda produzem terror.

O tempo do exílio tem o trajeto de um grande traço, estende-se segundo um ritmo amplo e aberto, suas curvas são como as ondas, oceânicas e distantes das praias, que não têm baixios e se parecem mais com a ideia de horizonte; o tempo acontece mais além, em outro lugar, que se ouve transcorrer nos silêncios da noite, mas que se separa, não se quer perceber porque se supõe que o desterro vai terminar, que se trata de parênteses que não contam em qualquer devir.

Provisório, o tempo vai de semana a semana em um trem de paradas sucessivas: você lê a notícia, pesa-a, pensa em termos de conjuntura, enfrenta com imaginação o adversário que interfere no decurso, acredita acumular força contra o inimigo maior que também ocupa semana a semana, em uma ofensiva com capacidade cada vez maior de fogo, os terrenos que o exilado perdeu ao se ausentar.

As discussões não têm fim, a suspeita não tem fim; e na espessura dessa selva sem tempo, não há diques que parapeitem o contínuo, as folhas não caem, o frio não chega, o presente nunca passa ao futuro. Os acontecimentos estão iluminados como no teatro, exaltados em sua significação; a paranoia nunca tem um corpo tão sibilino como nessa estada sem estações.

Não se podia imaginar, então, que uma vez terminados os parênteses, se é que alguma vez chegavam a terminar, a conclusão seria vista como um todo sarapintado, como uma massa percorrida por múltiplos labirintos, cujo corte transversal provocaria uma sensação tão mordente; as camadas ou os estratos que esse corte mostra, parecem, com efeito, ter sido antigos formigueiros, agora desabitados, mas que produzem a mesma sensação de espanto que se estivessem cheios.

É também espanto o que provoca a evocação do modo como esse tempo era ocupado, em setenta por cento, pelo tema próprio à circunstância, a saber, a Argentina, esse país de poucas mães que nos havia expulsado e sobre cuja situação se falava sem parar — o sol não se punha, não havia amanheceres —, enchendo, por assim dizer, com a matéria argentina todo o vazio da realidade, saturando com a massa argentina todas as fendas, abarrotando o corpo e a alma com essa substância que não dava prazer, nem trazia boas recordações, e que só depositava sua cota de morte ao entrar e sair da consciência (quando se dormia, a cota era posta a favor do inconsciente e dava créditos imediatos e multiplicados, com efeitos de horror muito mais poderosos que na vigília).

Sonhava-se a morte quase sempre. Nesses sonhos, o indivíduo era atravessado sem trégua por imagens de despojamento e desamparo; o dormente passava noites despido, descoberto, perseguido por forças invencíveis, caía na torrente, perdia o trem, saía de casa descalço, perdia seus papéis, uma carruagem o conduzia para um destino sem nome. O indivíduo perdia altura, regressava a uma infância envolvida em nuvens e gazas, voltava a quartos com luzes zenitais e via-se, de repente, no meio de um bosque em sombras; o indivíduo não se divertia em seus sonhos. Nas vigílias, o efeito desses sonhos reiterava-se por chicotadas, impedindo-lhe qualquer tipo de felicidade transitória na maior parte do tempo.

Com ingenuidade, muitos exilados no México começavam a pensar que continuavam sendo, apesar de tudo, os melhores do mundo, então, não souberam se misturar ou fundir na população — vizinhos, colegas, o que fosse — e persistiram em manter traços muito nacionais, gesticulações muito próprias que costumavam provocar vergonha alheia naqueles que, por medo ou timidez, haviam optado por se tornar o menos evidentes possível. Poderia acontecer que algum falasse de maneira estentórea e reclamante em uma secretaria de migrações, por exemplo, e que suscitasse, no mexicano ou mexicana que se ocupava do trâmite, um súbito bloqueio, defensivo, ante a petulância. O empregado fazia uma cara especial: de ter arriado uma persiana e de ter, ao mesmo tempo, fechado qualquer entrada ou qualquer saída; nem ouvia, nem respondia ao discurso exigente de seu interlocutor. Enconchava-se, *fazia-se de morto*, uma forma como muitas espécies animais neutralizam os assédios do exterior, cuja aprendizagem requer eras geológicas.

Essa habilidade de fazer-se de morto, que alguns psicanalistas adotaram para seguir, de maneira anedótica e reprodutiva, a legislação lacaniana, a burocracia mexicana tem por cultura e quase por natureza, por isso mesmo, não é anedota, nem representação, mas um modo do espírito. Perante a jactância de um argentino, o mexicano olha com os olhos vazios, ouve com ouvidos cancelados e fecha a boca, provocando em quem o interpela uma impotência total. Um argentino pode levar anos para aprender esse método de distanciamento ante as desmesuras ou vaidades de um de seus semelhantes e, se chegasse a dominá-lo, não seria difícil que lhe desse uma conotação de desdém, o que o mexicano não faz. Perdoando as generalizações, parece-me que este só põe em prática, talvez sem saber, um método para preservar sua saúde mental ou sua proverbial dignidade. Essa arma é daninha ao extremo, e há muitos argentinos seguros de si mesmos e do lugar que ocupam na escala social que sofreram estocadas até a derrota e que, por lógica, criaram uma aversão contra aqueles que a esgrimem, seus anfitriões.

O apego ao país que havíamos deixado condicionou a vida de todos nós; houve, inclusive, pessoas que não puderam superar a soma de perdas, que passavam o dia pensando em seu bairro, idealizando práticas que não viam muito bem, porque tinham de ser consideradas paradigmáticas de um paraíso perdido. A substância argentina da qual se sentia saudades aparecia encarnada nessas mitologias de escasso interesse. Vistos agora, à distância e de perto — antes do exílio e depois do regresso ao país —, aquela "iconografia" e os pequenos cultos a objetos que regeram as fantasias de então, julgados mais além das emoções, acabam sendo um patrimônio insignificante, sem valor intelectual ou imaginário.

Houve profissões de fé argentina simplesmente patrioteiras, como, por exemplo, a cobiça que, em duas oportunidades, a bandeira argentina produziu, que se pendurava no muro junto ao chamado lábaro pátrio dos mexicanos, na "casa" do exílio, e que foi duas vezes tirada de seu lugar, com excitação e premência. Na primeira, emocionado pelo triunfo na Copa do Mundo de Futebol, um grupo fez-se de bandeira e alçou-a pelas ruas da cidade enquanto a seleção vencia; na outra, o mesmo grupo compareceu à sede e levou-a para fazê-la tremular em frente à embaixada inglesa, identificando-se com a guerra que os militares argentinos realizavam para recuperar as ilhas Malvinas.

A massa argentina não deixava respirar, colava-se ao corpo, enchia a mente, absorvia todos os líquidos e deixava na secura; os que conseguiram safar-se dela ou diminuir sua consistência era porque punham uma vontade de ferro para integrar-se ao meio. Tinham de aprender tudo, ou seja, aprender a cumprimentar o vizinho; a deixá-lo passar; a não entrecortar a conversa de duas pessoas; a não passar os pratos na frente das pessoas à mesa; a dizer "por favor", quando pediam algo, e as correlativas fórmulas "licença" e "próprio"; a agradecer toda vez que fosse necessário e ainda mais do que o necessário, respondendo ao "obrigado" do outro com um "disponha"; a não interromper os outros nas conversas, diminuindo, no possível e no caso de ter o uso da palavra, o rio verbal; a dizer "saúde", quando alguém espirrava, e "bom apetite", quando começava a ingestão alheia; a oferecer com um "aceita?" a própria comida ao recém-chegado (práticas que há muito tempo não têm uso na Argentina por decisão de classe-medistas presunçosos). Tiveram de aprender a oferecer hospitalidade usando a norma de cortesia local, que consiste em dizer, "esperamos você em *sua casa*", para convidar o interlocutor argentino, o qual acreditava que o mexicano se referia à casa do argentino, anunciando-lhe uma visita. O equívoco costumava perdurar um longo tempo, reiterando-se o "*sua* casa" com um reforço esclarecedor: "*sua* casa, *do senhor*", frase com a qual o mexicano afirmava a doação generosa de sua própria casa, a dele, ao estrangeiro. Este desprendimento nunca era entendido, e os argentinos interpretavam que o mexicano se apoderava das casas deles, e o "está à disposição a sua casa, do senhor" não era captado, nem correspondido com análoga cortesia, ficando o argentino mal colocado, demonstrando sua incapacidade de ouvir seus diferentes.

Os mal-entendidos eram recursos que obrigavam a aprendizagens aceleradas de urbanidade. Depois de vários anos, pode dizer-se com justiça, que alguns conseguiram fazer suas as leis de convivência e eram vistos em reuniões com mexicanos, fazendo esforços para deixá-los falar, com uma cara da enorme repressão dos impulsos naturais de cobrir o espaço com a própria e exclusiva voz, com ar de frustração por verem-se obrigados a ceder a palavra e a dominar os proverbiais e sisudos tons.

Às vezes, obrigavam-se à humildade de eliminar o uso do *che* e do tratamento por "*vos*", então, permaneciam mediocrizados em cultismos do espanhol a que resistiam e que não se moldavam aos modos portenhos dos quais raramente se pode sair, por serem marcados em demasia. Chegavam a assumir, inclusive, certas humilhações linguísticas, como a substituição do *che* arrugado e gingado de Buenos Aires por uma espécie de *ie* que, com tanta facilidade, soltam as pessoas de Córdoba até o norte e que nos lábios do portenho, é extremamente desmedida, porque não chega a plasmar-se e, quando acredita ter conseguido, em nada se parece ao *ie* dos mexicanos e menos ainda ao *che*. Podia-se ouvir, então, uns "*poios*" e "*gaínas*" famintas, com fome de pertença, que eram como pontos ruins na teia da conversa.

    Não se pode ocultar que a fixação de um argentino no México é, de fato, um fenômeno histórico raro. Não se termina de passar pelo ridículo, mesmo depois de anos, não se deixa de fazê-lo, como se, por uma secreta vingança, o país mexicano continuasse oferecendo resistências a qualquer apropriação por parte de estrangeiros. Chegaram os argentinos e, com todo o esmero, erigiram seus assentamentos em conglomerados habitacionais, os chamados condomínios, onde, por razões gregárias e também econômicas, foram se acomodando, ao mesmo tempo em que declaravam como gostavam dos artesanatos nacionais. Sempre sentia vergonha de mim mesma, valha a reiteração, mas, sobretudo, vergonha alheia, quando ouvia dizer essa frase em todas as nossas bocas ao chegar ao México, como uma espécie de ladainha que deslocava, por uns instantes, o lamento do desterrado. Acredito, à distância, sempre à distância, que muito pouco sabíamos da arte popular mexicana e que a maciça aquisição, em termos relativos, desses bens culturais em mercados de diversos tipos não esteve regida por um critério de qualidade. Pode não soar bem a muitos que leiam isto, mas a homogeneidade do mobiliário dos argentinos no México, em quase todos os casos, os chamados móveis de Taxco ou, de maneira mais genérica, de estilo colonial rústico; os tapetes em série de acrílico, com desenhos de comunidades de Chiapas; as mantas de Oaxaca, também sintéticas; e a persistência quase obsessiva com que se comia, em uma primeira etapa, em vasilhinhas de barro que continham chumbo, criavam a sensação de estar sempre na mesma casa, a própria e a alheia, sentados todos e cada um nas mesmas cadeiras, bebendo nos mesmos copos de vidro soprado, com os mesmos descansos de palma sobre a mesa, os mesmos forros de Michoacán, e os mesmíssimos apetrechos de couro, como se, de uma família a outra, não houvesse fronteira de gosto e intenção, e permanecêssemos em um espaço comum.

Essas casas, nas quais muito de vez em quando aparecia uma peça legítima, foram transportadas tais e quais à Argentina, em enormes recipientes ou *containers*. O próprio logotipo, reconhecido em diversos lares, produz um efeito melancólico, porque se marcou uma unidade ideológica defensiva naqueles tempos de desterro. Na Argentina, não cumpre papel distintivo e, na verdade, produz estranhamento e nostalgia; sentimo-nos um pouco bobos por acreditar que esses pequenos rituais de acomodamento no solo argentino vão nos salvar do estrondo da identidade perdida.

Acho graça de como fazemos nossos templos, verdadeiros altarezinhos de mexicanos mortos, com oferendas, panelas sem guisado, uma ficção de farinha de nixtamal e chilis. Então, começa a patética conversa obrigatória sobre onde se podem conseguir chili e tomatinhos, e todo mundo diz que havia coentro, quando todos, todos sabemos que o coentro dava náusea nos argentinos e que a tortilha de milho os enchia de frustração, porque sempre esperavam a de trigo; quando sabemos que apenas uns poucos comem feijão. Também produz-me compaixão ver nossos compatriotas chamados *argenmex* pedir a qualquer viajante que lhes traga chili chipotle, que, sabe-se lá por quais razões gustativas, é o único que admitiram em suas carnes.

Dá muita pena perceber que sua relação com o chili ganha uma magnitude que não tinha *in situ* e que se perderam anos durante os quais poderiam haver discernido, sem desprender-se do remoto e fundante pimentão moído, entre o chili negro e o chili arbol, entre o chili morita e o chili mulato. Impacienta-me que digam que se consegue, em Buenos Aires, o chili serrano para os molhos, quando o que as bolivianas vendem nos mercados — elas também sentam-se no chão, como indica sua origem, provocando nos *argenmex* um efeito de miragem que os sobressalta — seria o chili arbol, que está muito longe de dar o mesmo gosto ao molho verde. Dão-me bastante tédio ouvir e ouvir-me falar, em longas conversas anódinas, de hábitos alimentares mexicanos com pessoas que, suspeito, não comeram senão milanesas com batatas fritas, e parece-me incrível perceber como se afina um *y* em *i*, quando alguém acusa o estranhamento e a desaparição da *papaya/papaia* de sua mesa, fruta cuja lembrança se acaricia, mas que também era recusada. Mais cansaço produz-me comprovar que, com nada, poderemos paliar as nostalgias, assim como não pudemos paliar as nostalgias com doce de leite e outras fatuidades de desterrados.

Corpo de pobre

Todos os domingos, voltando à Cidade do México, em geral de um fim de semana na casa de amigos, eu escrevia, sem de fato escrevê-lo, o primeiro parágrafo de um longo texto que sempre senti como um desencadeamento, porém, a cadeia logo se enredava ou simplesmente ficava truncada. A frase inicial, isso sim, brotava quase de imediato, uma vez que o automóvel havia percorrido os primeiros quilômetros, e afastávamo-nos da zona dos vulcões. A imagem que me ocorria era: *a velocidade vai deixando para trás, em curvas regulares e em um ritmo implacável, um trajeto que se parece com o da memória, feito de postas, relevos, súbitos escurecimentos sob densos bosques, pontos cegos no horizonte, enormes poços de sombra, tênues resplendores que parecem dissipar a noite inacabada e dotá-la de luz. Para trás, à medida que avançamos, vai ficando,* assim imaginava, *uma gigantesca vela preenchida pelo vento (e crivada pelo tempo), um telão pelo qual as partículas se insinuam até desaparecer muito longe e a nossas costas.*

Essas partículas, cheguei a imaginá-las, *eram mortos que entravam por meus olhos e saíam por minha nuca,* amontoados nas rajadas da memória, suspensos pelo caminho até que a grande vela os remontasse ao passar. Nenhum, em particular, se projetava, nem fazia esforço para instalar-se em mim de maneira predominante; estavam ali à espera de uma espécie de seleção de minha consciência, como se apenas pretendessem ter uma legitimidade nessa primeira página que eu escrevia, no assento traseiro de um carro. Porém, o que é mais estranho nessas figuras fora de meu alcance é que não desfraldavam suas histórias grandiloquentes, mas deixavam sentir, em sua pura singularidade, as posturas, as palavras e os atos menores que haviam tido alguma significação para mim, os gestos mais representativos, por assim dizer, que os uniam a mim.

O cemitério era vastíssimo, e ali havia todo tipo de mortes e de mortos. Minha seleção produzia-se por turnos, e, no tempo em que eu retinha alguma ou algum, isolava-se, em uma síntese prodigiosa, a peculiar qualidade com que cada uma dessas presenças ocupava um lugar na minha vida: a mão que retém a minha, uma energia solta por um corpo que me abraça, um sopro que embaça, emocionado, meu espelho. Para trás, a vida aparecia-me, nesse tipo de imagens, perfurada por milhares de grandes e pequenas perdas, e tudo escapava pelas fendas dessa grande vela inchada.

Na lembrança do outro, não se resgata sua pessoa completa, mas simples e aparentemente efêmeras modalidades que, em algum instante, também fútil na aparência, se manifestaram. Diria que estou fixada a esses mortos por tais detalhes e, antes, estava da mesma maneira quando eles viviam: pelo exercício de uma mania, pela expressão de um empenho no marco da vida doméstica.

O ponto no qual Mario Usabiaga se fixou indelével em mim foi um meio-dia do ano de 1981, quando, com impaciência, me deu uma bronca porque deslizei, nem mesmo arrastei, uns centímetros, o bife que eu fazia sobre a chapa. Deu-me outra bronca nessa mesma ocasião, quando pus sal na carne antes de virá-la; explicou-me que eu havia impedido *que o bife se selasse*, com o primeiro movimento irresponsável de arrastá-lo sobre a chapa, e que, ao colocar-lhe sal, havia feito com que se perdesse todo o seu suco. A partir daquele momento, fiquei ligada a ele: cada vez que eu punha um bife para assar, suas duas normas ressoavam e ressoam em mim como se o estivesse ouvindo, e o reflexo continuou reiterando-se com mais força ainda depois que ele morrera, sobretudo porque está morto. Não sei se, com o arbítrio de voltar ao ponto de referência admonitório que me ata a ele, encontrarei consolo, mas isto é certo: ele não irá embora de mim, e, no dia em que suas palavras deixem de ressoar em todos os meio-dias semelhantes àquele em que junto a mim ele fixou suas leis, eu o terei traído na memória e, consequentemente, terei me deixado ganhar pela insignificância.

Os pontos de inflexão dessa vida e as marcas que deixaram em minha lembrança se sucedem a partir dos anos 1970. A primeira cena é em Bahía Blanca; ele estava fazendo um churrasco. Estão sua mulher e seus filhos, estamos nós também. Não percebo, até então, que ele não mexe a carne de jeito algum, não lhe finca o espeto, tampouco salga ao virá-la, mas só no final. No meio da reunião, chega, sem avisar, Alberto Burnichón, editor itinerante e vital, ser único, que leva, de cidade em cidade, por todo o país, as plaquetas de poesia que ele mesmo imprime com cuidado artesanal; ele, espécie de pai de poetas, foi morto, depois de sequestrado, pelos militares em 1976. Mario recebe-o como um embaixador e sabe despertar nele toda sua sagacidade e senso de humor. Em outra cena, meses depois, Mario Usabiaga dança com Diana Galak depois de um jantar em minha casa; alguém coloca música, e eles levantam-se como se estivessem em um salão, tomam-se nos braços e movimentam-se com suavidade, sem reparar as testemunhas, nem o espaço que os limita, entre cadeiras, a uma superfície de quatro azulejos. Ele separou-se da mulher e dançava com aquela garota jovem, distante de nós, convencida de possuí-lo.

Outros gestos dele: tirava a mecha de cabelo liso que lhe caía sobre a testa para inclinar-se sobre a máquina de escrever, durante as intermináveis jornadas nas quais traduzia do inglês um livro de mais de mil páginas. Diana, a garota que dançava, quase morria no quarto ao lado. Não se pode dizer mais do que isso do transcurso dessa grande tragédia na qual esta vida se viu envolvida: abandono, cárcere, abandono, reencontro, morte final. Procurei uma carta dele, a duras penas, na noite passada, procurei-a como se nela fossem embora a minha vida e a dele; levantei-me no meio da noite a revirar pastas, mas a carta não estava ali, então, pensei tê-la separado em uma pasta específica, que embalei e que levava um rótulo de identificação, RECORDATÓRIO, porque guardava os vestígios dos amigos mortos. Enquanto procurava, recuperei, como se eu mesma o esculpisse, um gesto de Mario Usabiaga, de que me negava a tornar-me consciente, porque me machucava, e que consistia em reprimir, como em um endurecimento corporal, como se enfrentasse algo insuportável: a violência que alguns de meus relatos verbais — ou minha maneira de relatar — lhe provocava. Vê-se que ele não aguentava o fato de eu não encadear minhas ideias como ele queria, e uma vez mais me queima a sensação de não ter seguido suas leis. A ferida reabre-se quando procuro essa carta, em que, estou convencida, desapareceu qualquer recusa dele a mim, pois sua letra é solta, distendida, quando diz que tem saudades de mim, e é lacerante, quando descreve seus primeiros meses de regresso à Argentina, os últimos de sua vida.

Uma vida na qual cada segmento se refere ao que alguém disse, fez ou assinalou, ao mandamento de outro surgido no instante em que se exerce uma ação sobre a realidade; uma vida assim se converte em algo religioso: invoca-se, cita-se, liga-se ou alude-se. Você vai se transportando com todo mundo nas costas, e se não é Mario Usabiaga que aparece em espírito, será outro que se encarregará de fazê-lo, com normas e pedidos semelhantes: não se devem jogar os ovos na frigideira com o óleo frio, isso jamais; gosto das torradas menos "cruas"; o chá não deve ser guardado com as folhas, porque se torna tóxico, e o mesmo acontece com o mate cozido; os ovos mornos devem ser "furados", para que não se quebrem com a água da fervura; e a pessoa ausente, alma penada ou não, que alguma vez me fez essas indicações, sem ter se proposto a isso, absorve-me em um sistema fechado, cola-me à realidade, amarra-me com unhas e dentes a suas pequenas saliências, condena-me a ela sem remissão.

Teria me custado muito explicar a esse hipotético analista, que me cobriria por trás com suas asas, o modo em que essas indicações de natureza prática me costuravam à realidade, apoderando-se de mim e gravitando sobre minha autonomia psíquica, na medida em que sempre eram uma correção, um endireitamento. Eu mesma haveria de exercer sobre os outros ou, pelo menos, sobre as torpezas dos outros, incluídas as minhas, uma espécie de controle que tenderia a se tornar maníaco. Essas obsessões perfeccionistas que me impressionavam em outras pessoas, durante uma época, chegaram a ser próprias a mim, como se eu admitisse que, ao ter aceitado as correções que os outros me faziam, eu mesma me munia de um estatuto e de normas para aplicar, por minha vez, sobre os demais.

Esse período era intolerável para mim, e, ainda de vez em quando, esse sentimento reitera-se como se fosse um reflexo condicionado de que não se tivera um cuidado extremo ao cozinhar o arroz, de que havia pessoas que, por improvisação ou inépcia, transformassem um arroz em purê, de que não se tivera alcançado o estágio de cultura que permitisse, digamos, não abstrair o conceito, mas, pelo menos, a estética de grãos soltos e ligeiros. Eu erigia-me, então, em um verdadeiro soldado do cozimento de arroz, de massas ou de umas batatas e esforçava-me para fazer entender que o cozimento não cessa no momento em que se apaga o fogo, mas que persiste sobre os alimentos, e que de nada valia concluir que um arroz já estava no ponto, se não se tomava a precaução de deter o processo uns minutos antes dessa certeza, prevendo a margem necessária para não chegar à condição de purê.

O ponto do arroz, o ponto da carne, os pontos a que se pretende chegar e que, se ultrapassados, rompem o equilíbrio do universo eram os pontos de minha obsessão. Devo ter tido, sobre quem infringia a harmonia desses tempos, uma atitude corretiva e impaciente. Esse corpo de análise, a obsessão ante a minúcia, por sua repetição, poderia ter sido tomado como um sintoma de uma censura a que eu me impunha e que só aparecia perante os outros e por causa dos outros, reservando-se um efeito muito mais daninho sobre minha pessoa. Ali, havia um material de grande volume e consistência para observar, uma massa que amalgamava diversas manias e não menos diversas fobias, cuja característica era se apresentar em partes e contrapartes, em uma dialética difícil de desbaratar.

Se os "pontos" eram algo como o fechamento de uma forma, de certo modo uma "completude" transgredida de vez em quando por aqueles que se obstinavam em ultrapassá-la; se as pessoas violentavam os estados justos da matéria, podia ver-se claramente que ali minha obsessão era consertar o que sobrava, o que transbordava e o que, ao ignorar um limite, arruinava o alimento ou punha a perder o estado ideal de um processo, sem deixar a possibilidade de uma retificação: o que passou já não pode ser devolvido à condição primigênia. Então, não culminar, deixar pela metade, dar às coisas a margem de amadurecimento, incidir só nas etapas iniciais da evolução de um elemento e depois o abandonar à própria inércia, não precipitar e não fechar eram as leis dessa obsessão que preenchia todas as minhas intenções e definia todos os meus desejos.

Mas havia outra obsessão dentro do mesmo corpo de análise, correlativa à anterior, que era desencadeada pela falta. A impossibilidade de chegar ao topo vinha acompanhada de uma sensação de carência, de despojamento e de desnudez, e digo os três termos em uma seguidilha, porque acredito que se cobrem um ao outro. Ninguém, em nenhuma das terapias enganosas nas quais me vi metida, me deu uma explicação acerca de minhas relações ambíguas com a roupa, provavelmente o objeto no qual, com mais crueza, se encarnam os termos da carência, do despojamento e da desnudez. A desnudez própria dos pesadelos era, para mim, uma circunstância natural da vigília. Não é exagerado afirmar que, de maneira permanente, me encontro em condição de indigência vestimentária, *não tenho o que vestir* é o enunciado certeiro que fala desse estado. Estar assim, haver chegado até lá é o limite; mais além está o abismo.

Vejo-me remexendo tudo nos guarda-roupas; menina, jovem, adulta, sempre procurei o que vestir em guarda-roupas empanturrados ou vazios, dá na mesma, porque as emboscadas que o ato de revirar a roupa me estendeu são independentes de os guarda-roupas estarem cheios ou vazios. Essas grutas sugaram-me e depois me soltaram sempre despida, desemparelhada, incompleta, desavinda. Nem acordada, nem dormindo, jamais se cumpriu o sonho de uma forma fechada que incluísse um vestido que cobrisse minha desnudez e que me devolvesse uma imagem "completa" na lua do espelho. Os guarda-roupas têm sido ingratos comigo ao longo de toda a minha vida, e, ainda agora, quando estou a caminho do meio século, afasto-me por precaução dessas bocas e fecho-as antes de dormir.

Quanto à roupa, não pude me subtrair, como qualquer mortal, à necessidade de vestir-me, mas nunca pude cobri-la por meus próprios meios. Com ardis, consegui que os meus familiares, em distintas idades, me vestissem. A decisão tem um momento-chave quando, sendo muito menina, consegui convencer a uma tia-avó que, a partir daquele momento, ficaria quieta, como se fosse feita de massa, para que ela me vestisse.

Não se vê uma solução cômoda nessa paralisia, o jogo não demorou muito para se converter em um mal, cuja manifestação mais angustiosa é a dependência física, e cujo sintoma aparece mais agudo ao me colocar na situação de cobrir a necessidade, quando vou comprar roupa. O terror começa a insinuar-se na entrada das lojas, em geral quando se trata de negócios proliferantes e maciços. Pouco a pouco, à medida que a acumulação se desfralda ante meus olhos e dá volta entre minhas mãos, começo a perder o sentido. O sentido voa, desaparece entre as dobras da roupa, abandona-me, e eu desabo. Nessas circunstâncias, os espelhos ajudam a desencadear a crise. A luz dos provadores sobre os espelhos, a própria imagem invertida, o modo pelo qual o corpo é coberto por algo estranho a ele e a convicção de que esse elemento alheio se apodera desse corpo e o torna seu nesse recinto falsamente iluminado, todo esse acontecer é, como nos romances de desgraça, um golpe mortal. O que se revela nessa secreta sessão não é só a carência, a desnudez, o despojamento, mas também o detestável recurso de cobrir a necessidade com algo emprestado, concebido para outros em algum lugar, algo que não haverá de cobri-la, nem de cobrir-nos. Passei por essas situações de perda de sentido muitas vezes e acabei por instigar piedade, e, de maneira regular, sem ter, inclusive, de exigi-lo, minha necessidade tem sido coberta por eles sem a obrigação de entrar em qualquer loja, nem fechar-me em um cubículo com espelhos triplos.

A roupa horroriza-me, as saias vesgueiam, as golas não chegam a tapar o nascimento de cabelo na nuca; nenhuma solapa resolve o desabrimento; não há vestido para o talhe desgraçado; nenhum calçado corrige os joanetes ou as pernas arqueadas; nenhuma vestimenta dá altura ou confere graça, nem afugenta os maus pesadelos. Comprar roupa é um mísero expediente para remendar a vida. Poucas vezes em minha história pessoal, senti-me o que poderia chamar gratificada por uma peça de roupa sobre meu corpo, ninguém nunca pôde me convencer de que algo ficava bem sobre meus ombros. Invadida pelo trauma vestimentário, nunca quis ouvir elogios, como, por exemplo, que tudo me ficava bem, que qualquer cor me assentava e que não havia moda que não me caísse à perfeição. Desprezando qualquer apreciação reparatória de meu terror vestimentário, sempre me vi ridícula com as modas; inclusive, não me resignei ao ouvir o que minhas amigas diziam, quando me davam as peças de roupa que já não usavam: eu tinha "corpo de pobre", ou seja, que tudo me ia, caía ou assentava bem. Comprovar essa ductilidade fazia que se sentissem muito generosas e desprendidas, e eu saía de suas casas com meus tesouros, levava-os ao guarda-roupa e lá os condenava a estar pendurados para sempre. Às vezes, quando o gosto de minhas benfeitoras coincidia com o meu, eu vestia essa roupa; entregava-me, em definitivo, a essa alienação em carne ou corpo próprio que consiste em vestir a roupa alheia.

Quando recebo de herança ou recordação a roupa de algum amigo ou amiga que acaba de morrer, eu me visto *com eles*; tenho a sensação de que ando com eles vestidos e até sinto usar suas mortalhas. Não me dá medo ou apreensão, mas consolo, como se, em uma espécie de ingênua transmigração, eles tivessem se depositado em uma manga, cinta ou valenciana. Durante toda a minha segunda gravidez, há mais de vinte anos, vesti uma jaqueta de lã que herdei de uma morta desconhecida, uma italiana a cuja casa, depois de sua morte, uma amiga me levou para que escolhêssemos algumas peças de roupa. Quando chegamos à casa dessa senhora sem parentes, o guarda-roupa estava pletórico, ainda que penumbroso pela circunstância; escolhi a famosa jaqueta e uma blusa de veludo com uma borra vinho no decote e na borda das mangas e da barra e com uma franja de flores douradas. Nunca usei essa peça e acabei dando de presente, sem que pudesse explicar por que a havia levado daquele guarda-roupa, se por cobiça, por frivolidade ou por lástima. O certo é que cheguei a sentir-me culpada com essa morta por ter interrompido seu eterno retorno em mim por meio dessa blusa e, na volta do tempo, 25 anos depois, ainda me lembro do intenso cheiro de lavanda que exalava das roupas e do guarda-roupa, e esse oleado pertinaz é o chamado que a desconhecida me lança.

O mal dessas roupas de mortos é que não nos atrevemos a jogá-las fora, nem dá-las de presente, e elas eternizam-se no guarda-roupa. Quando são adotadas, não imaginamos o espaço que a roupa desses donos ausentes pode ocupar: ficam penduradas desvalidas nos cabides, tomam a forma do gancho e permanecem fora de moda definitivamente; aferramo-nos a essa vida fria e obscura com a mesma obstinação com que antes nos aferrávamos à outra, talvez mais cálida e luminosa. Tenho ainda no cabide, no último de meu guarda-roupa mexicano, um casaco cinza que, sem eu saber, minha amiga Silvia Rudni me deixara ao morrer e que me foi dado por seus parentes como lembrança. Usei-o muito, era de muito bom gosto vestir Silvia, mas, de repente, com o tempo, as pontas da gola fizeram-se notar e, ao ver-me com ele, em uma mesma unidade corporal no espelho, tive um golpe de autocompaixão: éramos dos anos 1960 nos 1980.

As roupas vão caindo de moda por si mesmas, desmoronam-se pelos próprios flancos e rodam, exaustas; como não ocorre com nada ou ninguém em igual medida, são derrotadas pelo tempo. Não são muitos os que percebem o cansaço dos tecidos porque se desprendem dos vestidos antes de que comecem a segregá-los, e é muito raro que um traje consiga aguentar a pressão social que lhe impõe estar fora de moda, e haveria de se ter uma forte ética para acompanhá-lo sem se deixar arrastar por sua queda. Vivi pendente de minhas roupas, das roupas alheias que chegaram a ser minhas, das roupas de amigas e amigos mortos, das roupas que outros me cederam para não as condenar ao desaparecimento ou por dadivosa veleidade, e esse destino, ir com a roupa à saga de sua decadência, ser uma única e mesma coisa com a roupa e, ao mesmo tempo, sentir a cada instante o horror dessa relação, é uma das fatalidades cujo sentido deveria desbastar.

Na infância, meus pais tentavam me fantasiar para os carnavais e, inclusive, obrigavam-me a fazê-lo quando eu resistia. Fui caracterizada de "neguinha", com o clássico vestido vermelho de bolinhas brancas, que é também o da "formiguinha viageira", a pele coberta de betume e várias trancinhas, as que o cabelo desse, arrematadas em um coque de fitas vermelhas — porque assim pensavam que eram as meninas negras, como as formigas —, e também de "cigana", com lenço na cabeça, festoado de uma fileira de medalhas, argolas, bucles junto às orelhas e saia larga e comprida com babados. Quando me dava conta de que desaparecia por trás da máscara ou do unguento negro e de que, de minha identidade, só ficavam o brilho das pupilas e o branco dos olhos, começava a chorar, provocando comentários acerca de minha pusilanimidade.

Essas fantasias penduram-se em minha memória, mas há uma em particular que balança como a mortalha da dama da foice, a bruxa ou a "viúva" do carnaval, no salão de festas do Perpétuo Socorro, meu jardim de infância. Eram as festas de primavera, e fantasiavam-me de borboleta, com um vestido amarelo de cambraia, com listras café que desenhavam o corpo da borboleta e com asas de arame cobertas de tule mosqueado que se amarravam nas costas. Quando estávamos para entrar em cena e dançar nosso número — meninas de flores e meninas de borboletas — com as antenas rígidas sujeitas ao penteado e a infalível pinta junto à boca, a irmã Serafina tentou prender minhas asas ao vestido com um alfinete, mas ele deslizou e pegou também, junto com o tecido e o tule, minha pele. Entrei em cena como atravessada por um punhal, e essa pungente sensação não me abandonou até hoje. Nunca disse nada a ninguém sobre esse incidente, apenas a soror Serafina soube. Desde aquele dia, eu nunca mais quis estar em palco algum.

Currículo

Se alguém atribui ao regresso as doenças que se produzem no retorno ao país depois de anos de desterro, em geral, ouve uma série de argumentações tranquilizadoras. Ouvirá dizer, por exemplo, que a doença é algo à parte que, se alguém volta e morre de um enfarto, ou é perfurado por uma úlcera, mesmo que não morra, ou é contagiado por uma faringite crônica, isso poderia lhe haver ocorrido em qualquer lugar, sem que importem as latitudes ou as geografias e, menos ainda, sem que se pensem essas doenças como próprias da falta de defesa que se declara massivamente no corpo quando se toca o solo argentino.

Os que falam de uma patologia "universal" e refutam a ideia de um condicionamento ignoram que os que retornam fazem casuística e estabelecem um corpo de doutrina só de enumerar as doenças, as mortes e os suicídios, para não falar do mais forte e para deixar de lado as desintegrações menos evidentes, mas que, em sua cota mínima, já constituem uma doença. Tampouco convence a maneira em que outros, ao contrário, estão prontos para assentir com docilidade, quando são incluídos no esquema da destruição pós-exílio; submissos, mas astutos, preferem antecipar-se ao que vai sobrevir, pondo em prática uma espécie de cura na saúde. Ponderação, enquadramento dentro do senso comum geral, exibição da experiência, quando se supõe tê-la objetivado, todos esses gestos "positivos" são argúcias para sair das luzes dos refletores e entrar no cone de sombra, na opacidade da negação. Nada mais apaga os fatos, nada mais desvanece os perfis da realidade que a classificação dessa mesma realidade.

Acreditar que se sabe, mostrar-se cético ante as boas razões para adaptar a própria humanidade ao país não produzem mais que um alívio momentâneo e uma sensação falaciosa de domínio, depois do qual a derrubada costuma ser pior. É também ilusório recorrer a tratamentos; e na verdade, não me sinto fora da normalidade quando clamo por terapias e, sub-reptícia, tento apropriar-me da atenção de psicoterapeutas, deslizando-lhes o tema do arraigo-desarraigo.

Entre essas tentativas, houve uma muito peculiar. O psicanalista, adiantando-se à minha demanda, já que não era desentendido nessas questões, deu-me proteção. Sendo meu amigo, era legítimo que me telefonasse para perguntar como eu me sentia, de que maneira estava levando esse assunto do regresso à Argentina. Ele supunha que havia sido duro, que as mudanças puras e simples já eram por si mesmas custosas, *quão mais alto não seria, então, o preço dessa volta?*, perguntava-se e mostrava-se sensível à minha solidão. Ele não me deixaria cair. Nesses momentos, para minha desgraça, porque eu teria podido aproveitar seu desejo de proteger-me, sentia-me bastante bem, me despertava ante incitações diversas, entregava-me a reações muito primárias, como apreciar a qualidade da luz ou distinguir os ruídos da rua, em especial o canto dos pássaros próprios de meu lugar argentino. Então, não sabia como corresponder com justeza a seus cuidados, nos quais eu percebia um zelo desmedido para evitar meu salto ao abismo.

Desperdicei tudo o que ele me oferecia e fui falhando sistematicamente em minhas respostas a suas expectativas. *Eu deveria estar mal*, porém não estava, de maneira providencial, não estava, e acabei com seu interesse, deixei que seu gesto piedoso fosse embora ralo abaixo. Ele preferia que eu sofresse, então pensei, *tenho de dar-lhe algum motivo para sua vigília, não tenho direito de frustrar esse milagre* e, para me valer do que ele me estendia, pus a seu alcance os desassossegos de rotina, mas não cheguei a satisfazê-lo. Sobreabundei, então, em velhas histórias que nos haviam unido no passado e que ele havia subtraído de sua memória. Sentiu-se muito mal, coisas esquecidas saíram à superfície de sua vida e invadiram suas noites; não atendeu seus pacientes, ele mesmo tornou-se paciente de sua própria desventura por mim remexida e acabou fugindo.

Uma noite, meses depois de haver desperdiçado essa oportunidade como uma irresponsável e incapaz de qualquer correção, dei-me conta de meu isolamento. Naquele momento, sim, a angústia, aos gritos, pedia um ouvido, e arrependia-me de ter me distraído com o canto dos pássaros e outras besteiras desse tipo. Não me sobrava outra saída, senão recorrer a uma velha amiga, famosa por ter se dedicado a montar uma confusão terapêutica, com psicanálise freudiana, budismo Zen e caminho Tao, cujo sucesso consiste em *fazer pensar*.

Quando me encaminhava à consulta em que minha amiga despertaria em mim essa faculdade reprimida de *pensar*, com o acréscimo de *mudar* — "pensar para mudar" —, eu tinha uma fé quase alienada em seus dotes, fossem físicos, mentais, exorcistas ou oraculares. Eu estava tão mal, que, por precaução, evitava aparecer na sacada de meu nono andar. Bastou ouvi-la para sentir, de imediato, que ela me aplicava uma compressa morna e exalava sobre mim um hálito adocicado. Possuía um olhar terno francamente insuportável, a umidade que segregava não era uma expressão de fraqueza, mas do poder que se atribuía para me compreender.

Não houve qualquer passe de mágica: começou a ordenar, como quem classifica anúncios de jornal, uma lista de "oportunidades" laborais, não sem antes me perguntar, com um tom misterioso e cúmplice, pretendendo que eu lhe revelasse uma espécie de vício oculto, *o que eu realmente gostaria de fazer na Argentina, o que mais me interessava, inquietava, incitava, mas de verdade,* ou seja, *o que eu desejaria fazer* marcando a pergunta de tal modo, que não poderia restar dúvida de sua gravidade. Não lhe respondi a princípio, mal me defendendo do assédio, porém, minutos depois, ante um olhar inquisitivo e "profundo", comecei estupidamente a enumerar meus méritos profissionais, recordando-lhe inclusive, minhas atividades durante os anos de exílio, o que ela não tinha por que conhecer, como se lesse um currículo, e era esse tão profuso, e era tão delirante a soma de interesses que alguma vez haviam me convocado, que, pouco a pouco, minha resposta saiu dos trilhos. Incontrolável, não podia senão desembocar no equívoco.

Com esforço e depois de uma imersão em minha alma, como em um confessionário, disse que me interessava por escrever, *fundamentalmente escrever*, falei, sentindo-me desgraçada e miserável, querendo fugir o quanto antes e à beira das lágrimas. Mas, por boa educação, ainda fiquei um tempo com essa amiga de olhos inquisitivos, que continuou enumerando oportunidades e que, ante meu principal interesse, não soube o que dizer; na verdade, mudou de assunto, como se, em vez de *escrever*, eu tivesse respondido *morrer* ou *matar*. Minha terapeuta ocasional enchia qualquer medida.

Não era outro meu desejo: *escrever*, dissera-o com a inflexão de quem se faz perdoar por uma falta; *escrever*, disse em um sussurro, e parece que isso a sobressaltou. Escrever não se parece em nada a uma decisão laboral, mas ela quis me levar a um terreno pragmático, falando de pessoas que preparavam textos para campanhas de publicidade, de agentes de artistas que trabalham para *dealers* (assim ela disse). Eu não entendia. Como era possível que só consegui levá-la, com minha confissão, a semelhantes hipóteses sobre minha pessoa? Já havíamos tomado dois cafés, e ela continuava me apresentando saídas práticas, sua própria, em especial, entre outras, que consistiam, naquele momento, em um fenomenal aparato para, segundo seus objetivos, *dar apoio, estímulo e consecução fática* aos desejos mais pessoais e soterrados de seus clientes-pacientes.

Já via o cataclismo chegando, pois eu tentaria lhe dizer, de uma vez por todas, que nunca, como naquele instante, havia sentido até que ponto duas pessoas podem falar a partir de lugares tão distintos, sem desqualificar uma, nem exaltar a outra. Com prudência, eu iria lhe dizer que falávamos de dois planos diferentes e que ela, a partir de seus conselhos, talvez acreditasse, de boa-fé, que esses planos tinham algum ponto em comum, mas — e não se tratava de decepcioná-la — que eu não estava procurando, em termos estritos, um trabalho. Tudo isso eu mencionaria, mas o reprimi sabiamente, evitando, assim, a frase típica que costumo ouvir dos lábios de meu interlocutor, quando percebe em mim resistências às soluções que me apresenta: "Mas, então, o que você quer?", o que significaria a ruptura. Nada lhe disse, engoli a amarga insatisfação de estar repenicando em um espaço sem ecos. Ela conduziu-me a um estado limite; sua ideia complacente do mundo me fez desejar com intensidade não estar mais ali, eliminar, mediante um passe de mágica, tudo o que havia acontecido diante daquela mesa de café, tudo o que havia sido dito. Não pude suportar mais sua vontade de resgatar, nos perdidos da noite, nos cegos dos caminhos, a suposta luz que os guiaria até sua própria verdade e, em uma relação mecânica de causa e efeito, o recurso de uma atividade laboral remunerada que voltaria a colocar esses marginais do mundo no mundo. A noite acabou em numa náusea seca, que só teve leito quando regressei à minha casa, depois de me despedir para sempre de minha amiga, em um golpe gástrico, como era de se imaginar.

Oráculos

Antes, eu dizia que houve um primeiro exílio até o final dos anos 1970, depois do golpe de 1966, e um segundo de 1974 a 1986, o que perfaz um total de 16 anos fora do país por culpa de golpes, ditaduras e contubérnios repressivos cívico-militares. A soma não é baixa, mesmo comparada com o exílio espanhol. No final das contas, resultam muitos anos: admitamos que, desses 16 anos, tivéssemos de descontar pelo menos três, porque é certo que poderíamos ter voltado à Argentina imediatamente depois da guerra das Malvinas, como fizeram muitos, ou depois das eleições e da restauração da democracia, como fizeram muitos outros, mas, de toda maneira, esses anos foram significativos para qualquer idade. Fui, por exemplo, ao "primeiro exílio" antes de completar 27 anos, regressei pouco antes de completar 31, fui embora de novo aos 34 e voltei aos 47. As épocas voaram como tornados, criando, em mim, estados repentinos de confusão sobre a passagem do tempo. Durante essas insânias, não era excepcional que eu confundisse hemisférios ou distorcesse pontos cardeais. O Oriente ia para o Ocidente; o Sul, ao

Setentrional e vice-versa, e a noção não se corrigia com o raciocínio compensatório de que tudo dependia do ponto em que se estivesse situado.

Essa perspectiva vacilante persistia e acentuava-se pela falta, no vale do México, das estações definidas com clareza em outras latitudes. Apesar de não haver um outono cabal, nem um inverno nítido, o inverno chegava por obstinação, e ofereciam-se, no mercado, modas invernais como antes haviam se oferecido coleções de primavera, verão e outono. Porém, quando chove no verão, faz mais frio que no inverno, e os meios-dias no inverno costumam ser francamente tropicais, transitando o habitante por várias estações em um mesmo dia.

Os anos não corriam nesses longos parênteses. Talvez esse deslocamento fosse consequência, ou sintoma paralelo, de uma desestruturação do próprio exílio, mas ninguém se permitia analisar essas questões, e não ocorria a ninguém acertar o relógio biológico do desterro. O tema foi proposto por mim ao psicólogo que me atendeu, quando os dourados atacaram meu organismo; disse-lhe que me desesperava não fazer aniversário, que tinha a descabelada ideia de que o tempo não transcorria, mas que, assim como o presente parecia estar detido, o futuro se tornava extenso e infinito. Então, já me dava conta de que essa ilusão era, na realidade, um estancamento e vaticinava que qualquer dia haveria de produzir-se uma contagem regressiva, cujo montante inicial teria um desenvolvimento imprevisível.

Com efeito, dez anos depois dessa intuição imprecisa, em minha primeira viagem a Buenos Aires, em um único segundo, aglomeraram-se em mim todos os anos, e o engarrafamento foi tão brutal, que fiquei sem respiração. Sempre havia pensado que a aparição, em certa literatura escrita por mulheres, da cena do espelho, na qual uma mulher se olha e verifica o transcurso impiedoso dos anos e tem uma grande depressão, era um dos lugares por onde se podia esvaziar a escrita, e prometia evitá-lo em meu trajeto. Cada vez que eu lia "Ela olhou-se no espelho" e tudo o que daí se segue, bordado de sentimentos e de ideologias, parava de ler. Assim tão prevenida, entretanto, na primeira viagem a Buenos Aires, em 1984, de puro caráter exploratório e intensamente carregada de negatividade, vi-me olhando no espelho e descobrindo, em um instante, na pele, nos olhos, as comissuras, o ciclone desses dez anos; e não eram rugas, nem outros sinais de decrepitude, era algo diferente, um pó fino e cinza, por isso mesmo macabro, que cobria a totalidade de minha figura como se fosse uma pátina. Minha imagem havia adquirido o tom sépia das velhas fotografias, um rubor cinzento. Poderia dizer que, até aquele momento revelador, inclusive, eu tinha a sensação de que as pessoas haviam envelhecido muito na Argentina e de que os que tínhamos ido embora, pelo contrário, permanecemos iguais, situados nos parênteses do não transcurso. Porém, só agora pude ver que esses compatriotas que estiveram fora do país, depois de dois ou três anos de regresso, acusam a passagem do tempo como qualquer mortal e que o acusam ainda mais que os de sua geração que ficaram. Como se a ilusão do fantástico interregno tivesse sido cobrada por partida dupla e como se estivéssemos condenados a uma deterioração maior. Assim era eu mesma refletida nesse espelho: o leque estava fechado e, pouco a pouco, abria-se com um efeito multiplicador.

Com o leque aberto e a consciência da falibilidade espacial e temporal, eu já não podia me lançar para trás; ao se pressentir o limite, chegamos até as fronteiras da resistência física e moral, e esse estado alcança sua maior intensidade — reverdece, por assim dizer — no próprio país. Então, depois de tantos anos de ausência, raciocinei, não podemos eludir a questão. Imaginei, como se meu raciocínio escolhesse uma formulação plástica, para operar sobre as circunstâncias, uma linha que ascende, curva-se e depois volta em círculo sobre si mesma, para se relançar. Esse traço que me recolheria e me despediria foi a ideia em movimento que me serviu para explicar meu regresso. Só assim, cumprindo essa parábola, seria possível continuar existindo. A imagem operou também como conjuração: voltar, o ato recursivo, cuja promessa de repetição infinita não me era estranha, pois o tempo não havia transcorrido para mim durante os parênteses mexicanos, seria como o beijo do príncipe que desperta a adormecida.

A primeira vez que vim à Argentina foi em 1984. Meu maior desejo era que o avião passasse direto, que não se detivesse em Ezeiza; depois, pensei que esse seguir ao largo era não voltar a pisar o solo argentino, nem qualquer outro solo. Não mais pensava em Cindal, um morto muito remoto, transbordado com generosidade pelas dezenas de outros mortos, nos quais eu tinha mais motivos para pensar, porque, em muitos casos, eram muito próximos a mim. Justificava-se que eu tivesse desejado que o avião seguisse ao largo até o infinito. Depois de dez anos de ausência, fiquei um mês. Nos primeiros dias, não consegui sequer aparecer na rua e aferrei-me ao reduzido espaço do quarto onde dormia. Para mim, teria sido impossível vencer a agorafobia, se, um dia, o amigo, em cuja casa me hospedava, não tivesse me tomado pela mão, para me instar a sair.

Essa caminhada foi pela Vicente López até a Junín. Passamos em frente ao mercado municipal, que antes se situava na rua, bordejando os muros da Recoleta, e a poucos metros do café chamado La Biela, e vimos como estavam belas e cheias de si as seringueiras do jardim. Meu amigo relembrou que uma vez tinha visto dormir um homem, um mendigo, que não "barão rampante" no galho mais grosso de uma das seringueiras mais velhas; a poucos metros dessa imagem resgatada pela memória da copa da árvore, observando que abaixo muitas pessoas bebiam seus cafés e seus chás com placidez e bonomia, à sombra dessa árvore, não pude controlar os espasmos da gastrite — qualificada de "emocional" em um diagnóstico de 1981. Sem dizer nada, porque havia perdido o reflexo de solicitar ajuda, sem que meus lábios contivessem a inundação de saliva, engoli, por puro domínio dos sentidos e dos sentimentos, uma náusea que qualquer outra pessoa menos controlada teria selado com um gemido de dor, procurando a sinceridade espontânea e direta das náuseas: o vômito puro e simples. Apenas disse que estava um pouco enjoada e sentei-me em um limiar para me recuperar. A partir daquele momento, somente saí de casa para tarefas de reconhecimento: a rua onde morei, a rua onde mataram Fulano, a rua onde vi Beltrano pela última vez, a praça onde caiu Cicrano. Fulano, Beltrano, Cicrano, pobres substitutos nominais que a língua tem, para não nomear, nem conotar e que, ao não designar, somente enumeram.

"O tempo mudava ciclicamente", era a ideia gravada no imaginário dos que líamos Dylan Thomas, no último lustro dos anos 1950 e no primeiro dos 1960. Entregar-me a ela era, de certa maneira, colocar-me a salvo, como se uma espécie de mística invocatória pudesse tirar-me do estancamento e operar uma mudança. Durante todos os anos do exílio, lia, diariamente, o *I Ching*, o livro das mutações, o livro-guia-sacerdote-analista, cujos benefícios terapêuticos eu recebia pelas manhãs e, em épocas de crise aguda, duas vezes por dia, de manhã e de noite.

Embrulhado na pele de uma vaca amarela foi a linha que me saiu, quando lancei três dragões com as moedas (no México, os dragões são águias, e a outra face, os não dragões, são sóis); o hexagrama era *Ko* (Revolução), e a linha dizia: *as mudanças devem ser realizadas apenas quando não existir algo a fazer. Por isso, a princípio, é necessário uma restrição extrema. É preciso afirmar-se em si mesmo, controlar-se.* Na dialética das mudanças, a cor amarela é a metade exata; e a vaca é o símbolo da docilidade. O hexagrama, lido o oráculo, quando eu deveria tomar a decisão do regresso, só poderia provocar incerteza. Nitidamente, dizia que, por um momento, havia de me abster de *fazer coisa alguma, já que toda ofensiva prematura acarreta maus resultados.* Sempre admirei as metáforas guerreiras do livro-guia, essa lógica dos enfrentamentos que descreve a estrutura das relações humanas. Acostumada a ser fiel às indicações do hexagrama que me coubesse por acaso dia a dia, naquela minha primeira leitura anterior à decisão de mudança, percebi que a guerra seria intensa. O caractere chinês *Ko* significa, em seu sentido original, *a pele de um animal que se transforma no decurso do tempo, quando ele está na muda.*

Os sinais foram pródigos. Uns meses depois, o caractere *Ko* voltou a sair, e o nove que me coube ao lançar a sorte — três dragões — queria dizer: *O grande homem transforma-se como um tigre: uma pele de tigre, com suas listras negras claramente visíveis sobre o fundo amarelo, tem, de longe, um aspecto característico. O mesmo acontece com uma revolução provocada por um grande homem: as linhas grandes, claras, fazem-se visíveis, compreensíveis a qualquer um.* Eximindo-me de qualquer titubeio, a linha queria dizer-me: *Por isso, não deve consultar primeiro o oráculo, já que consegue o apoio espontâneo de seu povo.*

Mesmo que, em termos filosóficos, a política do poder e a esfera individual formem unidade no texto das mutações, é preciso saber deslindá-las; mas, daquela vez, o hexagrama apresentou-se com um sentido unívoco: a revolução era tudo, para o indivíduo e para o povo. Uma nota de rodapé exaltou-me. Dizia: *Cf. o conto de Goethe "Das Marchen", no qual a frase "Chegou a hora!" se repete três vezes antes que comece a grande transformação.*

Tomei três moedas, suas caras têm o valor de 5 centavos, e as coroas são pumas argentinos — a águia e o sol estão; voa uma, e brilha o outro longe de mim —; concentro-me nos quatro regressos à Argentina, o primeiro por um mês em 1984, o segundo por dois meses em 1986, o terceiro por oito meses em 1987 e o quarto que começou com esse lance de moedas; não formulei uma pergunta específica ao oráculo, só uma vaga interrogação geral sobre aquela nova etapa. Primeira jogada, primeira linha, um dragão (puma); segunda, dois pumas; terceira, igual à anterior; quarta, um puma; quinta, dois pumas; sexta, dois pumas. Percebi que as linhas dos dois trigramas, inferior e superior, eram iguais, nenhuma era mutante, portanto, não se formou um segundo hexagrama. Não haveria futuro, ou nada disse o oráculo mais além da linha atual; o presente suporta todo o peso, pareceria que o "agora" sempre foi um longo dia. O hexagrama é *Chen*, o que desperta (estrépito, trovão): representa o filho mais velho, o que toma as regras com energia e com potência. Uma linha *yang* cresce sob duas linhas *yin* e abre passo para cima. Esse movimento é tão violento que suscita terror. Está simbolizado pelo trovão que brota da terra e, com seu estrépito, causa medo e tremor. O estrépito que semeia o medo ao redor de 160 quilômetros, entretanto, "não deixa cair a colher e o cálice dos sacrifícios". Retumbou quantas vezes quis em meus ouvidos; para o livro, é a manifestação de Deus dentro das profundezas da terra e, por ser o ruído de Deus, espanta os homens. O livro dá-me outra oportunidade, sua dialética de pesos e contrapesos, desta vez, diz-me que o temor a Deus é bom, porque, depois dele, vêm a alegria e o contentamento. E acrescenta: *Quando um homem aprender, dentro de seu coração, o que significam o medo e o tremor, estará a salvo de qualquer pânico produzido por influências exteriores.* Que o trovão retumbe e dissemine terror em um raio de 160 quilômetros: o homem continua sendo tão modesto e reverente em espírito que não interrompe o rito do sacrifício, e é por isso que não caem nem o cálice nem a colher.

Ordem do dia

Nenhum oráculo diz melhor algo por antecipação do que a própria decisão de antecipar-se. Prever os desenlaces também configura uma neurose do destino; durante todos os anos em que o tempo parecia não suceder, havia que se aferrar aos fatos e, sobretudo, não eludir qualquer ângulo, nem saltar qualquer marco. Já que estávamos excluídos do que acontecia na Argentina, já que eram outros que enterravam, outros que comiam a nossas mesas, outros que dormiam em nossas camas, outros que continuavam pertencendo àquele lugar e àquele presente, e já que não podíamos voltar e que ninguém nos reclamava, nem reclamaria que voltássemos, vivíamos por substituição, por interpostos, procurávamos um país que estava a milhares de quilômetros de distância e o trazíamos à colônia Águilas ou à colônia Tlacopac, à avenida Deserto dos Leões ou ao beco da Rosa, pois assim se chamavam os bairros e as ruas, respectivamente no tempo, de nossas duas moradas coletivas.

Em noites e mais noites, reuniram-se ali argentinos, insanos: com estatutos, representações de maioria e minoria, ordens do dia, atas, organogramas, pedidos de informe, eleições. Calculando que eram destinadas às reuniões umas dez horas semanais, ou seja, quarenta horas mensais e quatrocentos e oitenta anuais, pode inferir-se que, em dez anos de exílio, estivemos reunidos umas 5 mil horas, e essa cifra, desde já, deveria ser duplicada, porque a reunião era muito mais longa que qualquer média. Discutir, dissentir, suspeitar era o modo de fazer um país desse limbo argentino que era o exílio, e a missão não admitia limites temporais. Havia, inclusive, de quadruplicar a cifra, porque outros grupos tinham outras "casas", e ali as discussões também eram, com certeza, intermináveis no ofício da procuração.

As construções verbais eram muitas e variadas, o que se dizia nessas reuniões até a madrugada, seja qual fosse a posição defendida, tinha a forma de pirâmides escaladas por milhares de raciocínios que queriam alcançar o topo, o justo, o que, por fim, mantivesse uma proposta eficaz; os ânimos acendiam-se mas o espírito buscava, em princípio, o acordo. Essa falácia de unidade não demorou a romper-se. Nenhuma férrea vontade poderia evitar as divisões, e a verdade é que o fato de as diferenças aflorarem desvelou a impossibilidade natural de um consenso e serviu para alimentar as discrepâncias e os alinhamentos, condição mínima para cobrir os tempos do exílio político.

Essas posições, dirimidas em um mesmo espaço, chegaram, por vezes, a incitar-me a uma tomada de partido. Eu recusava qualquer vislumbre de pregação populista, não gostava do tom ponderado e esmerado do discurso "purificador", mas atraíam-me os raciocínios escalonados, cada qual em seu estilo, que lançam uma corda ao ouvinte e o deixam subir, um por um, os nós da argumentação até o cume, sem lhe poupar as vertigens nem os suspenses. Desse tipo de discurso, havia poucos expoentes. A espécie consiste em pactuar, a princípio, com a suspeita compartilhada do interlocutor, não a suspeita particularizada em uma pessoa ou em um acontecimento, mas aquela entendida como atitude "epistemológica": o juízo sobre a realidade apoia-se em uma análise que o interlocutor, ele ou ela, é convidado a compartilhar desde a partida, porque, em algum momento anterior, soube dar confiança a quem analisa e julga. Quem vai remontar o discurso sobre a realidade conta com nossa suspicácia, nos propõe um jogo de premissas indiscerníveis para uma entendedora vulgar e corrente, nos dá a possibilidade de segui-lo sem outro corrimão que a corda lançada, não nos dá muletas e, ao contrário, nos exige que subamos com prontidão, sem denunciar nossas vacilações. Entrar nessa disciplina implica sérios riscos psicológicos, porque perder algum degrau no transcurso do exercício e ousar interrogar sobre a junta solta fariam que a tensão do conjunto se afrouxasse, de modo a perigar a comunicação. Havia argúcias para não se expor a essa menos-valia: adiar, por exemplo, a pergunta sobre o passo vedado à razão e esperar, com paciência, seu esclarecimento ao longo da marcha; confiar na linha geral, aligeirando as pressões dos pontos parciais com um sentido estratégico; fazer, em última instância, um esforço de autovalorização do próprio juízo, comparável em magnitude à distinção com que o outro nos elege para espraiar seu pensamento. No exílio, era difícil manter esses modos de discorrer que esquivam as mensagens diretas e obrigam a pensar. Solitários e na contracorrente, aqueles que os detinham eram os desmancha-prazeres, talvez porque davam conta das questões de fundo: a natureza do "inimigo" e o lugar que se ocupava em relação a ele — sob o jugo, no limite, em seus antípodas, em interseções conjunturais, na dobra, na contracara, na filtragem perversa. Esse tipo de inteligência podia detectar, em outra inteligência, o ponto no qual alguma transação se realizava. Estrutura paranoica no final das contas, uma vez que o motor punha-se a funcionar e era impossível pará-lo.

Havia outros modelos de expor e de pensar, mas o estado de alerta e o pessimismo permitiam distinguir as pendências que levavam aonde não se havia de ir. Autocríticas suspeitas nas quais o sujeito, para atingir seu propósito, atravessava à outra margem do rio, em uma espécie de desprendimento da própria identidade, deixando, em seu lugar, os responsáveis pelo erro político ou estratégico que naquele momento questionava e que, até a véspera, eram sua imagem e semelhança, sem que o observador percebesse a origem e a trajetória. Hipercríticos do esforço alheio que sempre consideravam "pouco político" o modesto projeto que lhes era apresentado;

desalentadas, as pessoas hipercríticas recuperavam uma alta ideia de si mesmas e deixavam de vir, poupando-se as longas reuniões até a madrugada. Maneiras de pensar muito ciumentas que pararam mentes no rigor extremo de certos termos, como *aniquilamento*, *genocídio* e outros, que descreviam a repressão militar, e nas desvantagens que representava para eles e os expulsaram das denúncias, abonando, já nos anos 1970, o esquema bicéfalo dos dois demônios.

Não poderia estabelecer quais foram os efeitos dessa prolongada atividade na qual se puseram tantas paixões; não sei em que parte pode ter repercutido esse trabalho, tampouco sei mediante quais recursos ele foi forçado a desaparecer pouco a pouco, pura e simplesmente, nos tempos de recomposição social e política, depois da democracia. Pergunto-me onde está a carga dessa poderosa libido que nos levava a permanecer durante horas e horas, ao redor de uma mesa, ingerindo litros de café e fumando sem desmaio; onde está, por exemplo, a desconfiança que me atacava, mais gozosa que amarga, perante o que eu via como defeitos; o que se fez de todo esse fluxo afetivo que insuflou ódio e amor à minha vida; o que aconteceu com as diferenças ou com as coincidências; onde estão as pessoas, cujos juízos nos faziam refletir; onde ficou a parte dos conchavos, das conciliações e das rupturas que Miguel Angel Piccato, morto no exílio, me transmitia. Essa catedral da política, sem cimentos territoriais, erigida no México, com trabalhos forçados, esgotados os dias e as noites em sua colocação, está agora em brumas; as práticas que lá se fizeram foram absorvidas por uma pele grossa e paquidérmica. A inteligência topológica que distribuía os fatos e as circunstâncias, captava as inflexões dos discursos e discernia o pulso e a tensão dos embates contra a ditadura não encontra onde apoiar sua alavanca de força; moribunda, encolheu-se.

ESTAFETA

"Acredito que não suportaria, física e mentalmente, o regresso a Astúrias. No mundo das lembranças, Astúrias permanece como uma espécie de território mitológico. Você esteve lá... A entrada pelo porto de Pajares é irreal, quase sub-realista. Não se entra em Astúrias, descende-se. O primeiro tropeço é nas nuvens, que não estão sobre a cabeça, mas debaixo dos pés... É preciso atravessar as nuvens para encontrar os vales e as montanhas. Tudo isso é irreal e assim permanece na lembrança", disse-me Ovidio Gondi.

Republicano, socialista, havia chegado ao México com o exílio de 1939, aos 27 anos, e não pensava em voltar à Espanha; não pôde fazê-lo depois da morte de Franco e, agora não queria. Naquele momento era subdiretor de um semanário fundado nos anos 1940 e, desde então, havia estado nessa redação, no primeiro andar de uma antiga casa da Colônia Roma, escrevendo quase toda a revista, mas, em particular, uma seção chamada "Continente americano" ou "América de polo a polo", já não me lembro bem. Encarregava-me de "os outros continentes", que, por descarte, compreendiam Ásia, África e Europa, um total de oitenta páginas de 28 linhas de 65 batidas por semana, que Gondi aprovava ou desaprovava com critérios literários e periodísticos de alto rigor. Eu havia herdado o posto de Andrés Soliz Rada, boliviano exilado primeiro na Argentina e depois no México, desde o golpe militar de 1971, que derrocou o general Torres. Depois da famosa greve de fome de 1978, que marcou o começo do fim da ditadura militar na Bolívia, Soliz decidiu voltar a seu país. Antes de ir embora, chamou-me e, com tom conspiratório, disse: "Você deve aproveitar esta trincheira", apresentando-me a Ovidio Gondi.

Estar ou não no país, perdê-lo ou recuperá-lo, era minha preocupação, tão forte e tão invasora, que tive a necessidade de provocar nela uma mudança, ou fazer dela outra figura, ou, pelo menos, cotejá-la com os exílios que estavam vivendo naquele momento, em 1979, meus pares na Europa, então, decidi vê-los. Faz oito anos ou mais dessa empreitada temerária, e não consigo imaginar com quais reservas me lancei a essa peregrinação em busca de desterrados, pessoas bastante golpeadas que haviam perdido filhos, haviam enviuvado ou que haviam sobrevivido às matanças por acaso. Não era voltar, mas marcar o território imaginário, não perder, não deixar os afetos serem arrebatados. Propus-me, além do mais, ir a Astúrias, ao vilarejo de Gondi, voltar em seu lugar e contar-lhe tudo o que havia visto; mesmo sabendo que minha viagem não modificaria sua decisão, acreditei poder devolver-lhe algo de sua história. Cheguei às névoas asturianas, em uma madrugada, vindo de Madri; por Campomanes, La Cobertoria, Ujo, Santullano, Mieres, Ablaña, Olloniego, as nuvens saíam, com efeito, de nossas plantas, e as rodas do trem faziam-nas girar a empurrões até o fundo dos precipícios. Do compartimento branco do trem, isolado da noite exterior, como uma cápsula asséptica, vi as primeiras brumas que se sucederam sem interrupção, depois dos campos castelhanos. Ali, vislumbrando a noite da janela, não pus em dúvida o sentido reconstrutivo da missão, mas havia aparecido a aflição, e eu não tinha certeza de que a melancolia não me ganhava. Pensava que naquele dia, e no seguinte, e nos que correram durante os dois meses de minha ausência, Ovidio Gondi imaginaria minha chegada a Oviedo, às portas do céu, e, sobretudo, o momento em que eu estaria às portas de Sama de Langreo, captando a umidade límpida do ar, sobrepondo-me às inevitáveis sensações de estranhamento. Achava que ele pensava em mim, imbuída de um dever e presa a uma promessa, em cujo cumprimento a fantasia do retorno haveria de se plasmar e abolir-se simultaneamente, em um jogo de delegações, eu por ele, ele por mim, sem término. Ele, no México, talvez temia que eu chegasse a desistir, mas, ao mesmo tempo, há de ter desejado que a empreitada se frustrasse, porque, de todos os modos, enviar uma representante era o princípio da reconciliação, era bordejar o afeto, inclusive, acariciá-lo, e ele não regressaria à Espanha. Juntos, havíamos urdido a façanha. Eu procuraria, em Oviedo, dom Manuel Ordax, o único amigo que lhe restava; ele me guiaria até Sama de Langreo, onde morava a família Gondi durante a guerra civil, e daí iríamos a El Entrego, o vilarejo natal de Gondi.

Don Manuel Ordax levou a cabo os rituais celtas. Dizia: "Aqui bebíamos sidra" e deixava cair um jorro sobre o chão das cantinas; "aqui era a Casa do Povo, que agora reabriram"; "aqui, nesta praça, jogávamos"; "aqui Ovidio leu para mim um poema sobre barcos"; "diga-lhe que estivemos em frente à casa onde ele morou com os pais". Assim, avançávamos pelas ruas, dobrávamos as esquinas, e ele mostrava, assinalava, situava-se nas sucessivas perspectivas e orientava-me no geral e no particular, no grande e no pequeno, mas eu armazenava, em minha memória de testemunha privilegiada, os meus próprios balanços, reunia para Gondi minhas visões de um calor forte, suspenso sobre as copas das árvores na praça, por cima das pequenas casas de Sama, um calor também paralisante sobre os velhos sentados nos bancos, uma "prospectiva" dele mesmo, se não tivesse havido guerra, se sua gente não tivesse sido fuzilada, se ele não tivesse sido desterrado, na qual ele aparecia junto a esses memoriosos anciãos, em estado de júbilo e escassa graça. Então, justificava-se a negativa, o não retorno.

Ordax não perdia um instante: começou a parar os mais velhos e perguntar-lhes: "O Sr. conheceu Ovidio González Díaz, chamado Gondi por apócope?" E as pessoas olhavam-no estupefatas e mais estupefatas ainda, quando abundava em detalhes da família Gondi, por dupla apócope de González Díaz. Até que, por fim, acertou, e a interrogada, dessa vez uma senhora de uns 70 anos, de rigoroso luto, disse-lhe que sim, que como não o haveria de conhecer, que ela era Manolita, viúva de Pepín Carrocera, fuzilado aos 29 anos em 1938, que ela conhecia muito bem dom Perfecto González, pai de Ovidio, "fuzilaram-no três anos depois de terminada a guerra, imagine o senhor", e foi nos levando pela rua uns metros até nos fazer entrar em sua casa, compelida pelas lembranças que havíamos desbarrancado em sua memória. Agarrava um, soltava o outro, a três e a quatro ela os colocava em leque, abre e junta como um baralho; não é sempre que se dão essas ocasiões em uma vida viúva, solitária, com filhos para criar pela vida toda.

De repente, ela tira umas fotos de um moedeiro negro e grande, o mesmo que levava para suas compras, quando a abordamos. Uma está muito desbotada, é de máquina Reflex e tem as bordas picotadas; nela, há um terreno baldio, com uma tapera inacabada ao fundo; na outra, colorida, a tapera foi completada, e há uma cruz à maneira de monumento que não leva nome, só a palavra PAX. "Nesse campo fuzilaram-nos. Pegaram o meu com outros 35, nos barcos, dia 24 de junho", disse a viúva. "Com o monumento, Franco fez o mesmo nos anos 1950."

"Para que você conte a Gondi", o *leitmotiv* não cessa e acaba cobrindo todos os vazios da vontade e da emoção;

a guerra continua igual, nada se concluiu, ele não volta, mas tomei a estafeta e, sem perceber naquele momento, quando o trem desce das nuvens até Madri, iniciei meu regresso prematuro à Argentina, na própria Espanha. "Tudo é irreal e assim permanece na lembrança", obstina-se em dizer Ovidio Gondi.

Alvéolos

O alinhamento de fendas idênticas no comprimento, na largura e na profundidade de uma superfície, com a consistência mórbida do favo preenchido e daquele vazio de colheita, gerava em mim o que resolvi denominar o *efeito alvéolo*: a sensação repentina de estar possuída por um desejo biológico irreprimível de morder. Entenda-se não de morder com os dentes, mas com algum outro dispositivo humano que não está situado em um lugar do corpo, porém nos espaços vagos da chamada mente. Os dentes, na verdade, não se eriçavam, nem se estremeciam como no rangido, mas algo na boca se fundia e se abrandava, incluídos os dentes, quando surgia esse desejo súbito e a demanda conseguinte de impregnar-se ou fundir-se na superfície alveolada.

Mil-olhos-tem-a-noite podia chegar a enlouquecer-me: vasta superfície perfurada, esponja que absorve o entendimento com a porosidade. A estrutura em blocos alveolados podia não ser extensa e aparecer reduzida em cadeias mais estreitas e, às vezes, com uma distribuição em fileiras de dois alvéolos ou de pequenos grupos de vários alvéolos. A flor da lavanda, por exemplo, distribui seus cálices ao longo do talo; ao tomá-la entre os dedos, com a espiga inclinada para a direita ou para a esquerda, de perfil, a sensação começa a insinuar-se, porque a formação é de grãos azul-celeste, e o tato sobressalta. Gira-se suavemente o talo, que é colocado diante dos olhos, de frente; as diminutas bocas negras das corolas em ramalhete apontam como canhõezinhos, então, surgem, incontroláveis e imponderáveis, a tubulífera demanda mordente e o estremecimento de calafrio interior que a acompanha.

Fungos que são convexos ao nascer, mas que se tornam ocos como um funil à medida que crescem; fungos que crescem em feixes e grupos, em forma de mamilo (Cf. Juan Tablada) no centro quando são jovens, e que emitem luzes fosforescentes de noite, como "bolas de lume"; fungos com casquetes cônicos ou em forma de sino, frágeis, com talos esbeltos e ocos; fungos que tremem na superfície como línguas de gato; fungos cujos alvéolos são lâminas, folíolos, ninhozinhos ou crateras; fungos sulcados e bordejados, políporos e esporádicos, quando estavam diante de mim, a meus pés ou à altura do olhar, desencadeavam o mesmo desespero, cuja origem indefinida obrigava a afastar-se do lugar o quanto antes.

Nos períodos de maior sensibilização a esse efeito, a realidade inteira apresentava-se distribuída em módulos enlaçados entre si, formando vastas sequências de matéria. Da descrição plausível do interior de uma romã chinesa, por exemplo — as paredes brancas, uma vez desprendidas das sementes da fruta, dão uma carne dúctil e elástica, com protuberâncias agudas afundadas e correlativas que separam os ninhos de implantação —, ou de uma noz de Castilha, com os meandros e os seios de suas circunvoluções interiores, eu passava a uma tentativa de me explicar os mecanismos com os quais umas e outras figurações se imprimiam em mim e me afetavam. Espaços de encaixe, cadeias que se emparelham, combinatória incessante do côncavo e do convexo, de geometrias nas quais uma linha disparada pelo lápis e ao acaso sobre o papel se dobra, espontânea, sobre si mesma e convoca outra a encerrar-se em seu interior e ainda outra a rodeá-la e a reproduzir, por sua vez, com outras linhas quebradas em semicírculo, formações semelhantes em um desenvolvimento crescente, constituíam minha mania perpétua de encerrar e abrir, de difratar e refratar as partículas do real.

Um núcleo rodeado por uma grande quantidade de subunidades que se comunicam — ou encerram — por corredores que as cingem ou as liberam era o esquema básico que me dominava e por meio do qual eu dirigia as modelações de meu tato sobre as coisas e de minha visão da pintura e a perícia do meu ouvido, para organizar os sons que a ele chegavam. Infrutiferamente, tentava discernir a índole de minhas respostas a esses ritmos da estrutura, mas ficava no invólucro do fenômeno, incapaz de desvendar seu mistério. A sensação que se produzia era, por conseguinte, um estado possível de classificação dentro das coordenadas da espécie humana ou animal.

Por acaso seria sintoma de alguma patologia? Talvez o fosse, pela maneira em que se negava a ser descrito mais além ou mais aquém da metáfora. Muitas vezes, perguntei a outras pessoas se a disposição dos favos em alvéolos não lhes provocava ânsias — "dar ânsias", expressão usada no México para descrever o nervosismo e o desassossego que certas situações incontroláveis produzem, era o termo apropriado —, mas não encontrei alguém que fizesse eco de minha inquietude ou que simpatizasse com minha urgência por entender o que me acontecia.

Poderia ter procurado o modelo alveolado em disciplinas diversas, indagado sua presença na natureza ou na arte, mas em nenhum lugar teria encontrado o sentido da vertigem que me embargava, quando aquilo se manifestava. A situação tornava-se persecutória, à medida que descobria que tudo o que me rodeava estava coberto por essa película mole, aprisionado nesse epitélio elástico e cariocinético, e comecei a intuir que eu também poderia ficar presa na obsessão reticular.

Na placa dos sons alinhados, produzem-se leves deslocamentos, como se, em algum ângulo da massa, alguém pressionasse ou introduzisse uma cunha. Os alvéolos correm de um lado para o outro, de modo imperceptível; de dentro ou debaixo desse elemento sonoro, sucedem-se levantamentos que depois estalam em pequenos vulcões. Aqui e agora, nesta unidade ou neste recinto constituído por mim mesma e por meus sentidos, não se produz um *ver*, ou seja, o exercício comum de pousar um olhar sobre as coisas, senão uma ideia *do ver* que não pretende ver e sim *ouvir o ver,* ouvir um olhar interior ou mais que um olhar, uma aptidão para armar o tabuleiro radial da consciência, sobre o qual se prendem, na ocasião, os sons. A música dispara sua matéria em raios e a comprime em nós, como se fosse uma enorme bomba respiratória, a ritmos escandidos ou disritmias fora da vontade, na série ou fora dela. Encerrada nesse espaço que só é real em sua parcela de virtualidade, mais uma construção operativa mental para descrever os efeitos da música do que um estado físico, agora *vejo o que ouço.* As ondas perseguem-se, e as junções nas quais umas e outras se reúnem cingem minha cabeça ou apertam meu coração, obrigando-me a um acompanhamento com o corpo. Mas o corpo não se move, estou suspensa, leve e, entretanto, nenhum membro oscila, nem responde a uma cadência de maneira evidente. O movimento, as incisões do som, as sequelas vibratórias nos pontos de interseção desfeitos de repente pelas colunas sonoras; a cor que se desluz, transparente e carregada de todos os valores com que as escalas da composição se sucedem e declinam, tudo isso transcorre no *recinto de ver o que ouço,* uma secreta fábrica, um compartimento separado do sentir corrente dos cinco sentidos, mas que os abarca e subsume em condensações por enquanto sem nomenclatura.

 Passei minha vida nesse compartimento de minha pessoa, no qual nele sempre é noite, e a sucessão do negro ao cinza indica os tempos inativos, à espera da luz.

Esta anuncia-se, fazendo passar de um lado para o outro, de cima para baixo, de leste a oeste, de norte a sul e por todos os infinitos pontos cardeais intermediários de meu universo, valha a licença, centelhas brancas e brilhantes. Cavidade da noite e cavidade também de meu recinto a olhos fechados, ambos guardam a mesma incógnita; um aloja o outro ou coincide com ele, em uma superposição que a célula de ver o que ouço ajusta por desígnio. Pelo modo em que esse suposto comando da consciência resiste a despir sua natureza, procurei nele os sinais do efeito alvéolo; só ali, desfraldado nesse tabuleiro sempre noturno, poderia, alguma vez, aparecer a sensação mole e mordente e dar conta de sua maneira de operar sobre as ânsias.

Liberada inteiramente às manifestações próprias desse corpo que sou eu e às próprias de meu recinto, celular por acréscimo, distribuído em arcos alveolares, como uma enorme circunferência subdividida segundo seus polos e diâmetros, presa, portanto, da obsessão geométrica e da cariocinese sem fim que pode chegar a pulverizar a realidade, procurar ali a resposta ao enigma significava um risco: por mediações perversas ou intersticiais do inconsciente, a superfície fundida e perfurada poderia de repente, tornar-se persecutória e incontrolável. Já de uma longínqua vigília que deve ter se produzido nos anos 1950, recordo que a sensação mole e polida de milhares de pequenas cavidades, distribuídas em fileiras dentro de uma caixa e dispostas para a implantação de algo, talvez de peças que eu não chegava a identificar, cavidades já vazias dessas peças, reduziu minha pessoa a um ser minúsculo e assediado, enquanto o recinto se engrandecia a seu bel-prazer, como se houvesse ganhado uma vida própria e ameaçadora, sem mim, mas, paradoxalmente, em mim. O compartimento que me incluía e era eu mesma cresceu mais além de *nossos* limites, deixando-me virar uma greta, ocupando o terror todo o espaço.

Não podia, pois, me entregar sem reservas à produção ilimitada de imagens de minha fábrica oculta. Ainda que esse dorme-acorda não me oferecesse uma explicação do efeito alvéolo, ele constituía meu alimento principal: esporádico, ele se escamoteava perante meu desejo de submergir-me e, durante longos períodos, permanecia (e permanece) fechado, bloqueando-me a aventura e obrigando-me a controlar a percepção. Ali, apesar do risco, eu sondava alguma cena perdida que pudesse ter configurado o sintoma, queria encontrar no sonho o que a razão me negava. Essa busca não poderia ter outro lugar que o recinto de olhos fechados para dentro, onde a concentração é máxima, e a perda de imagens, mínima.

Recordava outra sensação que se havia produzido em mim durante um acesso de febre alta, há cerca de trinta anos: o quarto onde dormia, superposto como de costume à minha secreta recâmara de sonhos (ou de ver o que ouço ou de ver o que observo com os olhos da consciência ou da mente), foi se desgrudando dela (da secreta recâmara) com lentidão como se uma força alheia o levantasse ou melhor como se içasse sua armação e a separasse, deixando invisíveis as paredes, deixando-as apenas "sopro", sem corpo, e deixando-me, em consequência, sem estrutura, desestruturando-me, fácil e simplesmente, desmoronando meu eu e meu eu/recinto.

Esses perigos acovardaram-me diversas vezes ante a empreitada, e tenho evitado sumir nos encerros do tipo caracol. Incapaz de manejá-los com discrição e prazer, optava pela saúde mental, como se essa fosse um caminho, e o obstáculo alvéolo pudesse ser eludido por decisão própria.

Um dia, depois do regresso à Argentina, decidi rastrear, a qualquer custo, as zonas proibidas da memória, para situar o momento em que a superfície do alvéolo recebe a marca sinistra. Surge uma palavra, amontoamento, mas a ela soma-se um efeito ou uma ação: a espécie pulula, é proliferante. Pelo corredor estreito que a consciência me deixa, só chego a paredes trabalhadas, a baixos-relevos vastos e densos, nos quais as salientes e as entrantes parecem chamar o tato por sua morbidez. Mas o tato nega-se ao que a visão define cada vez mais em sua verdade: os frisos que se mostram para o reconhecimento são as primeiras imagens vistas por mim e registradas há mais de quarenta anos, em algumas fotografias de campos de concentração, os quais meus pais arquivavam. Corpos amontoados e mortos; corpos alinhados dentro de fossas, chamadas, com pertinência, de fossários; entranhas de uma câmara de gás expostas em um corte transversal (a porta foi aberta); colunas de um desfile militar nazista; os capacetes redondos vistos de cima, enfileirados, em sua caixa retangular e quadriculada. Essa ordem instaurada pelo terror repele e, ao mesmo tempo, devora; se a eludimos, ela triunfa de qualquer forma, a cavidade ganha a partida.

A ESPÉCIE FURTIVA

De uma noite de verão, janeiro ou fevereiro de 1951, ficou um vestígio que se emancipa, por assim dizer, da história que o sustenta. E nesse desprendimento, só, isolado, deixa-se reconhecer como um signo transeunte, preso a outros acontecimentos de minha vida, mas já sem qualquer enraizamento possível, como uma alma penada. A mão de um menino cruza o espaço que separa sua cama da minha, estende-se com audácia na escuridão, se lança ao vazio, e minha mão de menina está ali para tomá-la; as duas mãos que tiveram de vencer toda adversidade, toda oposição, para receber e transmitir, ao mesmo tempo, seu desejo de se unir. Esse único, fugaz e imperecível contato na noite daquele verão, fruto do acaso de uma disposição de camas e de meninos nos leitos num quarto, à autoridade de alguns adultos, essa união das mãos que se encontraram e se tiveram uma à outra, produzindo sucessivas iluminações interiores. Uma impetuosa dor, porque, na mesma intensidade que a união provocava, estava se antecipando a separação, essa fervente e momentânea fusão fundou para mim, de maneira irreversível, a espécie furtiva.

A imagem soltou durante todo o dia seguinte, e ainda no ano e lustro subsequentes, com uma perda de força e um avanço até a extinção, incontroláveis ao longo de mais quatro decênios, um resplendor estranho que machucava, curiosamente, com mais dor, à medida que se apagava. Os olhos negros do menino, recordo, não me fitaram quando a luz fechou a noite daquele verão, permaneceram recluídos detrás de suas pestanas como cortinas, e tudo ficou na iminência da véspera. Depois, tudo o que aconteceu a partir da primeira ponte na noite, na epifania do encontro ou no pesadelo da perda, teve a ressonância dessa figura: alheio ou alheia à forma que ganha em mim, o outro ou a outra, como o menino, estão mudos ou ausentes, quando a figura se recria. A espécie obstinou-se em se reproduzir, sobretudo, em meu regresso à Argentina, ela manifestava-se em evocações e era recolhida por minha consciência, como uma haste à qual não se pode desconhecer, nem, menos ainda, negar um nome.

Às vezes, a ponte estendida na noite, apenas entrada em sombras, é meu olhar que atravessa a rua pelo interstício de umas cortinas semiabertas. Do outro lado, está um menino de calças capri, meias colegiais cinza, sapatos negros abotinados. Ele observa a casa, percorre-a com seus olhos escuros e ávidos como de uma mulher fofoqueira, depois, olha ao longe o bonde que não chega, volta a olhar a casa de repente, respondendo a meu chamado das sombras, fita exatamente o lugar onde apareço, detém-se em minha mera pupila e permanece cravado a esse círculo de meu olho. Mal mexe a mão, adianta um pé, como para dar sinais de receber meu olhar, que não se vê, mas que parece ter estabelecido, com o seu, uma união inquebrantável. Alguma vez, abri as cortinas e me deixei ver, e o encontro foi tão evidente, pois ele cumprimentou-me e sorriu de seu lugar de espera, que alguém nos descobriu de outra janela. O temor ao castigo, a ponte quebrada por um terceiro, meu súbito desaparecimento para o interior do quarto apagaram o sinal, e, de repente, o menino de calças capri, que se chamava Elvio, afastou-se de minha vida, afastou-se, mas voltou, porque, sem sabê-lo, ele tocava essa substância constitutiva, essa espécie roubada e sigilosa.

O furtivo dessa espécie tem uma característica: a reunião, a ponte noturna roubada ao mundo que pode ser estendida de manhã ou de tarde, mas que não deixará de ser noturna por isso é uma aquisição para sempre; esse bem não se esgota e, em cada renovação, reitera seus efeitos. Cruzei-o mil vezes e evoquei-o outras tantas, quando minha vida se enfraquecia, mas se estendeu, tensa, em meio arco, com um vazio intermediário infranqueável, como nunca havia acontecido, em uma noite do mês de julho de 1987, a poucos meses de meu regresso a Buenos Aires: eu e ele, o outro necessário para que a figura se recriasse, permanecemos no limite, sem transpor o espaço intermediário e, por acréscimo, o peso da separação e a perda ficaram em minha margem descompensada.

Dei-me conta, então, de que apareceria, como em outros momentos em que a terra e o céu se distanciam de mim, deixando-me desprotegida, outro sintoma: o desdobramento. Eu não tinha de me remontar demais no tempo para recapturá-lo: fazia apenas uns anos que essa porta ao desamparo havia sido aberta e que eu, despercebida, a havia atravessado. Resisto a contá-lo, mas a imagem se impõe, pertinaz, como se, por alguma razão, esse episódio tivesse de anteceder, neste texto, ao do estranhamento referido à espécie furtiva. Foi em um hotel, na noite de minha chegada a Londres, dois dias antes de umas entrevistas que faríamos com uma fotógrafa norte-americana, para uma revista do México. Ela ia vestida como uma ex-combatente do Vietnã, com samarra calças verde-oliva, e calçava borzeguim; eu usava roupa de algodão num mês de abril que, na realidade, era mais frio que o pior agosto que eu conhecera em minha vida sulista. Em um passeio por Hyde Park, eu havia caminhado com passos de quero-quero; e ela havia se deslocado, elástica, com enormes pernadas de ganso. À medida que dávamos uma volta a distintos núcleos humanos situados no parque — islâmicos, fundamentalistas, indianos, paquistaneses —, eu havia experimentado uma progressiva sensação de diminuição física, quase uma extinção de minha pessoa, caminhando esforçadamente atrás de minha colega, que tinha a enorme vantagem de saber o idioma. Porém, por ser norte-americana na Inglaterra, minuto a minuto corroborava que não era entendida pelas pessoas, como se, de algum modo, com essa insuficiência, se compensasse minha inferioridade nas trilhas do Hyde Park. De um dos bancos exteriores do passeio, alguns acompanhavam de perto os deslocamentos policiais em torno da embaixada iraniana, tomada por terroristas que haviam feito reféns. Ao longe, no parque, vi um grupo de pessoas ao redor de uma enorme bandeira mexicana; o pano verde, vermelho e branco ondeava, e esse bambolear suave e patriótico era como um chamado de amor e dirigia-se a mim, prófuga e impródiga argentina, possuída sempre pela cobiça e pelo desejo irrealizável de ser mexicana. Essa bandeira que flamejava ao longe foi meu consolo naquela tarde gelada no Hyde Park. Senti, inclusive, que uma leve vantagem me favorecia em relação à fotógrafa, que era tão estrangeira como eu no México, mas, pensei: uma coisa é ser sul-americana no México, e outra muito diferente é ser estadunidense, e me adiantei, segura, até a bandeira desfraldada. Qual não seria meu horror quando descobri que, no lugar da águia sobre o nopal, a bandeira tinha, em seu centro, um leão imperial, terrível e majestoso, além disso, os que rodeavam o símbolo eram falantes de uma língua para mim desconhecida.

Essa revelação, meus desvalorizados passos a reboque e minhas roupas de algodão na fria primavera vinham se preparando durante a viagem: terror e desvalimento eram os signos de um episódio que havia transcorrido no assento de trás, no avião, uns minutos antes de nossa escala em Bermuda. Havíamos visto uma aeromoça que corria apressada a um chamado. Sem escândalo, em um ato mudo, aproximando-se do passageiro que viajava ao lado da janela, verificar que estava morto; a esposa do viajante tampouco disse uma palavra sobre o que havia acontecido, não se ouviu de seus lábios nem uma queixa ou um soluço. Ela e a aeromoça, era de se imaginar, haviam selado um pacto de discrição, e as boas maneiras deixavam esse homem abandonado à sua sorte. Quando aterrissamos, uma ambulância já esperava na pista; na ilha perdida chegava um morto estrangeiro.

Quando chegamos ao hotel que nos haviam reservado, ao transpor a porta de meu quarto, vi que, sobre uma mesa de centro, rodeada de poltronas, havia uma bandeja imensa de frutas: cachos de uva, maçãs, peras, ameixas e laranjas. Essa enumeração, entretanto, não responde a qualquer rigor descritivo; não acredito que, naquele momento, eu houvesse fixado a atenção nas espécies da bandeja, mas tenho claro que não me atrevi a chupar uma única uva e que, simultaneamente a essa repressão, comecei a pensar e a me dizer, e a dizer, inclusive, em voz alta, uma frase, a princípio meramente indagatória: "alguém tinha se suicidado em um hotel de Londres... quem tinha se suicidado em um hotel de Londres?", como se esperasse uma resposta de algum interlocutor presente, em um diálogo que se entabulam nos vazios da comunicação. "Alguém se suicidou em um hotel de Londres", eu repetia, "alguém se suicidou em um hotel de Londres." Para sair dessa frase, cujo valor aumentava dentro de mim até me ocupar, liguei a televisão. Na tela, apareceu uma cena de um conto, talvez "Cinderela"; a cor pêssego desses quadros e a voz que não cessava de me dizer que alguém tinha se suicidado em um hotel de Londres encheram-me de terror. Então, troquei de canal e me deparei justamente com o momento em que se filmava a recuperação, pelas tropas de elite, da embaixada tomada com reféns pelos iranianos. Vi como saltava um soldado de uma cornija até uma janela e a fumaça das granadas que demorava um segundo para se extinguir, como a flor da morte; também me desfiz dessa imagem, tentando recompor minha lucidez, mas a frase voltava e clamava por uma resposta. Chamei a fotógrafa em seu quarto, mas ela não podia atender à minha demanda: eu não só lhe pedia ajuda, mas também lhe perguntava quem tinha se suicidado em um hotel de Londres. Ela entrava naquele momento, com suas enormes pernadas, ao reino dos sonhos, eu não conseguia retê-la em sua consciência e dizia-me, quase sem voz: "Não posso, não posso mais, não posso fazer nada por você, estou adormecendo, tomei meus comprimidos, e já fizeram efeito, vou embora, vou embora", e sua voz ia afinando até se perder. Vencida, também estendi-me na cama, e as respostas começaram a se encadear: eu tinha me suicidado em um hotel de Londres, suicidei-me em um hotel de Londres, ela suicidou-se em um hotel de Londres. E dizia essas frases e voltava a dizê-las, até ver essa mulher, até me ver, envolta em um roupão, junto a uma bandeja de frutas que brilhavam na escuridão e a uma tela de televisão que tinha reflexos luminosos como os de estampidos de granadas, com longínquas rajadas de metralhadora nas imediações do Hyde Park e uma bandeira com um leão imperial no centro, a qual ondeava mais além de qualquer previsão histórica ou geográfica. Não sei quais restos de mim sobreviveram a essa longa pregação cochichada talvez no mesmo tom que o sussurro da aeromoça nos ouvidos do morto e da mulher do morto no assento de trás do avião.

A espécie furtiva com desdobramento tem uma construção discernível: uma voz interior, levemente separada da minha própria, formando uma espécie de som-aura a seu redor, me diz, em uma circunstância inesperada, uma verdade. Às vezes, ela a diz mediante o recurso da dúvida, como a que surgiu nessa crescente demanda acerca da pessoa do suicídio no hotel de Londres. Outras, de maneira direta e pungente, dizem, por exemplo, interrompendo um tempo de bonança, *não creia que isto vai ser sempre assim, você sabe bem que também existe a morte*, apagando-se a palavra *morte*, por esforço de consciência, por resistência moral, quase desmanchando-se no empenho da razão, mas emergindo sistemática e cada vez com um delineamento mais nítido e perfeito: *não creia que tudo vai ser sempre assim*. A primeira parte da frase, como um simples condicionante que relativiza um estado que se acreditaria perpétuo, uma sábia tomada de distância, mas que assesta, em sua segunda parte, o golpe de *morte* e não deixa tempo para se mexer, bate forte e derruba.

Depois, pouco a pouco, a frase transita até uma terceira pessoa, um *ela* que deveria saber que nem tudo será como até então, mas que também existe a morte, *ela* defende-se em diferentes usos pronominais, como se lhe tivessem furtado a identidade sem que se desse conta, passando do você ao eu e daí de novo a seu ela, em um perigoso jogo de seduções que se ignoram uma à outra, cada uma em sua estratégia de sortear a máxima verdade sussurrada.

Em julho de 1987, a voz se transformou em imagem: um homem, talvez um artista e, à medida que se definia como pessoa, cada vez mais um músico, se apresentava a mim como alguém que eu havia perdido, mas não me deixava ver seus traços físicos. Em minha consciência, ou melhor, nesse lugar fronteiriço em que este tipo de revelação tem lugar e que não se deixa penetrar por sondagens da razão comum, ele, aparentemente, me havia "modelado em um sopro" — essa era a ideia —, e eu havia me deixado rodear, por assim dizer, na forma por esse sopro concebida e havia me transformado ao bel-prazer desse pneuma. Esse homem me olhava de um palco, à direita da orquestra, e fazia soar um baixo, ida e volta; sua frase seca me dizia que eu o havia perdido e tinha sobre mim o efeito de uma derrubada. Quis raciocinar, fazer um balanço de músicos; procurei o que tocava o fagote, o do trompete, o dos atabaques, mas não, o baixo voltava e não se deixava reconhecer, mas se impunha como ausente presente, desmoronando toda noção de realidade porque ele dizia, com suas frases de submundo, ter me abandonado.

Uma vez que aceitei a dor de tê-lo perdido, esse personagem delineou ainda mais sua existência real e foi uma pessoa de carne e osso, com a qual eu nunca havia tido qualquer relação, nem sequer na mais remota fantasia. A história, nesse caso, havia se tecido separada de mim e de minha circunstância; de maneira sigilosa, havia invadido meu interior, minha mente, minha alma e, de repente, sem anúncios prévios, começava a me fazer sofrer e me situava na carência. Supunha-se que eu estivera em uma casa uma noite, em uma conversa desprendida, quase sem objetivos e, sobretudo, sem qualquer consciência da matéria mental, espiritual, libidinosa ou amorosa que meu interlocutor, sem fazer barulho nem alarde, inoculava em mim, ocupando meus territórios. Só meses e anos depois, me dei conta, agoniada, de que eu o havia perdido sem, sequer, havê-lo atesourado e de que era inútil recuperá-lo como pessoa de carne e osso, menos ainda convocar sua presença em ato: só podia estar presente na marca que em mim havia deixado, sub-reptício e furtivo.

Visita guiada

Pedro, refugiado espanhol, mas de difusa nacionalidade, entre francês e centro-europeu, "grudou-se", por assim dizer, aos argentinos na ocasião, mas poderia ter sido aos uruguaios ou chilenos, e fez-se do grupo como um próprio. Ele dava a impressão de que fazia, desse modo, uma espécie de exercício da sensibilidade, ou seja, um posta à prova dos velhos traumatismos que marcavam sua existência. Ele colocava de novo para funcionar um sistema de reflexos de solidariedade e de fusão com os marginalizados, no qual, era de se supor, havia sido formado desde menino.

Não dizia a história que o tornara um ser suscetível e obsessivo, mas sabia-se que, aos 7 anos, em plena guerra, seus pais tiveram de sair precipitadamente de Paris durante a ocupação, porque sua tarefa de socorro a refugiados os havia posto na mira dos alemães. A mãe e o filho por um lado, e o pai por outro, deixaram a cidade durante a madrugada. Os dois primeiros foram colocados em um ônibus que desceu até o sul por estradas infestadas de controles. Em uma das paradas junto a um bosque, a mãe se ofereceu com outros para descer até o rio e buscar água. O menino viu que sua mãe se afastava por uma trilha e observou que os raios de sol a alcançavam enquanto sua figura desaparecia. Uns minutos depois, quando os que permaneceram não tiveram tempo de impacientar-se pela demora, um avião alemão cuspiu umas rajadas sobre a estrada; o rastro não foi fulminante, mas o motorista amedrontou-se, lançando-se para o sul com os que haviam ficado e abandonando os que haviam ido buscar água.

O menino que seguiu ao sul foi internado em um campo de refugiados órfãos, sem sê-lo; "enfileirado" (situação típica dos campos de concentração), submeteu-se às ordens de seus tutores alemães: formou fila para receber sua cumbuca, para ir ao banheiro, para sair ao pátio de recreio, para atravessar o vilarejo até os banheiros públicos. Em uma dessas vezes, mal iniciada a marcha pelas ruas, correu da fileira, fez um giro à direita, e enfiou-se em uma casa; a coluna seguiu adiante, sem que ninguém percebesse sua ausência.

Recolhido pelos habitantes da casa, seu nome começou a ser arrolado nas listas dos que eram procurados e nas dos que eram encontrados. Vários meses depois, quando as sequelas dos desaparecimentos já eram irreparáveis, a mãe encontrou o filho, mudo, pálido, desencaixado pela perda, incapaz de ter assimilado quaisquer das explicações que seus protetores lhe davam para contentá-lo. Tempos depois, não dois ou três dias, nem semanas, mas, meses mais tarde, mãe e filho pegaram um trem para alcançar, fosse como fosse, um barco que saía para o México, sem saber do pai faltante. No meio da noite, o comboio se deteve em uma estação campestre, e, dessa vez, Pedro desceu com a mãe para buscar água. Enfileiraram-se para recebê-la, e qual não seria sua surpresa, nem quão descomunal seria: entre os que repartiam a água, estava o pai. Quase nunca se produzem encontros tão perfeitos, nem nunca é tão perfeita a figura do desvio: a linha da estrada, o declive para o bosque, as fileiras de aviões alemães, as rajadas que dali se desprenderam, a mãe fora do veículo, a linha que segue até o sul, a coluna pelo vilarejo até os banheiros públicos, o menino que se afasta, o reencontro entre mãe e filho, a série continuada no trem, a fila para receber a água, o pai que fecha o ciclo. Mas o aparente final feliz, a reunião familiar, não conseguiu, de todo modo e contra qualquer previsão, mitigar os danos no menino, nem no pai, nem, sobretudo, na mãe. Pedro passou a vida esperando a mãe, que havia ido buscar água, e ela procurando o filho, que seguiu até o sul.

Pedro uniu-se aos argentinos de maneira regular e sistemática; vivia como todo pária, estabilizado em seu vazio, disposto a regenerá-lo toda vez que pudesse ser preenchido por alguma expectativa. A cada instante, encontrava essa possibilidade de restabelecê-lo, porque não deixava de corrigir e de retificar, nada estava nunca completo para ele, nada era perfeito nem justo. Assim, sempre dizia *não* ao que afirmava, e *sim* ao que negava, pondo, no centro, o que estava empurrado para a esquerda ou para a direita, procurando sempre o erro ou a falta no que caía ante seus olhos ou entre suas mãos e, sobretudo, convertendo essas características em elementos contrários a uma inserção fluente no mundo. Correr a linha, ressituar o ponto, tender de lado a lado sobre o campo da realidade perdida e não recuperada, cruzar a linha de lado a lado da grande boca podem levar à mania, à loucura, ou à arte, ou às três coisas juntas. Tinha a sorte de ser um artista.

Talvez se unisse a nós porque a reprodução do vazio era o estado próprio do exílio: carência e compensação da carência, desnudez e agasalhamento, mutilação e prótese, e nosso exílio era, por assim dizer, fresquinho, recém-estreado, receptivo, portanto, à veterana experiência espanhola e, ao mesmo tempo, ao amigo espanhol, um campo fértil para o exercício da faltância. Pelas mesmas razões que ele se aproximava de nós, nós nos aproximávamos de outros pares do desterro e, arrancando de muito longe na cronologia exilada, nos uníamos a guatemaltecos e daí adiante até chegar a chilenos ou uruguaios. Em nosso caso em particular, meu e de meus amigos o modelo máximo da maior tragédia e do desterro interrompido mais dramaticamente foi Leon Trótski, ao qual nos aderimos quase sem notar, mesmo intuindo que, só nos limites extremos, se podia agarrar algum sentido, a chave da condição que nos incluía.

Sabemos que todo argentino de esquerda e, poderíamos dizer, todo indivíduo universal com uma mediana definição socialista não deixa de ir à casa de Leon Trótski, na rua Viena de Coyoacán, e não se sentirá tranquilo até não terem ido a ela e percorrido aqueles quartos assinalados pelo ascetismo, pela revolução e pela morte, nos quais se respira uma das atmosferas mais melancólicas da terra. Visitar a casa de Leon Trótski é uma espécie de ritual de iniciação e deve-se acreditar que só nesse lugar a sorte pessoal ganha um alcance histórico e coletivo.

Fomos à casa de Leon Trótski em novembro de 1974, recém-chegados ao México; voltamos em janeiro de 1975, uma vez mais em março desse ano e depois a cada dois ou três meses durante quase um lustro, cumprindo diversas cerimônias nessa casa. Na primeira vez, pusemos, meus amigos e eu, nossas assinaturas em um livro de visitas que depois haveria de ser nutrido por dezenas de inscrições e senhas estampadas por outros argentinos que chegavam ao México e assinavam um pacto, como nós, sem sabê-lo, com o mais alto desterrado e com sua vulnerabilidade.

Íamos aos sábados ou domingos, puxávamos o cordão de uma campainha que não víamos, então, aparecia à porta algum militante — durante certo tempo foi um argentino — que morava lá e se ocupava de atender ao público na casa-museu. Sentávamos junto às tumbas de Leon Davidovitch e de sua mulher, Natália Sedova, cobertas de violetas florescidas ou de trevos frondosos, segundo a época do ano. Levávamos o cachorro; um de nós ficava com ele, enquanto os outros entrávamos na casa. Primeiro, folheávamos jornais em diferentes línguas, os quais anunciavam, em grandes manchetes, o assassinato; líamos e relíamos cada vez essas páginas que, nas primeiras visitas, estavam descobertas, mas depois foram protegidas por uns plásticos transparentes. Cada vez que as percorríamos, a tragédia reiterava-se para nós; líamos como se lê Shakespeare, sabendo, de antemão, os desenlaces, mas com uma intensa angústia, como se acabássemos de nos inteirar da notícia. Desse cômodo, passávamos ao seguinte, no qual havia uma mesa com cadeiras de palha e uns restos — ou talvez fosse tudo o que havia naquele momento, levando-se em conta a austeridade dos Trótski — de mobiliário próprio de uma copa, incluídos alguns potes mexicanos. Podíamos imaginar as pessoas reunidas em torno da mesa e recriar a atmosfera de final dos anos 1930, entre as 17 e as 18 horas de um dia qualquer, o chá anunciado por Natália Sedova e servido a quem estivesse na casa naquele momento.

    O cômodo seguinte, unido à copa por uma porta, era o escritório de Trótski. A escrivaninha estava coberta, todas as vezes que fomos, com um plástico transparente que deixava ver os óculos, os papéis, um antigo gravador de cilindros, um telefone; escrivaninha sobre a qual foi golpeado e sobre a qual caiu sem exagerar, nesse crime tantas vezes reconstruído nas folhas policiais e na memória da humanidade. Depois, passávamos ao quarto, com as camas tal qual estavam naquele momento; as prateleiras repletas de livros, em russo e outras línguas; as paredes com os impactos da rajada de metralhadora que Siqueiros e seu bando dispararam, o que, podemos imaginar, obrigou Trótski a se jogar no chão, junto às camas. Então, atravessávamos a última porta, como se enlaçássemos as estações de um ciclo temporal, uma a uma, e detínhamo-nos a avaliar a magnitude do acosso, pois a porta era blindada. Conduzia ao quarto do neto de Trótski, e a abertura era menor que a das outras portas; para a direita, no banheiro, em uma espécie de closet, sempre podíamos tocar umas peças de roupa dos Trótski, abandonadas naquele guarda-roupa sem portas, deixadas, sem mais nem menos, em sua tumba natural.

À medida que passávamos de um cômodo a outro, íamos verificando cada sinal em seu lugar. Aparentemente, os rastros de Trótski continuavam os mesmos para nosso olhar e nosso tato, mas, se repetíamos o trajeto no mesmo dia ou em uma visita posterior, sempre surgia um detalhe novo. Naquela casa que impressiona por aquilo que não tem, por seu despojamento e sua secura, por seu absoluto rigor militante, para dizer de maneira apropriada, as coisas cresciam e multiplicavam-se, os sentidos proliferavam e prendiam-se a um ângulo de um quarto, a um papel, a uma lombada de livro, à decadente vida e à exaltada morte da atmosfera do lugar.

As visitas à casa de L.T. duravam bastante. Percebíamos que haviam transcorrido mais de trinta ou quarenta minutos no interior da casa, sem contar o tempo que ficávamos no jardim com nosso cachorro e os meninos junto às antigas coelheiras ou ao lado das tumbas sobre as quais tremulava a bandeira vermelha com a foice e o martelo. Quando voltávamos para casa, já estava tarde: eram esses finais recoletos de domingo, com uma perspectiva de tempo acinzentado e horas que apertam o coração, porque a impregnação que essa história produzia criava em nós, sem que aflorasse à consciência, uma densa fusão de nostalgias.

Muito tempo transcorreu desde aquelas visitas, e relembrá-las permite-me ver com mais nitidez até que ponto a figura de L.T. foi tutelar, com quanta força selou, com seu próprio sentido, as fissuras pelas quais teria podido, precisamente, escapar. Não se tratou, nessa "convivência" com ele, de uma assimilação de caráter representativo: não houve uma especialidade nem uma imersão em termos partidários, processo que teria culminado, de maneira razoável, em uma adesão estrita à Quarta Internacional; tampouco houve culto, nem revisão, nem se retificou algo histórico nesses atos. Simplesmente, L.T. foi convertido em um dos meus amigos, um entranho que foi ganhando nossa consciência, nossos dias de trabalho e de festa, as quartas e as sextas-feiras, os sábados e os domingos daquele transcurso de exílio.

Uma noite, a altas horas, minha filha, que tinha até então 8 ou 9 anos, despertou acossada pelo mesmo pesadelo em duas ou três ocasiões e, cada vez que fomos socorrê-la, dizia-nos o mesmo: *sonhei que não podíamos sair da casa de Trótski.* O sonho e a frase repetiram-se várias noites durante vários meses. *Sonhei que estávamos todos na casa de Trótski, com o cachorro, e que não podíamos sair* era o *leitmotiv.* Então, pensávamos, antes que a vertigem nos engolisse, que a frase condensava a história e o destino da esquerda nos últimos quarenta anos, nossa história e nosso destino.

Não era original a atração pela casa de L.T., tampouco suas consequências: Carlos Ábolo, outro exilado, morou uns 15 anos no México e, todos os dias, movido também por uma fixação semelhante, ia a essa casa e ficava horas. Sabia de cor todo o arquivo da imprensa e havia, inclusive, tentado que o designassem guardião do lugar, convertido, então, em museu. De tarde, subia à torre de vigilância do bunker, palavra forte com a qual ele designava a casa que havia querido como sua morada e que ressoava com um golpe seco e mortífero a contemplar o horizonte entre os prédios e as árvores de Coyoacán, imbuído da tristeza vespertina de qualquer vigia em sua atalaia. Essa compenetração com o personagem e seu âmbito, proverbial em todos os revolucionários da espécie, impregnou a vontade e o intelecto de C.A. e o levou a uma série de buscas e crises ao longo dos anos de sua militância nas fileiras do trotskismo e, com o tempo, no exílio.

As visitas à rua Viena espaçaram-se; já não iam os meninos nem o cachorro. Havia que despojar essas incursões do caráter de visita ao cemitério e evitar uma segunda rodada que costumava completá-las. Esses passeios tinham uma parte anexa, uma espécie de segundo movimento, de certo modo compensatório, e era chegar até a casa de Frida Kahlo, na qual ela e Diego Rivera haviam morado uma época, sem saber, a princípio, que os Trótski também residiram lá, apesar de que nenhuma referência o consigne e de que lá se finalizaram as sessões do tribunal Dewey. Essa casa-museu, detida também no tempo, com os objetos das pessoas e a alma delas ainda presente no lugar, com móveis e coisas carregadas das vibrações de sua energia, tinham algo de sinistro. Não sei por que repetir tantas vezes esse "passeio" por seus jardins e suas recâmaras até o ateliê de Frida e o horrível retrato de Stalin, que permanecia no cavalete, se não foi também para procurar os traços de minha fundação, por assim dizer: guerra da Espanha, guerra mundial, nazismo, campos de concentração, stalinismo, polícias secretas, confissões abjetas, derrotas e esperanças e o prestígio daquelas décadas em que nasci e cresci. Cada vez que entrava nessas casas, a primeira da rua Viena, a segunda da rua Allende, as duas em Coyoacán, eu sentia que ingressava em uma casa "paterna" muito longínqua e imaginária que, saltando as décadas, transmigrava para me abrigar.

Casas

Não podíamos sair da casa de Leon Trótski, e, enquanto isso, do mesmo modo em que, por uma espécie de ablação estranha, eu não havia conseguido vestir uma peça de roupa minha legítima, não aparecia em mim a vontade de pertencer a uma casa ou, melhor, de fazer minha a casa que ocupava. Esse desejo obliterado causava a sensação de viver, desde sempre, em um estado provisório total, sem arraigo aos lugares, sem fixação nos objetos, despossuída dessa lógica da apropriação comum aos humanos, por razões que eu não conseguia entender. Por mais que me esforçasse para ficar nos lugares em que iria morar, eu sempre estava indo embora. Havia um prazo interno de partida que não deixava margem para me instalar; e que era permanentemente prorrogado, pois eu ficava um longo tempo em muitos lugares, o que não significava a inação. Eu chegava e localizava-me com facilidade; mal passavam umas horas, e já estava acomodando as mesas e as cadeiras, colocando algo nas paredes, nas gavetas, nas estantes, mas, apesar dessa adequação instantânea, algo misterioso me impedia de sentir que *estava ali*, que aquele espaço em ordem era minha casa.

Certa vez, uma angústia bem precisa que se delimitava — como quase sempre — em uma frase me arrebatou o sono e a vigília. Essa frase era, na circunstância: *Nada do que me rodeia me pertence*. Com efeito, eu olhava os móveis, as camas, os livros e tinha uma compreensão claríssima e irrefutável de que nada do que havia naquela casa era meu. Não podia desprender-me da angústia, e, por mais que tocasse os objetos, dizendo *isso é meu* em voz alta, e exercitasse o senso de posse, nada acontecia. Meus familiares tampouco eram sentidos por mim como meus, e, sobretudo, eu os sentia menos meus, quando tentavam me convencer de que tudo o que estava ali era meu e deles, era de todos nós e de que havia sido adquirido com o esforço e a existência de todos, mas não conseguiam me resgatar do estranhamento. Mesmo quando fincasse, plantasse, mobiliasse ou ordenasse algo nos lugares, mesmo quando recheasse um recinto comigo e com meus objetos, sempre tinha esse sentimento de que nada me pertencia e de que tudo era provisório.

Dezenas de anedotas referiam-se ao mesmo estado precário e desarraigado. Quando as contei a uma analista, fora de tratamento, como de costume, ela não me deu qualquer solução. Como se precisasse um estágio dentro de uma evolução, só me disse que aquela altura de minha vida, já se podia dizer, sem margem de erro, que a vida precária e provisória era talvez *a que correspondia à forma de meu desejo*, frase que aprecio desde então e que me permitiu ser segundo a forma de meu desejo, aproveitando-me da noção fatalista de destino que essa frase implica. A partir desse momento, talvez, a casa provisória em que havia morado — seja qual fosse seu lugar geográfico —, a casa que me continha e continha meu ser, meu andar, *plantou-se* nesse mundo e fez-se com bases largas: foi uma espécie de plataforma de lançamento.

Entretanto, as casas de meus pesadelos não iam embora, com a frase-paliativo: a casa de minha infância em Córdoba aparecia em meus sonhos, repleta de guarda-roupas sem saída, nos quais eu era presa em meio às fricções da seda, do algodão ou da lã. Em um de seus quartos mais remotos e de meu berço, eu olhava o jogo de luzes e sombras da sesta e sentia pavor. Em outra, mais próxima no tempo, eu via, de minha cama, um espelho no qual se refletiam os olhos de alguém situado às minhas costas, como anjo da guarda. Então, de nada valia a oração em que pedia doce companhia rezada antes de dormir. Sonhei que, na cozinha dessa casa, havia uma grande jaula pendurada no teto, na qual revoavam alguns pássaros. Essa jaula não tinha chão, mas os pássaros chocavam-se contra as barras e não atinavam a fugir, condenados à prisão.

A casa reduplicava seus espaços, as paredes iam até em cima, e o teto fazia-se oco na direção de um funil invertido, pelo qual minhas melhores energias escapavam. Presa nessa casa, todos os meus sonhos me levavam a ela ou me tiravam dela em sucessivas recolocações, e eu, como no pesadelo de minha filha, não podia sair: a casa era uma grande esfera, em cujo interior eu estava condenada a rodar pela eternidade; ela foi ataúde, barco, paraíso aéreo.

Depois, a questão foi pensar na casa do regresso, a que haveríamos de ocupar na Argentina. Então, mal se tornou evidente, depois de 13 anos, que havíamos perdido nossa casa de Buenos Aires em 1974, que essa casa levava a evocar, além do mais, todas as casas anteriores que havíamos abandonado. A transumância e o despojamento apareceram, então, pela primeira vez em toda a sua magnitude, como dados da realidade até aquele momento ignorados. Não restava qualquer móvel; não conseguiríamos localizar a distância qualquer cobertor, nem lençol, nem espelho, nem tapete, nem faca, e apenas sabíamos que uma dezena de baús guardavam nossos livros e nossos papéis.

Nos novos pesadelos, erigiu-se a casa futura: sempre era inconclusa, os quartos sempre tinham portas que davam a outros recintos ainda inexplorados, mas que alguma vez seriam incorporados. Essa casa possível, mais além dos muros verdadeiros, crescia, convidando-me a percorrer os corredores escuros e a subir escadas que, de repente, se partiam, como as galerias da própria existência. Então, os quartos ficavam isolados, fora de ordem e de série, mas eram atraentes, pois supúnhamos que neles estariam os objetos e os móveis perdidos.

A casa que comprávamos estava localizada, no despovoado de meu inconsciente, sobre um terreno grande e tinha asas promissórias, para o leste e para o oeste, recolhidas transitoriamente à espera de ampliações. No sonho, anunciava-se um mais além em cada canto, e a promessa dessa vastidão era tão agonizante como gozosa. A primeira dessas moradias sonhadas estava em um ângulo umbroso, se não sombrio, em uma rua fechada, de prédios velhos, e era de andares e de pedreira cor-de-rosa. A segunda estava no coração de um quarteirão, e seus espaços clausurados, uma vez abertos, davam ao vazio. Mas chegou o momento em que a casa forjada na fantasia ganhou realidade. A casa já estava ali, dessa vez, era um apartamento que haveríamos de ocupar em nosso regresso à Argentina, havia sido adquirido, saía do sonho e do projeto. Não obstante, eu sonhei com ela, e uma força recorrente voltou a configurar em meu pesadelo a reiterada estrutura modular: os quartos inexplorados só continham terror, que crescia à medida que se aproximava o momento de habitá-los. Mesmo agora, depois de anos morando nele, ainda descubro, ao acordar, que tenho estado atenta aos ruídos difusos e acolchoados de uma vida secreta detrás de uma porta ou que percebi chamadas de um espaço entre o muro e a alcova, um entremeio que dá conta de outra realidade.

Embaixada

Pelas ruas de Córdoba, passeia o general Menéndez. Essa frase no relato de alguém que regressava da Argentina produziu um mim uma forte comoção que me cegou e ensurdeceu: pela primeira vez, em anos de exílio, senti que me envolvia, de muito longe, mesmo desde que fui embora de Córdoba nos anos 1960, uma categoria global e sintética que incluía, em brancos, negros e cinza, toda a minha história. O relator havia acrescentado: *e sem guaruras*, termo que designa os guarda-costas no México. *O general Menéndez passeia pelas ruas de Córdoba, e sem guaruras*, dizia tudo. Como o general Menéndez poderia passear pelas ruas de Córdoba, quando *já* se havia votado e a condenação aos militares corria livremente por todo o país?

O general Menéndez passeava por minha cidade e, com seu avanço pelas ruas, deslocava, afastava, para não dizer eliminava, o andar de meu pai. Não havia lugar para os dois. Meu pai avançava pelas ruas como um barco, sereno, sem trepidações, veloz não por pressa, mas pelo hábito de andar rápido. A imagem agourenta do general, com ou sem séquito, pela 9 de Julho até a Olmos, depois pela Colón, e seu ingresso no prédio do Jóquei Clube ante a passividade de todo mundo, o que vinha a substituir, de modo tão grotesco e intimidante, a imagem de meu pai, eram uma síntese não só da Argentina e do terror que acreditávamos ter acabado, mas também de uma Argentina atual e permanente. A imagem contrastante que a frase convocava começou a me perseguir: uma cena que se apaga, que apagou a morte — meu pai pelas ruas de Córdoba, detendo-se em várias ocasiões durante o trajeto para cumprimentar e deixar-se cumprimentar pelas pessoas, enquanto nós, seus filhos, íamos uns metros atrás, na retaguarda de seus passos velozes. E uma segunda cena, a do general, cuja ferocidade me provocava descargas de adrenalina e dores de gastrite emocional, produzidos pela morte de meu pai em Córdoba, precisamente, dois anos antes, estando eu ausente e a mais de 10 mil quilômetros ao norte.

Havia algumas maneiras de descarregar o ódio e a insatisfação, quando imagens como as descritas nos assediavam. Uma era ir à embaixada argentina, no Passeio da Reforma, em seu trecho de Lomas, desfraldar umas faixas com inscrições contra os militares e, dali, parados na área central ou na alameda do bulevar, gritar insultos ou fazer gestos hostis. A casa sempre estava fechada, mas adivinhava-se a presença de pessoas pelo movimento de cortinas ou pelo barulho que se deixava ouvir do interior. A vociferação crescia quando esses sinais eram percebidos, pois supunha-se que éramos fotografados com disciplina e rigor.

Pouco numeroso e de composição muito variada, pois as famílias iam inteiras e sentavam seus meninos na calçada da alameda, o grupo era contemplado com estranheza pelos mexicanos que passavam em seus carros, pessoas de classe estabelecida que tinham o hábito de ver manifestações populares, mas que não entendiam os clamores desse grupo, em sua maioria brancos e loiros, quase seus semelhantes, lançando ameaças e vaticinando o fim dos militares. Entre esse público, sempre estava — e sua imagem deve ter ficado registrada nas fotos que os diplomatas da ditadura tiravam, de carreira ou de última hora —, Clara Gertel, que se levantava na primeira fileira, em meio aos meninos, e tirava de sua bolsa as duas únicas fotos que lhe haviam restado de seus dois filhos desaparecidos. Eram muito pequenas, tamanho três por quatro, e mal podia mantê-las entre o indicador e o polegar de suas mãos, mas as brandia sem desfalecer, na mesma posição e em silêncio, mostrando-as aos olhares ocultos que se acaçapavam atrás das janelas da embaixada.

Outra mãe, Laura Bonaparte, levava cartazes para cada um dos filhos, das filhas, dos genros, e das noras desaparecidas e por seu marido morto na tortura; eram tantos os seus mortos, que tinha de segurar os cartazes um de cada vez ou distribuir seus retratos entre seis pessoas, até que optou por colocar uma grande placa com o nome de toda a sua família exterminada. Ela também deve ter sido uma figura estranha para as pessoas que subiam a Lomas em seus automóveis, e o incômodo que nosso comício provocava no trânsito deve haver se dissipado ante a desmesura: uma mulher alta, bela, imóvel, enquadrada por outros, no centro de uma tragédia, desafiando a fotografia que se furtava a nós do interior da embaixada. Essas mães protagonizaram um dos fatos políticos dos anos finais do regime militar: acorrentaram-se a uma das colunas da sede do consulado argentino, em um ato limite de protesto, justamente no dia das eleições, quando tivemos de ir para carimbar nossos passaportes, em uma espécie de legalidade formal súbita e ridícula.

Esses anos depredatórios, que passaram como um tropel, foram abrandando ou endurecendo o coração e a vontade de muitos, sendo uma e outra coisa, o abrandar-se e o endurecer-se, os signos da vulnerabilidade de nossas emoções. Os atos diante da embaixada eram obviamente catárticos, mas terminavam sendo, a longo prazo, patéticos recursos. De ano a ano ou de semestre a semestre, essa descarga e a ilusão de que nos arremetíamos contra a ditadura foram um ritual político que compensou a ausência de uma prática política efetiva. Entretanto, o impulso gregário da reclamação não cessava, e esse foi um dos reflexos que permaneceram sãos em muitos argentinos que voltaram à pátria. Como se cumprissem uma promessa ineludível e por necessidade de uma sanção aprovatória, todos se encaminharam, em seus primeiros, segundos e definitivos regressos, à Praça de Maio, para fazer a caminhada com as mães. Nesse lugar, o lugar por antonomásia da pólis e da tragédia da pólis, muitos que haviam tomado distintos rumos de desterro se encontraram, e podiam-se ver pessoas que vinham do Brasil abraçar pessoas da Espanha, Suécia ou Venezuela. Então, começavam — em duas ou três voltas na praça, não havia como concluir — o longo relato do que havia acontecido nesses anos e o reconhecimento do outro, esse par por desterro, mutante entre os próprios nacionais que haviam ficado no país.

Depois, há que dizer, quando se produziu a integração à qual se aspirava, o satisfatório *estar*, algodoado e imperfeito que o país oferecia, o lugar da pólis foi desaparecendo pouco a pouco do campo do desejo. Abrandou-se, e abranda-se, a ferroada com que se pretendia incidir, a que permitiria se vingar do inimigo, e não fica outra intenção que a de ocupar o lugar reconquistado.

Receptáculo

Por alguma greta insuspeitada coa-se, em um esgoto sem fundo, a substância que define o desterrado como um argentino. Quando se pensa que o exilado regressa à sua terra e é recebido por essa mãe que maldosamente o desterrou, tem-se uma ideia em geral errônea acerca da índole do recebimento: não há qualquer norma que prescreva as boas-vindas, e se essa se expressasse como um bom desejo ao regressante, assim, sem mais nem menos, só seria uma formalidade. O exilado sabe, por antecipação, que será difícil "adaptar-se", termo curinga que, já ao chegar ao país de exílio, estava presente em todas as conversas, nas quais, por angústia ou por afã de simplificar, se tentava definir a nova situação. Perguntar a alguém se está se adaptando é o lugar-comum de toda uma classe social que procura se tranquilizar. Sempre me incomodou que me fizessem essa pergunta e me incomodou ainda mais que me perguntassem: "E os meninos, estão se adaptando?", porque se figurava para mim que éramos considerados uma massinha dúctil que se dobrava às circunstâncias somente com um abrandamento. A pergunta é anódina, mas poucas vezes se tem a força de rebatê-la com um ex-abrupto ou uma negativa a respondê-la, e todos os exilados, ao chegar ao país de adoção e depois ao próprio, tivemos de começar dizendo: "Bem, a princípio, minha família e eu etc. etc.", dividindo em franjas temporais um desenvolvimento que, por seu dramatismo, não admitia recortes. Cada qual fazia seu conto: havia um antes, de integração deficiente, e depois uma melhora. Com esse esquema, o interlocutor curioso entendia só o que precisava entender, nunca mais além, e a conversa poderia prosseguir ou cessar sem deixar qualquer marca.

Quem regressa está obrigado a dividir um transcurso em tempos e intensidades: "No começo, foi duro (...), mas depois vamos nos acomodando." Quando termina de dizer essa frase ou essa construção que refere a um avanço e um retrocesso, um estar mal e um estar bem, sabe que se deixou apanhar pela insignificância, se adaptou ao requerimento, se adaptou a um meio e, sendo um elemento estranho a ele, teve de ocultar o alheamento mediante o estratagema da divisão em etapas. Haverá, pois, um tempo futuro de adaptação, no qual tudo se ordenará de maneira satisfatória.

O país não poderia acolher os que foram embora como filhos pródigos; não há uma prática nesse sentido: nunca uma pessoa, um organismo ou uma instituição tiveram o costume de considerar o ausente, o alheado ou o prófugo da realidade, menos ainda alguém poderia fazer um gesto para entender a condição psicológica do desterrado. Esse será sempre um inadaptado individual e social, e sua vida afetiva, como a do preso, do doente ou do alienado, manterá seus circuitos machucados, e suas queimaduras não estancarão com o simples retorno. Para o que regressa, o país não é continente e de nada valerá que pretenda se confundir nas estruturas permanentes; não há caixa, não há casa onde se enfiar.

A sensação de estrangeirice assalta o regressante, é como se a pessoa estivesse envolvida, toda ela, seu físico e sua psique, por uma membrana que a separa do mundo. Essa membrana produz um efeito de mediação: as coisas não voltam a ter o peso e a densidade normais que outrora tinham e guardam suas próprias distâncias com respeito ao sujeito em questão, mutante na estrutura. A alteração se manifesta nas noções espaciais, no ordenamento mental dos ritmos da cidade, na percepção das atitudes das pessoas na rua e nas respostas que, em cada caso, o indivíduo deve dar para não entorpecer ou chocar. A ideia que se tinha sobre o ar, o vento, a chuva, o canto dos pássaros sofreu uma transformação nos anos de ausência, e tudo se oferece, quando se tem a melhor sorte, com uma aura desconhecida e inaugural, mas tudo também pode se pôr a perder e ser, além de distante, alheio.

Há um longo período nos retornos, o da evocação, pautado por sinais que se produzem a cada passo, como se uma massa de significações tivesse estado à espera de quem a excitasse para se desencadear, irrefreável. Chega-se à rua *em estado de memória*, seja esta bloqueada ou deixada com a liberdade de ligar-se aos dados da realidade. É muito difícil preservar esse material das generalidades da lei e singularizá-lo: há retornados que voltam ao bairro e suspiram; há retornados que reconhecem, gozosos, antigos lugares, nos quais sua vida transcorrera, e querem falar a todo custo de suas sensações; retornados que ficam paralisados diante de um cheiro ou um sabor recuperados e ficam tentados com a imagem literária que soube classificar esses instantes privilegiados para toda a eternidade; retornados que impingem aos demais sua carga memoriosa, mas que se impacientam, quando um de seus semelhantes quer fazer seu próprio exercício de recuperação.

Fala-se do receptáculo que chega, do contêiner que se aguardava para a reinstalação e adaptação, mas também dos baús que resistiram a vários embates: o da rapina dos repressores e o do valor absurdo cobrado por aqueles que se encarregaram bondosamente desses bens. As conversas estão infestadas de baús que se abrem e de descobertas insólitas sempre significativas, como não pode ser de outro modo, tendo em conta que a vida se agrupou neles, condensando seu potencial revelador.

Entre nós, minha família e eu, também houve baús-féretros ou caixas de pandora. Houve um primeiro baú enviado ao México com efeitos personalíssimos, as fotos familiares, grandes faltantes em muitos outros baús dos que tenho ouvido falar e origem de desajustes psicológicos suplementares. Os baús que não se moveram do país foram transportados de depósito em depósito, criando inconvenientes a pessoas de boa vontade que tinham se ocupado de salvá-los. Um dia, chegou o exército e os revistou, acreditando que continham armas; só tinham papéis inexpurgados, e, apesar das explicações, nossos amigos foram submetidos a interrogatórios e a pressões que os obrigaram a sair do país por um tempo. Mas os baús continuaram em seus depósitos, esperando.

Eu os abri em meu regresso à Argentina. Muitas semanas depois, comecei a sentir os efeitos desse ato: pesadelos, sensação de esvaziamento, vertigens; as mensagens que recebia ao abri-los pouco a pouco começavam a segregar doses de angústia. Digo que eram os baús, porque o inconsciente trabalhou sem parar e ganhou a forma, se assim pode se dizer, de uma caverna da espécie humana, com fundos e fundações que se furtavam à consciência, jogando-lhe passados mortíferos. Presa dos sentimentos mais primários, que são de terror ante o inesperado e de terror ante o vivido, eu resistia, sem consegui-lo, à imagem que predominava: uma caixa aberta que deixa ver ou sair uma realidade pululante.

Um dos episódios mais carregados de minha primeira viagem exploratória à Argentina começou com um impulso irreprimível: passar por minha escola primária, em Córdoba. Justamente naquela hora, saíam os meninos do turno da tarde e, em uma espécie de desdobramento doentio e patético de qualquer maneira, acreditei ser um deles e entrei na fila para avançar com eles na forma, e, naquele breve e alienado trajeto, que deve ter durado segundos, o tempo voltou a 1947. A realidade costuma acompanhar essas alucinações, tornando verossímil o que está muito longe de o ser. Quando os meninos e as meninas já haviam ido embora, esparramando-se pela praça Colón e pelas calçadas até a Alberdi e o centro, tive um esboço de pânico. Mal recuperava minha identidade, que havia ficado quase reduzida a zero com o golpe de memória, quando vi descer, pela escada do colégio, de bom aspecto, com pretensões de ser escadaria, uma mulher de cabelo grisalho que se aproximou de mim, chamando-me pelo nome; respondi-lhe de igual maneira, por seu nome. Era a senhorita Olga Díaz, minha professora do quinto ano. Nem ela nem eu falamos de questões temporais; evidentemente, ela não se surpreendeu com o encontro das duas gerações, nem se transformou pelo presente absoluto no que acreditava conversar e estar comigo. Muito confusa, deixei que se afastasse e subi ao primeiro andar; na primeira esquina, à direita de um corredor, cheguei a uma janela. No pátio, estava o mesmo jacarandá tantas vezes visto e nem sempre admirado como merecia. Senti que algo muito forte me requisitava às minhas costas, uma pressão na nuca que me obrigou a virar a cabeça: da sala do primeiro ano do ensino médio, saía, naquele instante, naquela hora solitária e abandonada como só podem ser as escolas, quando os alunos vão embora, uma de minhas antigas companheiras, agora professora. Perguntou-me o que eu fazia ali, como se houvesse me descoberto em um ritual de profanação. Até reconhecer que ela não vinha de outro mundo e que eu, por minha vez, estava naquele mundo, transcorreu um tempo mortal. Essa incursão nos anos 1950 abriu a meu entendimento algumas cenas, cujo caráter fundacional poderia ter sido útil em meu utópico tratamento psicológico. No trajeto pelos corredores da escola, as salas desertas, as mesmas carteiras com os tinteiros de porcelana remendados à direita e o compartimento inferior, resguardando minha secreta vida de infância, a mesma sala de geografia com os mapas puídos e o globo terrestre surrado e brilhoso, a sala de vídeo, a de música ou a enfermaria, permitiram-me recuperar uma cena desvanecida por sucessivos velamentos em sonhos e pesadelos, mas constitutiva para mim. Era meu primeiro dia de aula na escola fundamental, e minha tia-avó Berta Zeballos levava-me de bonde; percorremos cerca de trinta quarteirões, desde o bairro General Paz até Alberdi. Sua mão não me abandonava, mas houve um momento em que teve de me deixar. Os meninos e as meninas já estavam formados no pátio do jacarandá, esperando para entrar nas salas; ela foi embora, mas eu ainda não conseguira me enfileirar em algum lugar. Não tomei distância, não avancei na direção da aula como o resto, não pertencia a qualquer das filas, fui ficando sozinha e fiquei finalmente só, enquanto todo mundo desapareceu para dentro. Uma professora percebeu minha presença e perguntou meu nome, mas eu não estava em sua lista. Então, chamou outra professora, mas essa também não me tinha na sua; a palavra inscrição dominou aquele ir e vir confuso, até que o bom-senso impôs-se, e uma delas anotou-me em um diário. Fiquei em uma chamada, em uma série, em uma seção, por puro acaso. Quando entrei na sala, atrasada, todos os alunos já estavam sentados nas carteiras, rígidos, engolindo, talvez como eu, o seu próprio terror ou o seu próprio deslumbramento. Mas é o meu que conta para mim, é sua marca em mim que se registra e vai perdurar até aquela visita ao regressar do exílio. Não estava nas listas, e essa condição não foi nem elogiosa, nem degradante, ela foi simplesmente estruturante.

FENOMENOLOGIA

Era bem inexplicável que as páginas esporádicas que eu escrevia fossem textos chamados eróticos. Mesmo quando, algumas vezes, roçavam a questão amorosa e andavam à deriva de outras motivações, meus escritos voltavam ao erótico. Havia neles uma morosa flutuação em um elemento espesso, ou, caso de mudar o signo aéreo para descrevê-los, era muito difícil respirar nesses textos. Pouco a pouco, à medida que eu os escrevia e depois os lia, encerravam-me em espaços dos quais eu custava sair.

Sempre acreditei que minha relação com a escrita e com a literatura em termos gerais não era de entrega total. Para dizer a verdade, não pretendi me vestir com essa roupa nem pertencer a esse vestuário da literatura, mesmo que, paradoxalmente, haja sido lá que eu encontrara meu ganha-pão. Mas a realidade encarregou-se de desmentir essa asseveração: os livros que leio me sugam a essência e as emoções. No momento em que os leio, o mundo que pouco a pouco se revela me submete a suas leis e se apodera de mim.

Não é a história em si desses livros de literatura que me transporta e aliena, quando o livro merece, mas as atmosferas nas quais me comprometo sem tê-las procurado. Não me lembro do que leio, de um dia para o outro, apaga-se de minha consciência e sempre tenho de retomar desde o início do livro, em uma ida e vinda custosíssima em tempo e atenção. Dos livros que li, pode se dizer que os li tantas vezes, como nos dias em que suspendi e reiniciei a leitura, com outra deficiência ou peculiaridade suplementar, que os leio como se lesse em voz alta, o que significa muitas horas de leitura. Isso permite deduzir que li muito menos livros do que se supõe que teria de haver lido, por ter elegido a literatura como meu campo de interesse predominante.

Tomo um livro, por exemplo, um livro de filosofia que me empenhei em ler como exigência intelectual, e acredito que não poderei superar sua complexidade, mas obstino-me, vou e venho, retrocedo quantas vezes acredito necessárias. De maneira sigilosa, o livro vai ocupando toda a minha pessoa, como se, por artes desconhecidas, ele se acoplasse perfeitamente a mim e iluminasse, com potência inimaginável antes do processo, meu entendimento. Assim, plena e cumprida, acredito-me possuidora, por uns instantes, do saber universal que esse livro supunha me conferir, mas quanto mais ocupada me sinto pelo livro, quanto mais riqueza espiritual me parece ter acumulado, menos consigo *repetir*, mesmo que para um interlocutor fictício, o que o livro contém. O sentimento do saber, a luz do conhecimento têm sido efêmeros para mim na relação com os livros; entretanto, não posso tirar conclusões denegridoras desse fato. Dizer-me, por exemplo, que não chego a compreender seria uma inferência falsa, já que, às lufadas, a inteligência do livro me lança a zonas de verdadeira revelação, mesmo que depois me devolva a uma pequena parcela de entendimento.

Condenada a manter uma relação secreta e quase confidente com as obras da inteligência, mas sem poder me valer delas como instrumentos de contradição ou de integração no mundo das ideias, limito-me a deixar que essa matéria intelectual se deposite e decante em mim, ainda que seja a areia mais leve, sem outra intenção que a de me deixar alimentar pelo calor que irradia. Deficitária, minha apropriação intelectual produz-se por bocados; quando mordo o conjunto, as partes escamoteiam-se de mim; quando me detenho nas partes, o conjunto torna-se difuso. Assim, ando tateando, soltando ou recuperando o que capto, entesourando apenas os fundos da grande cratera.

Tentei, em diferentes momentos de minha vida e obrigada pelas circunstâncias, insistir em certos exercícios de caráter intelectual e formativo, e os resultados não variam. Quando torno meu o conhecimento, uma distração, algo como um canto de sereia, subtrai-me dos modos formais em que se costuma forjá-lo, e transito por um território impraticável. O que deveria ler para saber se torna cada vez mais nebuloso, enquanto o que está à margem, por cima ou por baixo do texto, sem posições hierárquicas, começa a ganhar nitidez e compor um brilho, deslocando, para as sombras, os dados que fazem o conhecimento, o qual se adquire e se transmite. O intersticial, uma segunda ou terceira pele da escrita, tira-me do miolo do saber, e o que sei, o que me proponho conhecer não são o que poderia ser exibido como uma aquisição, nem sequer como uma acumulação intelectual. Correlativamente, a memória sobre o lido circunscreve dentro de claustros de censura aquilo que poderia ser a matéria intercambiável em um diálogo com qualquer especialista no campo: se quisesse me vangloriar por lembrar um fragmento de romance ou citar um verso, naufragaria em um balbucio ou falaria de outro assunto, acreditando falar de algo especificamente, em um bloqueio perigoso e sem saída.

Isso tem sido para mim uma menos-valia, porque o universo de formalizações tem corrimãos evidentes, nos quais se segurar e agarrar no que não corresponde dissipam a construção ou fazem outra, ficando cada vez mais desprotegido. Por isso, admiro tanto a qualidade de muitos intelectuais, homens e mulheres, que plasmam ideias, esculpem-nas a golpes de inteligência, desenvolvem-nas, e a ordem vai se dando a eles sozinha, por prática do espírito, por experiência discursiva, e sou capaz de ficar horas acariciando essas faculdades das quais careço.

Para sobreviver no mundo da literatura, posto que nele, por razões de carreira e profissão, fui situada desde muito menina, ao princípio eu me esforçava para adquirir os instrumentos mais correntes, que me teriam permitido, no caso de tê-los obtido, dar cursos, ditar conferências, fazer pesquisa e todas as outras funções da aquisição e partição que são próprias do campo literário. Não afrouxei na empreitada e iniciei, durante o exílio, com uns amigos, a leitura da *Fenomenologia do espírito*, de Hegel. Esses tomos, traduzidos ao francês por Jean Hyppolite, haviam caído em minhas mãos por conselho de um conhecedor; numa livraria em Paris, eu lhe perguntei que livro ele compraria se só tivesse os escassos francos que eu tinha e pensasse se privar de qualquer outro livro durante os próximos trinta anos. Ele não se surpreendeu com a pergunta, escutou-a como se eu estivesse perguntando que modelo de terno ou de vestido eu teria que comprar para vários anos, sem que as mudanças da moda invalidassem a escolha. E disse, com certeza: a *Fenomenologia*. Acrescentou um texto volumoso de comentários do próprio Jean Hyppolite, me fazendo gastar tudo o que eu tinha e pensando talvez em trinta e cinco anos de leitura.

Começamos a ler e a transitar os trinta anos com uns amigos mexicanos. Líamos a tradução francesa e, de maneira quase simultânea, recorríamos à versão castelhana da Editora Fondo de Cultura Económica. Líamos em dois livros e depois íamos ao terceiro, o de Hyppolite. As sessões começavam às 16 horas nas segundas e às 19 horas nas quartas-feiras, deixando repousar os livros de quarta a segunda, quatro dias durante os quais voltávamos a eles a qualquer momento, para fazer algumas corroborações ou para exercitarmos a compreensão. Nenhum de nós possuía algum saber, éramos tão ingênuos quanto imprevisivelmente astutos, porque, de repente, sem ter competência para assimilar o texto, cada um por si acreditava entender tudo.

O texto escapava e entregava-se a nós, com alternâncias; havia leituras em que entrávamos e saíamos dele como golfinhos no mar, regozijando-nos com as imersões e acrobacias, convencidos de que agarrávamos a quinta-essência. Todavia, por vezes, o fragmento elegido era como uma rocha de ladeiras inabordáveis, pelas quais resvalávamos até cair na estupidez e no vazio. A leitura era *de outra coisa*, era uma espécie de droga que nos levantava e nos fazia voar. Frase a frase, pegávamos materialmente as palavras, e, não sei por qual estranho poder, essas palavras, mais além do conceito, agarradas em seu puro dizer, produziam em nós uma profunda agonia. Naquelas tardes, passávamos de um desfiladeiro a outro da grande rocha, e a substância que apalpávamos era a dor da descoberta. Não devemos ter transposto as primeiras cinquenta páginas da *Fenomenologia*, sem contar as remissões a Hyppolite, mas tenho a impressão de que essas sessões foram cerimônias à nossa medida de uma intensa revelação do Espírito, uma epifania "filosófica", depois da qual pudemos chegar, de uma maneira única, ao conhecimento, a *um* conhecimento.

Costuma-se homologar a tarefa de tecer, ou seja, de passar uma trama cruzando uma urdidura, ou a de costurar e bordar, ou seja, os labores da agulha, com a escrita. A comparação esgota-se logo, a menos que se tente sustentá-la com outros argumentos. Acredito que o que aproxima as duas tarefas é o fato de que tecer — para eleger uma delas —, assim como escrever, se realizam em lugares afastados e diferentes de outras tarefas. Há um grau de abstração tal no trabalho têxtil; que, durante o tempo da tecelagem, poderia se dizer, a pessoa desaparece do transcurso natural de qualquer ser no tempo. Nesses momentos de corte ou de distanciamento, capta-se uma vibração muito longínqua do mundo, um sinal quase imperceptível que só serve para marcar que esse mundo existe, mas que o tecelão ou a tecelã se afastaram dele. O corpo está inclinado sobre o tear, as mãos vêm e vão da direita para a esquerda, os dedos abrem o bordado, o olhar desloca-se de um ponto a outro do tecido, e uma série de outros signos delata a presença do tecelão ou da tecelã e sua devota dedicação ao que fazem. No entanto, não estão ali, porque o ato de passar a trama os dispararam rumo a uma dimensão que não tem nada a ver com o ato que executam, mesmo que seja sua consequência. O labor que vai ficando, na verdade, é o resultado de uma marcha sobre a urdidura, mas o que aconteceu para que o fio fosse ocupando o vazio até constituir o tecido não guarda relação com qualquer "realidade".

Do mesmo modo, não se escreve, nem se pinta o que se vê, ouve, cheira ou sente, tampouco se escreve no lugar onde se executam essas ações de ouvir, ver ou sentir. Para mim, tem sido um obstáculo e, de certa forma durante anos, uma paralisia não admitir o caráter separado da dimensão da escrita ou da tecelagem, labores que levei a cabo, o primeiro com menos entrega que o segundo, nos tempos do exílio. Esses compartimentos secretos e desabitados, terra de ninguém, aos quais se chega quando se quer escrever ou quando se quer descobrir e entender uma obra como a *Fenomenologia*, diferem, no entanto, dos paraísos que roçam o voo têxtil. São, inclusive, à medida que tento precisá-los, de signo oposto, porque, no recinto do têxtil, há uma espécie de felicidade do não ser e do não estar, enquanto no recinto do textual (ao qual se chega quando se escreve ou se pensa) só se recolhe desventura. Não desventura como um sentimento pessoal, mas como expressão de uma desnudez fundamental: não saber, não poder preencher o vazio, não abarcar o universal.

As leituras que nos põem nesse estado de risco costumam ser contadas nos dedos da mão, e mais ainda quando quem lê é alguém como eu, que leu pouco lendo muito. A noção de desnudez e de desproteção não se produz com um livro inteiro, nem, sequer, com um capítulo de livro, mas pode surgir em uma única frase, nem, sequer, em uma frase, mas no sedimento que essa frase deixa ao passar, na fragrância que lança a partir de onde é dita. Isso é precisamente o que eu recolhia e recolho das leituras, a consciência reduzida de ter sido encurralada pelo texto em uma situação de "absoluto", mesmo que essa palavra tenha um alto custo referencial.

Durante o exílio, escrevi textos eróticos, mas não porque procurasse escrevê-los: eles colocavam-se sobre o papel e encadeavam-se com bastante soltura, sem que eu os convocasse. Às vezes, eram contos, quase sempre apenas relatos, e não estavam escritos como literatura, assim como a *Fenomenologia* não era lida como uma obra filosófica. Se às vezes escrevo sobre arte, não sou crítica de arte; se me ocorre pensar em termos políticos, não penso que possa ser política por isso; se teço em um tear, não sou uma artista plástica por isso. Nada faço, pois, justamente no centro, não estou em parte alguma, e o único lugar a que aspiro alguma vez voltar é esse que se fez realidade, instantâneo, quando os três sub-reptícios começamos os trinta anos da leitura de Hegel, e que há de ser o lugar do espírito.

Intempérie

Um homem vive e dorme em uma praça. Move-se apenas alguns metros, não mais que 30 ou 50. Não tem urgências, certamente me vê todos os dias, quando saio para passear com meu cachorro, e não pode imaginar o que me acontece pelo mero fato de saber que ele está ali, cravado em sua decisão de viver à intempérie, enquanto me desloco por minha casa, minha sacada ou meu terraço; enquanto ando pela cidade de ônibus, a pé ou de táxi, muito perto dele e, às vezes sem que me veja, a uns escassos 10 ou 20 metros, em meu veículo ou fazendo uso de minhas pernas, sem nenhuma solução de continuidade tampouco sem soluções para sua decisão de intempérie. Ele está sentado em seu banco, com o rosto voltado para o nascer do sol em direção ao palácio Pizzurno e de costas ao crepúsculo que se produz todas as tardes na Paraguai, em direção à Riobamba. Está sempre sentado em seu banco e, se levanta às vezes para se aproximar do cesto de lixo pendurado em uma árvore ou se apoia para urinar em outra árvore (o que constitui seu marco até Callao), sabe que essa distração do caminhar será transitória. Ele voltará, não deixará seu lugar.

Era 10 de fevereiro de 1988. Sentado sobre o braço direito do banco, de acordo com meu ponto de vista, ele inclinava-se e escrevia sobre um caderno, quase um álbum, apoiado em seus joelhos. Nos dias 11, 12 e 15 de fevereiro, continuava ali sentado, escrevendo sobre os joelhos. Entre as 7 e as 8, ele via o nascer do sol por sobre as árvores da praça, escrevendo. Assim, saudava a chegada do dia e podia se supor que antes havia buscado água no bebedouro, um esquálido jorrinho, segundo pude comprovar, quando esse homem começou a me preocupar e quis saber quais eram suas restrições de vida mais elementares.

    Durante uma semana, eu o vi olhar por cima de seus óculos apenas duas vezes. Sua abstração nos papéis mantinha-se, permanente, nada o desviava do interesse supremo de deixar correr sua mão em uma escrita muito próxima à cabeça, como se esse homem pensasse com os olhos e acreditasse que, quanto mais os aproximasse do papel, maior convencimento haveria de conseguir sobre a materialidade de seus pensamentos. Suas ideias caíam sobre o papel, segregadas pelo corpo encurvado e dócil à lei da gravidade; sem resistências, a escrita parecia se ordenar em linhas imaginárias.

    Estava sentada em um banco não muito distante, sustentava a moldura dessa cena do homem com a testa grande, prolongada em uma calvície até a nuca, com mechas de cabelo nas laterais, como acontece com esse tipo de careca que não oculta sua calvície. Eu havia custado a conseguir a moldura que enquadrava esse homem, pois nem sempre os bancos que permitiam isso estavam livres. Além do mais, eu tinha de considerar minha localização longe dos guardas, por causa do cachorro, cuja entrada na praça é proibida por regulamento municipal; e meu cachorro é indissimulável, porque puxa a coleira, se agita com distrações imaginárias e trata de conquistar a caça arcaica de sua espécie. Durante todo o mês de fevereiro e parte do mês de março, observei esse homem diariamente e sempre estava a ponto de lhe perguntar quem ele era, o que fazia, o porquê de sua circunstância de escritor à boa ou bela estrela. Pouco a pouco, essa curiosidade começou a ser persecutória e não deixou de sê-lo nesses longos meses. Porém, a perseguição foi atravessando estágios perfeitamente delimitados, como se fosse construindo uma estrutura própria, com variáveis de uma intensa diversidade afetiva ou sentimental.

Planejei modos de abordá-lo, e o mais ajustado transformava-se logo num fiapo; nunca chegava a formular a pergunta que desse conta da altura e do dramatismo da situação. Nunca me pareceu normal ver esse homem de manhã em seu banco, quase se espreguiçando ante a chegada do dia, e menos ainda me pareceu um fato corriqueiro vê-lo coberto com um enorme plástico nos dias de tempestades que assolavam e inundavam as cidades, cujo efeito nas praças, com rajadas de vento e de chuva, causavam não menos confusão e desamparo nos pedestres. Essas tempestades, com suas frentes desfraldadas sobre os telhados e vindas do rio, com ondas e furacões, golpeavam as janelas da minha torre e lançavam fios (progressivamente rios) de água pelos interstícios de vidros mal selados, e eu passava as horas enxugando, com trapos e toalhas, os charcos que se formavam na sala, enquanto o homem lutava só com o seu corpo contra o olho desatado da tempestade.

Eu me esforço para estabelecer cronologias e me desgasta tentar recordar em quais datas aconteciam as instantâneas variantes na vida à intempérie do homem da praça e estabelecer quando aconteceram mudanças em minha relação com a cena que ele dramatizava. Esse registro, sempre disse a mim mesma, deveria ser cotidiano, mas a ideia de um diário minucioso em que anotasse minhas observações sobre o homem me parecia de uma grandiloquência e de uma veleidade que tampouco condiziam com a circunstância. Só agora, a vários meses desses acontecimentos, posso tentar ordená-los por escrito.

Os sobressaltos foram muitos: uma manhã, vi que só estavam *suas coisas* (uma maleta de tecido quadriculado, uma caixa, sacolas de plástico cheias, uma manta), mas nem sinal dele. Abarcando com o olhar todo o horizonte, desde a esquina da Rodríguez Peña até a Paraguai, não se via seu rastro, nem sequer se conseguia forjar a possibilidade de que fosse confundido com algum outro transeunte. Nada, não se via ninguém; nem se esforçando para distingui-lo, o homem aparecia na ampla cena, e na cena reduzida do banco-centro-do-universo só se viam suas trouxas expostas ali ao ar fresco, com revoadas de pombos que, em voos rasantes, se lançavam sobre montanhas de pão, e a obstinada persistência de meu olhar, vagando entre árvore e árvore, entre pessoa e pessoa, até a Charcas, até a Callao, sem dar um passo, porque somente imóvel eu poderia reter o lugar do homem por mim conhecido e registrar, com meu olhar categórico, sua localização excepcional como ausente. Fui embora sem havê-lo visto, depois de dar uma volta em toda a praça maior, atingindo múltiplos pontos de vista e descartando, de maneira vertiginosa, uma a uma, as diferentes presenças que meus olhos captavam e retinham. Pela Rodríguez Pena, fui até a Charcas, por esta virei à esquerda até a Callao e depois novamente à esquerda, seguindo até a Paraguai e passando atrás do banco que, no ponto inicial de minha incerteza, havia estado a uma distância aproximada de uns 100 metros de mim e naquele momento estava apenas a uns 5 metros. Pude ver não só que o homem não estava, mas também pude comprovar que era capaz de se ausentar, deixando suas coisas à boa vontade de Deus e ir a algum lugar que sua vida pública não me permitia imaginar. Atravessei a Paraguai, avancei por essa até a Rodríguez Peña, desandando todo o percurso, quando, ao dar a volta na esquina, com a intenção de ir até a Córdoba, topei com o homem. Ele vinha pelo meio da calçada, e quase trombamos no cruzamento, prosseguiu e atravessou a rua e a praça em semidiagonal até seu banco. Para assistir a essas evoluções, tive de me instalar em um ponto fixo, fazendo-me de distraída com algo referente ao cachorro, até comprovar que o homem se sentava no banco, recuperava seus papéis apoiando-os sobre os joelhos, e deixava cair de novo, como de costume; sua escrita a partir dos óculos e, através de seus óculos, de sua cabeça. Nas manhãs de verão, tive de começar o dia antes, não permitindo que a invasão do calor, das pessoas, do tráfego, cobrisse todo o espaço e impedisse a caminhada ou a mera respiração. O começo da jornada em Buenos Aires é como uma cascata que se precipita sobre qualquer represa; nem o frio, nem o calor, nem o vento, nem a chuva são diques para essa saturação do ambiente paulatina e logo consumada. O que se desencadeia multiplicado até ser legião parece conhecer seu ciclo, ter consciência de seus ritmos de expulsão e retenção, como um organismo biológico. O ano é isso, as estações são isso; os meio-dias, as tardes e as noites não são senão uma profusa e desesperada resposta dessa legião ou dessa massa às leis do tempo e, paradoxalmente, a inconsciência da finitude que persiste em ter. Nesses ciclos de minuto em minuto, que são de hora em hora e de dia em dia para qualquer mortal, a posição do homem da praça no universo não podia ser, pela lógica, igual à dos outros. Viver à intempérie não proporciona as satisfações nem os desenganos do que se cumpre ou não se cumpre no transcurso. Nesse estado de intempérie, não há os pequenos fechos que enclausuram, em tarefas concretas ou práticas, períodos de tempo; não se abrem nem se vencem contratos; não se chega na hora, nem se tem horário de saída e, não se acumulam benefícios nem perdas; não há prazos fixos, nem altos nem baixos; não se caminha por um circuito com postos, não se paga pedágio, nem se detém direito de casa, e seria infinito enumerar tudo o que não acaba, não se cumpre nem tem lugar no lugar da intempérie.

Eu tinha medo de abordá-lo. Pensava, em meados de fevereiro, não sem pesar, que a crueza de minha solidão correspondia à minha crescente e obsessiva preocupação com esse homem. Ao despertar, mal detectado o vazio no plexo, o não menos vazio de pessoa em minha cama e o, para mim, feroz começo do dia — sempre me pareceu incoerente o verso de Dylan Thomas que aconselha o leitor: "odeie, odeie feroz o fim da jornada" —, eu iniciava minha estratégia de pequenos "fechamentos" e recomeços, fundamentalmente desdobrada em tarefas precisas que iam se sucedendo, vorazes e ferozes, ao longo do dia. Fazer coisas é uma maneira de viver; isso pode parecer óbvio, mas não o é tanto para quem dobra e desdobra a existência como se fosse de papel e vai dobrando-a cada vez menor, até não deixar nada mais que um filete onde parar. Daí essa gente empreende o movimento contrário, o desdobramento, e, de leque aberto a leque fechado, de tarefa começada a tarefa concluída, o dia passa entre tempos de maceração e tempos de cocção, entre tempos de acordar e de dormir. Tempo de esperar o trânsito do sol de um ângulo ao outro da residência e segui-lo ou evadi-lo: desdobrar na largura e dobrar na estreiteza atenuam a angústia e nada mais que isso. Mas se não há labores, se as dobras se fazem sobre o puro ser e o ausente fazer, o contato com o universo há de ser descarnado e queimante. Assim eu imaginava o transcurso do dia do homem, sua mente ocupada somente pela sucessão sobre a página, alheia às dobras do cotidiano. Isso era o que eu supunha, mas era muito diferente o que ocorria, porque, por mais que ele acreditasse que se havia desprendido dessas pequenas metas — a meta maior era desconhecida para mim —, submetia-se a ineludíveis rotinas: ir do banco à lixeira, da lixeira ao bebedouro esquálido, ausentar-se desse lugar por mim também desconhecido e voltar a seu banco, fazer trajetos erráticos no perímetro da praça como que procurando algo, provavelmente cigarros caídos, e não muito mais durante os 45 minutos aproximados de minha observação.

Outro dos sobressaltos que o homem me provocou foi, na realidade, uma miragem, dessas que costumam acontecer em minhas observações pela rua, quando o estado de flutuação em que deslizo transtorna meus sentidos e me leva a ver coisas que não são. Cheguei à praça às 7h15 e caminhei durante uns quinze minutos tendo percebido que o homem ainda dormia. Dei uma volta na praça em sentido contrário ao dos ponteiros do relógio; uma vez cumprida essa volta, dei outra no sentido dos ponteiros; dei ainda uma terceira volta, e o homem continuava dormindo. Ao final disso, já eram 8 horas, e o barulho era intenso, com buzinas, pássaros, alvoroços de diversos tipos, e era grande a quantidade de humanos e animais atarefados em seus assuntos: passar, circular, dar volta, recolher, correr, fazer flexões, passear com o cachorro, acompanhar homem ou mulher, no caso dos cachorros. Na cidade sem calma, o homem continuava dormindo; poderia estar morto, pensei, ou ter desvanecido em sonhos, ou por acaso poderia estar dormindo além da conta pela ressaca da noitada ou por fraqueza. Quando empreendia o penúltimo trecho de minhas sequências pelo quarteirão, quase no final, justamente onde está situado o conhecido banco com o homem dormindo, eu o vi atravessar em diagonal a praça, como se viesse da Paraguai e Rodríguez Peña. Vinha com passos ágeis, mas com o corpo meio vencido, com sua postura contraditória, reconhecível a distância: caminha como qualquer mortal saudável, mas encurvado. No banco continuava um homem, outro homem, dormindo, mas ele veio e desfez de maneira dramática minha ideia das coisas. Com um gesto convencido e quase ufanista arrancou a manta — estávamos já a fins de março —, desbaratou a figura do homem que jazia por baixo, a fez desaparecer ante meus olhos atônitos e pôs-se a dobrar, meticuloso, com uma precisão e um cuidado geométricos, a manta e os outros elementos de sua cama, quiçá uma segunda manta, uma borracha que servia de base, umas roupas. Depois de dobrar suas posses, enfiou-as dentro de uma sacola e sentou-se no banco.

 Durante fevereiro e a primeira quinzena de março, antes das tempestades, o homem deve ter suportado a canícula do verão, refrescando-se apenas com o jorrinho de água do bebedouro municipal, ou, talvez, uma ou outra lavagem matutina devem ter sido oferecidas pela mulher da escultura que, inclinada e nua, deixava cair um fio mínimo de seu cântaro, o qual forma um charco dentro da fonte, cujas águas nem sempre brotam. A chuva na tarde úmida e calcinante deve ter sido em fevereiro, quando se produziu uma bênção para o homem. À primeira gota, as pessoas correm e desaparecem, e ele se refugia, paradoxalmente, entre as cortinas de água, chave de sua solidão e de sua autossuficiência.

Eu pensava, então, que o camelô, que havia feito soar seu assobio uma única vez, quando me viu entrar no primeiro dia na praça, mas depois se esqueceu de mim e de meu cachorro e nos deixou estar por inércia, deveria ter alguma informação sobre o homem. Porém, eu não poderia interrogá-lo porque poria em evidência minha infração ao código municipal. Pensava também que os vizinhos que aparecem à janela na Callao viam, dia a dia, os movimentos e as imobilidades do homem e que talvez se perguntassem sobre sua sorte e lhe forjassem soluções ilusórias, cada vez mais ilusórias, levando em conta as limitações que todo mundo tem em se comunicar e o temor de ficar colado ao outro pelo mero fato de se comunicar.

Aqueles que todos os dias atravessam a praça e mesmo os que têm tarefas específicas no recinto da praça não teriam, por outro lado, a ideia de se aproximar de um homem sentado em um banco ou banquinho que, além de ser um suposto *mendigo*, escreve sobre os joelhos talvez um livro ou uma partitura, e a curiosidade há de ser necessariamente postergada em benefício da conjectura sem fim. Eu não poderia saber qual era o vínculo desse homem com os outros que estavam à intempérie: havia um *senhor mais velho*, de uns 60 anos ou mais, com um terno de verão completo, gravata, inclusive, que fez de um banco sua moradia, também em meados de fevereiro, e que, algumas vezes, tirava de uma sacola (sempre uma sacola, a sacola é o grande significante da intempérie) uma ou outra fruta, um cacho, por exemplo, e lavava as uvas uma a uma no jorrinho do bebedouro, onde antes havia bebido o outro homem que era por mim considerado o *principal* dessa praça, pela perduração de seu empenho em viver a céu aberto sem telhado nem qualquer outro reparo, e depois de lavar as uvas comia-as, tirando delas as sementes que, num ciclo prodigioso, oferecia aos pombos ou aos outros pássaros os quais, por sua vez, iam beber no bebedouro, muito despreocupados: esse senhor de terno no verão, e mais engomado ainda quando começaram os dias outonais, tinha uma caixa de papelão bastante volumosa que, dificilmente, transportava de banco a banco; um meio-dia o vi no ônibus 109, desceu comigo no ponto da Montevidéu e foi embora com a caixa rumo à sua sede, tropeçando em várias ocasiões porque a caixa não tinha alça, nem para levá-la nas costas teria onde segurar, mas ali andava o homem *secundário* obstinado em seu transporte. Dias mais tarde vi que esse homem secundário depositava sua caixa debaixo do banco do homem principal, o que me revelou que este, na realidade, tinha um depósito coletivo no qual todos os mendigos guardavam seus volumes. Todo o tempo eu pensava, além do mais, em *Ironweed*, de William Kennedy, mas não tinha comigo o romance para ver que tipo de situações comuns irmanavam os indigentes de Albany, no estado de Nova York, com os da praça Rodríguez Peña, e só tinha muito presente a instância do desafio, uma ferocidade interior que convence o habitante da intempérie da pertinência de seus atos, que o guia em seus passos cotidianos, nessas efêmeras metas que vão se cumprindo de segundo a segundo.

O interesse pelo homem da praça me colocava, sem que eu o quisesse, num estado de exceção ou, pelo menos, de emergência; produzia em mim uma emoção literária em seu sentido mais latejante, a que você sente quando, num texto, tropeça numa revelação contundente sobre o ser, e essa revelação, erigida como um limite, alarga a consciência do desamparo e afina a percepção sobre a morte, sobre o sentido da morte. Todo o primeiro grupo de páginas deste relato, até o momento em que começo a falar do homem da praça, guardava uma estreita relação com meu regresso à Argentina; escritas em Buenos Aires, quase sempre a partir das 10 horas e depois de voltar da praça, com o cachorro esgotado, foram continuadas no México, numa viagem de dois meses; de repente, o escrito se deteve, em coincidência com a preocupação com o homem. Eu não podia continuar porque a aparição desse interesse me obrigava a selecionar os estados legítimos de paranoia pessoal para evitar confusões. Eu não sabia qual era minha intempérie e não podia saber, portanto, qual era a sua. E, além do mais, essa inquietude por sua suposta decisão de intempérie se oferecia com tanta naturalidade para a escrita que passei a suspeitar dela, para que não fosse agora que convertesse a intempérie inclemente desse homem num tema literário, quando minha decisão havia sido fazer deste relato uma catarse despojada de toda vaidade.

Não fosse também agora que encontrasse o tema-chave, por outro lado tantas vezes gazua para infinitas portas narrativas; eu não queria, por conseguinte, deixar que o homem fosse tema, tópico, e menos ainda objeto. Apesar destas restrições, muitas vezes, na praça, senti a chicotada do texto, como se um impulso crescente se apoderasse de meu plexo e de minha disposição à palavra escrita, empurrando-me, rogando-me, quase, que pusesse por escrito a noção de alargamento metafísico que me produzia a certeza com que o homem dobrava as mantas ao lado da árvore e, sobretudo, o silêncio carregado que rodeava esse banco quando ele se entregava, cabeça no papel, às tarefas da escrita. A cena clamava por ser escrita, eu não tinha mais que apoiar, por minha vez, umas folhas sobre os joelhos e deixar dizer, sem mais, o que esse homem me dizia demarcado em seu lugar; a impiedosa clareza dessa imagem já vinha escrita, mas eu me negava a traduzi-la.

Não sei se estes exercícios de controle de minha própria escrita sobre a escrita própria do homem e sua condição de intempérie eram exigências de pureza, mas eu necessitava de uma química seletiva, saber qual índole de mensagem proferia esse homem na praça e sua circunstância, e de que maneira tinha que ser atendido, dadas as minhas próprias circunstâncias de regresso à Argentina. Quais eram, nessa vulnerabilidade, suas partes e as minhas.

Na praça, num banco próximo à escultura brotante, instalou-se ao final do verão um outro homem, um terceiro homem, muito definidamente lúmpen, desses enegrecidos pela pobreza do carvão, como cobertos pela cinza de brasas de outros tempos, com o ventre ao ar, braguilha estragada, e coxeando distintamente. Esse homem havia conseguido isolar-se num discurso fechado, ininterrupto, num solilóquio autorreplicante, autointerlocutório, acompanhado dos gestos que costumam dar ênfase em todo diálogo ou comunicação entre as pessoas. Esse homem não colocava nenhum volume no depósito do homem principal, não parecia haver nenhuma relação entre os dois, mas não era válido nem defensável para ninguém se aventurar na indagação sobre um desses homens, desvinculando-se sem razões do outro: eram dois mendigos, mas estava muito claro que o principal objeto de minha preocupação não era o que se tomava a si mesmo como referente, o que se incluía em sua própria e autônoma interlocução, e sim o outro, o que levava ao papel suas ideias. Por um, o que deixava emanar o texto sobre seu papel e seus joelhos, tinha predileção, pelo outro, ou os outros, só uma piedosa perplexidade. Um escrevia mensagens, o outro se havia deixado ganhar pela loucura do puro gesto, condenado ao fardo da incomunicação.

No dia 7 de março, às 7h30, sendo segunda-feira, decidi me aproximar do homem. Havia chovido durante a noite com intermitências, a chuva abençoando o final do verão, e ele havia terminado de desdobrar e de dobrar, de empilhar e de enquadrar, e começava a caligrafar sobre seus papéis. Estava na segunda ou quarta linha de uma página quando eu o interrompi, e sem preâmbulos, lhe perguntei se ele era escritor. Já havia levantado a cabeça de seus papéis quando me viu vir com o cachorro, e também sem rodeios, como se fosse natural que eu chegasse às portas de sua morada para perguntar pelos seus afazeres, respondeu-me que não era estritamente um escritor, mas que escrevia acerca de alguns problemas pendentes, questões matemáticas que se havia colocado há tempos e que agora resolvia. Disse-lhe então que eu também escrevia e que me havia interessado por ele porque o via escrevendo desde muito cedo. Talvez devesse tê-lo interrogado sobre sua condição de intempérie, mas não o fiz; ele se encarregou de colocar as coisas em seu lugar, "aproveito minha circunstância", disse, "para avançar na solução de certos problemas teóricos".

"A circunstância em que me encontro", desse modo descreveu sua situação, deixando supor que era transitória. Essa mesma noite, como para intensificar ainda mais o estremecimento que me havia produzido falar pela primeira vez com o homem da praça, pondo em evidência a miséria da comunicação, o desamparo das palavras ditas por ele e por mim e pela vacuidade do laço que estas instauravam, começou a chover forte, intensificando-se a tempestade à meia-noite, com trovões e raios e cortinas espessas de água que se lançavam sobre os prédios e súbitas iluminações no horizonte carregado e alucinante. Sempre imaginei que estou em um barco e que a tempestade ameaça e depois se desencadeia sobre os mastros e as velas, que este barco é uma símile da vida tempestuosa e emocionante do romance lido ou do poema sussurrado, como uma romaria quando o náufrago quebra tudo e deixa uma ressaca de terror. E nessa meia-noite, o homem da praça me tirou o sono. Estive consciente de que a intempérie era a suprema inclemência.

Choveu toda a noite e continuou chovendo todo o dia seguinte; na noite do segundo dia de temporal minha crise de consciência havia progredido: como eu podia ter mantido um diálogo em aparência normal com o homem da praça e tudo continuar como antes. Tenho mesmo que aceitar, disse a mim mesma, que nada mais pode continuar igual, que ter falado com ele e conhecer sua circunstância me colocava numa situação difícil, sem argumentos, porque se podia falar com ele na intempérie, não ficava bem que não pudesse fazê-lo na sala de minha casa, tendo estabelecido, deste modo, hierarquias em minhas relações, discriminando os sujeitos de minha atenção.

Parecia-me muito significativo, e passível de interpretações o fato de que meu centro exclusivo de interesse em Buenos Aires fosse esse homem solitário, reduzido a suas breves travessias. Tive medo: o diálogo estava aberto e eu já não poderia parar, e todos os dias a cota de intercâmbio haveria de se cumprir sem remissão. Instaurada a palavra entre o homem principal da praça e eu, a transeunte secundária necessariamente ficava em estado de dependência, eu me convertia em sua tributária, seus devaneios matemáticos sobre o papel desde as 8 horas e ao longo do dia me colocavam, porque ele havia *escolhido fazê-lo*, em desamparo, sob um teto agonizante e carcerário, *em morada*, morando; minha "produção" e a resolução de meu suposto texto eram fatos domésticos triviais ao lado da empreitada do homem principal desguarnecido.

Nessa época, uma tarde, no ponto de ônibus da Callao, apareceu um homem estranho, um *freak* da cidade; sua característica era assinalar as pessoas com o indicador, cravá-lo depois nas costas ou no peito, como um chamado de atenção. Dessa vez, quando o fez comigo, eu não soube que atitude tomar. Percebi que era alguém de exceção, um desproporcionado, e que minha reação não podia ser a normal. Primeiro me fiz de boba, mas ele voltou a me apontar com o dedo, incrustando-o em minhas costelas inferiores do torso dianteiro. Senti muito terror e muita confusão e não respondi à inquisição do homem, proferida em um jargão próprio, com um sentido para mim incompreensível. O *freak* se afastou e ninguém na fila do ônibus se deu ao trabalho de me defender, nem sequer comentar o incidente. Eu me senti abandonada: todos continuavam com seus olhares postos no nada e, ao invés de exercer meus direitos de cidadã, por assim dizer, de me situar no plano da reivindicação, o que sempre ajuda a reconstituir a imagem pessoal machucada, senti vergonha de ter me visto exposta ao dedo do *freak* diante de pessoas prescindentes e altivas que, com seu silêncio, faziam-me pagar uma dupla ou tripla culpa: a de ter me colocado na mira do dedo do homem, a de não ter podido conjurar com eficácia sua ação sem sofrer terror, e a de não ter suscitado nenhuma adesão coletiva pelo atropelo do qual havia sido objeto. Vendo minha angústia, só uma mulher que estava na fila reagiu e me disse: *É completamente inofensivo, não tenha medo dele, não faz nada. Fala assim e aponta, mas não faz nenhum mal.* Acrescentou: *Veja a Sra. que é um problema genético, quando qualquer dos membros de sua família chega a adulto, começa a emitir esses sons e a apontar assim com o indicador. Sua mãe acabou do mesmo jeito, seus irmãos são do mesmo jeito, fazem a mesma coisa.*

A Sra. mora por aqui?, eu me atrevi a perguntar, vendo que ela se referia ao *freak* como um vizinho do lugar. Respondeu-me que sua mãe tinha um emprego no mercado municipal com saída para a Córdoba e para a Viamonte, *o posto 45*, me disse, mas de imediato esqueci esse número e tentei recordar se realmente me disse o 45 ou o 49 todas as vezes que fui procurar sua mãe no mercado.

Fui procurá-la porque ousei perguntar à minha interlocutora na fila do ônibus se ela conhecia um homem que vivia à intempérie na praça Rodríguez Peña, um homem que escrevia. Ela me disse que seus pais e, em particular, sua mãe (a do posto 45, agora viúva) o haviam conhecido muito em certo momento, a ele e à sua família, afirmando, para continuar, que era totalmente inofensivo. *Ah! Ele é inofensivo, passa todo o dia escrevendo; foi estudante avançado de engenharia tecnológica, quase foi engenheiro. É só lhe avisar que os meninos vêm lhe trazer problemas de física e matemática para que ele os ajude e, sim, consegue resolvê-los.* É totalmente inofensivo, continuava dizendo com ponderação, e eu deixava passar uma e outra vez o ônibus 37 e ela também, porque estávamos conversando sobre uma coisa que lhe interessava, uma coisa na qual, para ela e para mim, estava em jogo toda a vida. Ela me disse, além do mais, *que se dizia que ele havia ficado assim como consequência de um trauma,* que seus pais haviam morrido num acidente ao qual ele havia sobrevivido, e que nunca mais se havia recuperado do golpe.

Enfim, entramos no ônibus. E perturbada porque, um pouco antes, ela havia comentado, com um tom de quem ia me levar a um tema ainda mais importante, que Olmedo havia se suicidado. Ela deve ter interpretado meu olhar vazio como um sinal de que eu já sabia da notícia, mas quando lhe perguntei quem era Olmedo, ela me olhou estupefata: *Como,* me disse, *a senhora não sabe quem é Olmedo?!* Os sinais de pontuação exclamativo e interrogativo misturavam-se. *Não, eu lhe disse, não sei quem é Olmedo. Olmedo, Olmedo,* reafirmou, *o comediante, se jogou esta madrugada do 11º andar de um prédio em Mar del Plata. Ah,* eu disse, *perdoe-me* e, arrastada mais uma vez pela corrente de exculpação de sempre, comecei a abundar sobre meu passado. Disse que, na realidade, eu não era dali, sem saber muito bem como dizer que era dali mas ao mesmo tempo não era; *o que é o aqui? o que é?*, tinha vontade de lhe expor, com ênfase, a relatividade desses conceitos de pertença a um lugar, mas só consegui me confundir e confundi-la: *Sou daqui, mas nasci em Córdoba. Além do mais, todos estes anos, não estive no país, morei no México, e na realidade sou também do México, ou prefiro sê-lo.* Ela não podia acreditar no que seus ouvidos escutavam; *não tenha medo,* disse, e talvez pensava que eu era inofensiva apesar de não saber quem era Olmedo. À medida que passaram as horas, depois do episódio, fui me dando conta de até que ponto era uma intrusa, até que grau era uma estranha neste país: o suicídio de Olmedo ocupa todo o espaço argentino, saturou todos os veículos de imprensa, ninguém falava de outra coisa. A magnitude do que eu ignorava me deixou às margens do mundo, mas possuía dados sobre o homem da praça, sabia que estava ali pelos efeitos de um intenso trauma, tal como acabava de me dizer a senhora no ponto do ônibus; era totalmente inofensivo segundo esta senhora, que parecia medir os perigos da cidade a partir da ótica do mal que podem causar determinados personagens marginais. Fui várias vezes ao mercado procurar na série de postos desde o 45, que foi o número que pareceu que ouvi, até o 49, mas não vi nenhuma viúva. Os lojistas são todos homens, isso sim; vendem queijo e creme, como a mãe da senhora. Umas semanas depois, o homem da praça, em seu comentário do dia, haveria de dizer que às vezes obtinha um *sachet* de leite no mercado, e estive a ponto de lhe perguntar se o havia ganhado da senhora de algum dos postos desde o 45 até o 49, mas me abstive porque não tinha modo de justificar que sabia alguma coisa dessa lojista, nem tampouco o que sabia dele através da filha dessa lojista. Além do mais, ele me disse que comprava seu leite.

Eu soube que o homem da praça, meu principal homem da praça, se chamava Andrés. Eu lhe disse também meu nome, que de maneira sistemática, ele deturpou ao longo das semanas, mudando o primeiro *n* por um *t*, sem que eu corrigisse o erro. Esses erros com meu nome há muito tempo não retifico, já que não me impacientam nem me produzem mau humor e, acredito, convencida de que se trata de lapsos inofensivos das pessoas. O *t* pelo *n*, um *i* substituindo um *u*, um *o* no lugar do primeiro *u* etc., não fazem pouco de mim como antes; agora sei que esse é meu nome, não há dúvidas sobre a identidade que me confere. Mas nem sempre foi assim. Houve épocas em que eu não sabia o que argumentar sobre ele, obrigada por insistentes reclamações de meus interlocutores que queriam saber se esse era realmente meu nome, que queriam saber qual era sua origem, qual o seu significado.

Cheguei a ter verdadeiros ataques de desconcerto ao me ver cercada por perguntas que não têm resposta. Não me pareceu conveniente esclarecer a Andrés que o segundo *u* de meu nome não é antecedido por um *t* e preferi confiar que alguma iluminação fora de contexto haveria de dissipar o equívoco sobre esse aspecto de nossas relações.

Já falei do homem cinzento que gesticula: com movimentos amplos e variados de suas mãos e braços, e mesmo de seu corpo, segundo observei uma manhã, ele dirige uma orquestra imaginária, em que os instrumentos são sua própria voz. Esses concertos acontecem depois das 9 horas, e perguntei a Andrés se ele sabe quem é esse homem, se tem conhecimento de que ele tivesse uma relação "transcendental" com a música. Ele não sabe, não parece ter curiosidade por seus congêneres e tenho a impressão de que, ao lhe fazer a pergunta, ele suspeitou que eu tinha sim uma curiosidade literária e insalubre, razão pela qual não insisti, não estando ainda em condições de explicar-lhe qual é minha relação com a literatura. A única coisa que me disse é que uma vez veio uma ambulância e o levou, porque estava com a perna infeccionada, mas que depois foi devolvido à praça. "Mas ele sim é que está do outro lado", me disse, pondo nesse *mas* a distância que o separava do outro. Voltou a emitir esse tipo de julgamento sobre uma velha tenebrosa, com bengala e farrapos, que passou junto a nós fazendo reverências. "Deve ter ficado fixada a uma situação de servidão", comentou, "porque vem e me pede que lhe faça a lista do mercado para um banquete, como se eu fosse seu patrão. Quando respondo a seu pedido, vai embora, satisfeita, *para o outro lado*".

Com Andrés lidei com grande discrição; poderia tê-lo pressionado com perguntas, para saber a qualquer preço as determinações que o levaram a optar por essa vida. Não é preciso assediá-lo: o que ele solta não constitui o que se poderia chamar um corpo narrativo. De certo modo ele, com suas escassas referências, apaga qualquer interesse especializado, obriga ao ascetismo; só pode se responder à sua privação extrema com uma máxima austeridade de demandas; com ele nada pode se acumular. Não obstante, apesar da aceitação dessas regras do diálogo, e nos dias que se seguiram à minha primeira conversa com ele, estive em permanente conflito. Eu destrinchava bem os estados de minha consciência, separando-os de todo humanitarismo, mas isso era só uma decisão mental. À medida que se desatavam os fenômenos da natureza — chuvas, ventos, geadas, relâmpagos na noite —, ele reforçava sua permanência no banco e seu desafio me levava pouco a pouco à impotência. Ele, que havia decidido os limites da potência humana, deixava-me incompetente para entender seu desafio.

Além de me falar sobre *sua circunstância* — palavra que definia, como já assinalei antes, uma transitoriedade —, ele me disse que fazia quatro anos que vivia desse modo; antes seu lugar havia sido a praça em frente à faculdade de medicina, a uns quarteirões dali. Um dia teve de ir embora, aconselhado pelo guarda; nessa praça tinha havido procedimentos policiais relacionados com a droga e ele não acreditava que fosse conveniente que Andrés se expusesse. Não se pode saber se o guarda não estaria farto de ter de imaginar como este homem solitário sobreviveria às tempestades, ao calor ou às invasões de mosquitos, sem contar a fome e outras necessidades, e preferiu respirar tranquilo, livrando-se dele.

Perguntei-lhe se alguém, alguma vez, se havia interessado por sua circunstância, por exemplo, algum funcionário, algumas das chamadas assistentes sociais do Ministério do Bem-Estar. Nunca ninguém havia se aproximado dele com outra intenção que não uma curiosidade sem leito, um pouco como a minha; mas cada vez mais, em meu caso, no centro de uma crise de consciência, para não dizer um profundo conflito espiritual. Sentados um junto ao outro em seu banco, eu sabia que alguém, os transeuntes, as pessoas, qualquer observador, nos olhava ali, falando, medindo a desproporção de um encontro semelhante: uma mulher, um cachorro, um homem principal dessa praça, por hierarquia de desamparo; primeiro eu, a mulher, depois o cachorro e depois o homem. Ele me disse nesse mesmo dia em que eu me perguntava se éramos vistos, como que adivinhando meus pensamentos, que ele acreditava *que os seus de outros tempos* talvez o vissem viver desse modo, e tive a impressão de que saber que o viam confirmava-lhe triunfalmente seu empenho. Nenhum indício daquele trauma invocado pela senhora na fila do ônibus 37.

Não, ele não era incomodado por ninguém. O vento nas noites calorosas sem dúvida lhe provocava bem-estar, ouvir os pássaros ao amanhecer não era algo de se desdenhar, e menos ainda receber o sol nos dias outonais. Não parecia, entretanto, ter um culto pela natureza naquelas conversas. A barulhada dos pássaros não nos deixava ouvir o que falávamos, e eu me ouvi dizendo: "imagino que você acorde ao som dos pássaros". Ele me disse que havia lido em um jornal, faz tempo, que um mendigo em Nova York tomou sua decisão de intempérie porque sua mulher "tinha passarinhos na cabeça". "Os dois temos pássaros na cabeça; eles me acordam e ele sai fugindo dos que povoam a cabeça de sua mulher." Era a primeira vez que ele dizia a palavra *mendigo*.

Nunca pude descrevê-lo ou defini-lo como mendigo. Uma proibição inexplicável afasta de mim esta palavra, separa-a como um mau sinal. Como contraparte, depois de meus primeiros encontros com Andrés, entrei numa espécie de delírio do contar. Eu dizia a todo mundo como o havia conhecido, queria a todo custo passar o problema a outros, descomedidamente, confesso-o com pesar, tentava conjurá-lo pelo simples fato de relatar sua circunstância. Às pessoas sem escrúpulos, aos piedosos sem senso de humor, aos odiosos sem sentido de amor, aos que aproveitam, aos indiferentes, a todos eu contava anedotas relacionadas ao "meu amigo Andrés, o da praça". Fui miserável, por muito tempo; vendi ao melhor concorrente sua verdade e a minha mas, de repente, sem que mediasse nenhum fato ou talvez só o fastio, parei de contar. Desde o dia em que cessei de fazê-lo, ninguém me perguntou o que havia acontecido nem o que havíamos falado no diálogo cotidiano. Foi fácil preservar no silêncio a figura do homem principal a partir de então.

Falamos de literatura, sem nenhuma profundidade particular; ele interessou-se por Rulfo, disse ter lido *Pedro Páramo* tempo atrás e ter tido a sensação de que era um grande romance. Eu lhe disse que Rulfo, antes de morrer, era visto pelas ruas de Insurgentes Sur ou de Revolución al Sur, no México, de forma que qualquer um podia cruzar com ele nas ruas de San Angel e, inclusive, trocar algumas palavras com ele, caso se oferecesse. Chamou-lhe a atenção que eu houvesse esclarecido *antes de morrer*, como se ao se tratar precisamente de Rulfo, alguém pudesse lhe haver atribuído passeios depois de morto.

Ele me disse que tinha dois livros. Um, cuja importância não exaltou porque se tratava de um romance de Blasco Ibáñez, ele havia encontrado numa lixeira, junto a uma grande quantidade de outros livros que não pegou. Ele me disse que eram uns 12 ou 15 livros, todos de cozinha, *imagina*, acrescentou, *encontrar livros de cozinha, que paradoxo*. Algum insensato se havia desfeito desses livros e ele não os havia recolhido. Tirou o livro de Blasco Ibáñez de uma mala de tecido e me mostrou sem comentário. O segundo livro era *O romance de Perón*, de Tomás Eloy Martínez. Esclareceu que lho haviam dado de presente, mas que era uma edição resumida. Quando lhe perguntei se nessa edição figurava uma cena na qual, por pura obra de ficção, estamos meu marido, meu filho e eu numa sacada, enquanto abaixo transcorre um ato político e se escuta *Ó Solidão!*, de Henry Purcell, me disse que não, que se essa cena estivesse em sua edição se lembraria dela perfeitamente, porque sabia quase de memória tudo o que ocorria no livro. Recordou como muito intensa e muito justa e considerou um verdadeiro achado interpretativo a ideia de Tomás Eloy Martínez de uma realidade percebida através do olho de uma mosca, multifacetada, contraditória, de dimensões desconhecidas; *acredito*, acrescentou, *que assim era o que acontecia nesses tempos, multiforme.*

No mês de março Andrés deve ter assistido, para além de sua vontade, às concentrações de professores em greve em frente ao palácio Pizzurno, sede do Ministério da Educação. Repreendiam o ministro, reclamavam, exigiam em plenitude o direito de reunião porque, literalmente, enchiam a praça e lançavam ao ar milhares de panfletos e santinhos de diversos formatos e com textos de diversos signos. A praça amanhecia coberta de papéis que o vento levantava em redemoinhos ou a chuva emplastava em montes irregulares. Ninguém varria esses restos das assembleias dos professores. A greve ia ser longa e os plantões reiterados, razão pela qual qualquer varrida teria resultado inútil; as praças, pois se tratava na realidade de duas, uma grande e uma pequena, divididas pela rua Rodríguez Peña, quase sempre sujas, eram agora um chiqueiro, com bolas de papel amassado por toda parte.

Andrés deve ter tido que suportar a invasão dos manifestantes e do lixo, conjecturo hoje, já que nunca comentou comigo os fatos que haviam ocorrido em várias vésperas de nossos encontros na praça semanas antes. Não sei também se estava a par do conflito que se vivia dentro do perímetro da praça e que ele observava toda tarde. Ouvia, claro, as ordens mas quando me ofereci para levar-lhe alguns jornais, negou-se a aceitá-los. Preferia não saber o que acontecia no mundo. Eu nunca havia conhecido ninguém que, de uma maneira tão consciente e decidida, se negasse a ter notícias. Não se podia lhe falar do que havia ocorrido; não se podia perguntar se ele sabia que em tal ou qual lugar se havia produzido um fato de tais ou quais características, cujos efeitos haviam repercutido em tal ou qual parte; não se podia colocá-lo no assunto, o que restringia enormemente os recursos do diálogo. Basta imaginar o que aconteceria com duas pessoas, ou várias pessoas numa reunião social, se decidissem não falar do que saiu no jornal e fossem soltas ao medular exercício da palavra sem desvios ou eufemismos.

Falar com Andrés se tornava cada vez mais difícil para mim, ficava irrisório interessar-me pelas formas em que havia sorteado os lances meteorológicos; já não aguentava lhe perguntar sobre seus modos de vida, *modus periendi*, diria Gonzalo Celorio, especialista mexicano em questões de inteligência de rua. Muitas vezes, covarde, fui à praça mais cedo evitando o encontro e limitando-me a contemplar como dormia, embrulhado como uma pamonha em suas mantas, a cabeça apoiada n' *O romance de Perón*.

O muro

O muro

O sol obstina-se em brilhar, descomedido, sobre as paredes da casa e dura todo o dia, até a entrada da noite normal dos terráqueos, que costuma começar por volta das 20 horas, depois do meridiano e culminar com as primeiras luzes das 5 horas, mas que, nesta latitude, é eterna. Não sopra nem a mais leve brisa, verificação que na linguagem cotidiana dos meus familiares se diz: "não sopra nem uma gota de ar", truque qualitativo de propriedades que torna o ar ainda mais espesso e condensa, sem precipitá-lo, o desejo de chuva.

Não há como neutralizar a força do sol: a mais estreita das fendas é uma brecha enorme para o feixe de luz que se espalha, abrasador, ricocheteando sobre qualquer superfície e produzindo alentos de calor cegantes. Nas raízes dos pelos, nos poros, em todas as células do corpo fervem vapores, e quase já não é possível controlar a demanda de água que esses estados incandescentes provocam na matéria. Um trópico sem palmeiras que balançam; sem alívio de canais que erodem o solo e se infiltram nas gretas da secura; sem miragens de deserto que unem o céu e a terra em um horizonte azul; sem nada disso. Um trópico assim, que vibra sobre o branco e cintila como espada à margem das coisas, termina sendo um estado de espírito: tudo isso é espesso, o caldo não se liquefaz, nada flui no núcleo da agonia, a mediadora que se eleva desde o alicerce dos prédios até o 12º andar se ergue para mim como uma fatalidade, mas também como uma incitação. Nada poderia desmoroná-la, nem apressá-la sequer, está ali exigindo, com sua gravidade, que a ilusão ótica se plasme e que o sonho se torne fantasia. O cinza desse muro, cujas dimensões não são dos fundos de qualquer prédio, persiste, não se deixa ofuscar pelos raios de luz, e seus tons turvos e secos têm muito mais a ver com meu estado de ânimo que o incêndio em janeiro. Nunca poderiam ocorrer de maneira tão igualitária e em mesmo plano, a verticalidade e a horizontalidade; nunca foi tão espraiada a ideia da superfície extensa, talvez só equiparável a uma planície, mas sendo pradaria, manto espichado sobre a realidade, em cuja tensão se expõe todo o espectro da luz. Costas, costelas, ancas de construções no meio do quarteirão erguem-se sobre o cimento como um alcantilado e desafiam o cume nevado, de onde eu o contemplo. Meu próprio olhar há de ser visto a partir desse cume, se alguém observasse, como de um estreito refúgio na montanha, na sombra ainda fresca, esperando que o sol atravesse o fosso divisório e o ameace sem piedade. Entre meu muro e esse muro, a ribanceira é larga e profunda; a pique, vertical, a escuridão submerge-se nesse talho, deixando fora de meu alcance um mundo misterioso, talvez de pátios azulejados, sobre os quais corre a água sem se evaporar, um ou outro verdor, uma ou outra flor de gruta.

O calor possui, e o sol domina cada hálito, o que obriga a uma economia do corpo: permanecer, poupar, demorar o tempo do intervalo para a interminável sesta e só permitir que a consciência repasse breves partes da realidade, isso é a disciplina que se aprende. Assim, estática, perante o muro apenas, em meio às mediadoras, no alojamento roubado ao desfiladeiro, suspenso o abismo por reclusão no entalhe do limite, só meus índices caminham sobre o teclado e interpretam, romanticamente, o vínculo entre essa paisagem e a alma. Há nesse gesto que passa do negro intenso ao pardo transparente, do castanho cru ao terra, que se fundem e se recuperam em gamas de marrons sujos e em brancos amortalhados, uma resistência que aplaca o terror e contém a loucura. Quanto mais lenta e grave for essa ação sobre o teclado e quanto menos se perturbe seu transcurso, menor será o risco de se precipitar.

Quando percorro as costas do muro no meio do quarteirão e subo como o homem-pássaro, sem agarrar-me às saliências, por puro apego e vitoriosa ante o abismo; quando aceito a mudez dessa superfície que me nega sua história e aplaca toda anedota, os índices parecem apalpar, mas o grão escorre por entre eles, os quais acreditam modelar, porém, a estria desmancha-se:

não há interpretação no deserto, e o sol devora e deglute, só ele processa os acidentes geográficos na vertical e na horizontal. Mas a paciência depara-se com uma visão possível: aguardar que a tarde tenha caído atrás de mim, desprendendo-se do último de meus fios de cabelo, e observar, então, de que delicada maneira o sol grava esse momento na gigante tela, cujo polimento desejável e distante eu mesma desenhava sem conhecer ou antecipava os muros cor-de-rosa de Morelia, na rocha enferrujada da Citadel bizantina, nas pedras redondas e coradas do Anizacate. Minha montanha, meu mural urbano recebem os vermelhos como se ataviassem para uma cerimônia sagrada e depois, com as primeiras gotas de ar, sumissem na escuridão.

De minha janela, assisti às variações sobre o muro-testemunha. Que esse fosse cenário ou que, nesse lugar, se livrasse a cena de meu regresso, seria um acidente "edilício": eu poderia ter me arraigado em Buenos Aires em um cubículo de oito por oito, com uma varanda para a rua e umas árvores-testemunhas alinhadas ou com uns prédios-testemunhas com dezenas de janelas enclausuradas por persianas ou abertas entre cortinas abauladas; eu poderia ter voltado à pequena caixa interior, ocupada em meados dos anos 1960, em cujo buraco de luz ressoavam as vozes que eu deveria aplacar por medo nos anos 1970; eu poderia ter ficado em uma casa de dois andares na zona sul, com cômodos amplos que disparavam na direção do teto, e poderia olhar a rua de soslaio, como que pedindo perdão entre outros prédios. Tudo isso poderia ter acontecido, mas, quando vi o alcantilado de Dover cravado no centro do quarteirão, tão vasto como meu próprio coração e tão branco como o muro; quando vi a gigantesca tela para o filme, cujas cenas passariam nesse recomeço, o resplendor dos vermelhos que estalavam naquele entardecer se impôs ao pânico da imensidão.

Eu retornava ao vazio da cidade, no qual haviam intervindo emoções irrecusáveis: em 1984, naquele mês de estada inicial, sorri e chorei alternadamente, sem parar, como só costumam fazer as crianças nas noites de catarse. Rir em um país é, inclusive, mais forte do que chorar, e mais forte ainda é rir depois de ter chorado. Eu deveria tomar pé nessa condição redescoberta, aninhar no buraco do desfiladeiro com o muro a frente, ir do céu à terra, planejar sobre a cidade e admitir, inclusive, seu escamoteio, o que haveria de se desvelar sem me dar sinais para o reconhecimento.

O muro havia se apresentado em meus sonhos mexicanos rodeado de nuvens altas, e o minarete de onde eu haveria de observá-lo, o encerramento escolhido para dominar o pranto e o riso simultâneos, era um pequeno refúgio com sacadas cobertas de plantas, mordido ao próprio volume de cimento, de onde eu vislumbraria as inconstantes tonalidades do muro-montanha-testemunha sujeito a observação e leitura. Semanas e semanas, fiquei parada diante da muralha de contenção; e nesse carme de lamento em que o sol e as sombras se debatiam, fui depositando minhas pegadas, aéreas na circunstância, pois as plantas de meus pés não conseguiam pisar a rua por vontade própria.

Era possível acreditar que eu tentava ler um oráculo ali e que se desprenderia algum chamado do deciframento dos signos. Mas não, deixava-me levar pela coloração da atmosfera, o rumo do vento, as sucessões meteorológicas e outras especificações ambientais, que têm sido augúrios da existência para mim desde sempre. O muro apresentava-se em bloco, impondo-se como obstáculo e atrasando minha descida à terra.

Minha primeira noite de convivência com o muro, apreciada sua base, que haveria de ser meu terraço daí em diante, comprovado seu perímetro e avaliados seu diâmetro e seu raio, fora de toda medida normal de medianeiro o que se impôs a mim com mais força foi o fato de que ninguém o poderia escalar. Então, sendo impossível qualquer fuga, haviam de se procurar os modos de sair pelas laterais subterrâneas ou de sobrevoá-lo. Um helicóptero o rodeou e depois desapareceu na direção do porto em dois ou três giros à direita. *Ao longe*, como costumam em geral ouvir-se os sinais literários, sentiu-se, inclusive, o apito de um navio, cujos estribos sonoros trouxeram até a torre de observação e de escuta um arrebatamento entristecido: nem que a condição de imigrante a houvesse convocado *ex professo*, para o estímulo da melancolia. Decidi descer por um tubo, contagiada pela serenidade do anoitecer: não ia me deixar perturbar pelas emoções da cidade redescoberta. Mas os propósitos falharam. O primeiro foi descobrir que o muro no centro, e o quarteirão que me alojaria desde então, o lugar em que eu pensava me implantar, para, a partir daí, iniciar a segunda parte de meu século pessoal, com o riso e o pranto alternados em ciclotimias diversas, ficavam em pleno centro da cidade que, caminhando para a direita uns três quarteirões, chegava ao café La Paz, legendário pelos encontros de pessoas nos anos 1950 e 1960 e pelas caçadas a pessoas nos anos 1970. Ali tive um sobressalto: nenhum encontro havia se consumado para mim naquele lugar, mas gerações haviam feito dele seu cantinho de fantasias, desconhecidos voltavam ao lugar do crime como que atraídos pelo mel, e a fumaça delatava a sucção e a expulsão da ansiedade.

Eu não sabia o que era a rua Corrientes. Uma coisa era haver transitado por ela, quando chegava de Córdoba e, inclusive, quando morava em Buenos Aires, com a distância de não pertencer ao lugar, e o suave estranhamento era uma incitação a vê-la como um objeto de desejo. Outra muito diferente era essa nova perspectiva depois de 15 anos de ausência: a imagem que me ocorria, descartando o sentimentalismo dentro do possível, era que a morte havia se apoderado do lugar. Havia uma vantagem a meu favor: não ter tido nunca um apego histórico e ideológico a essa rua permitia-me uma adesão limpa a seus chamados. Se agora, de volta, me assustava ver nela os ausentes ou perceber a ausência dos que não estavam era por uma espécie de homenagem simbólica à sua função aglutinante e mitológica. A memória não selecionava ninguém em particular e, inclusive, permitia uma evocação reparadora.

Eu a escolhi, decidi-me por ela diante das outras promissórias avenidas e caminhei por ela nos quarteirões que correspondiam ao meu bairro; sempre fui paroquial e tenho limitado meus deslocamentos à região em que moro. Caminhava desde a Callao até o Bajo e respirava fundo a frescura de março; quase sempre ia de tarde, dando as costas ao pôr do sol, mas com tempo suficiente para também alcançar os vermelhos do entardecer no muro perante o qual a noite me recolhia. Escolhia, para voltar, as paralelas e, em cada entrada de rua, no corte perpendicular, via concluir a cidade em uma vertical distante e azul, às vezes verde, mas, sobretudo, límpida. Não ocorria muito mais que a cor nessas caminhadas; mas, um dia, a transversal entre Corrientes e Córdoba, com exatidão entre Tucumán e Viamonte, começou a emitir sinais de reconhecimento. Eu a havia transitado a cada dois ou três dias durante três meses e nada havia acontecido comigo em particular. Agora, de repente, ela me dizia ser Reconquista e me mostrava um prédio amplo de vários andares, com o nome de uma de suas principais empresas, umas calçadas desbeiçadas, a concavidade de um cristal sobre o qual a imagem se distorcia até o grotesco, um jogo de resplendores em uma porta giratória. Na esquina, um bar-restaurante clássico de cheiros espanhóis, e nada mais que isso, sem outros detalhes que abundassem na primeira emissão que a rua me oferecia. Nesse lugar, que eu não tinha podido ver durante alguns meses, eu havia trabalhado vários anos: era o jornal do qual saí, do qual saíram muitos e no qual morreram outros tantos durante a grande repressão; era o bar onde iam esses mortos e esses ausentes. Essa era a rua e a esquina onde eu esperava, diariamente, o ônibus para voltar à minha casa, e era, sobretudo, a esquina da casa de Rodolfo Walsh, seu próprio prédio, no qual eu costumava entrar todos os dias e no qual agora, tomada pela grande e instantânea recuperação, entrava somente para fincar o marco de meu regresso a Buenos Aires. Em frente à escada, voltei a sentir às minhas costas o perseguidor, mas Rodolfo já não estava para abrir a porta de seu apartamento para mim e conjurar, com sua malícia, o reflexo paranoico. Quer dizer, pensei, que a matéria havia sumido para mim durante semanas, que um setor do universo, da história, da consciência deixara de funcionar com todos os seus atributos de realidade. Que eu havia sido vítima de uma afasia seletiva e, além do mais, reiterada, porque não se produzira uma única e inocente vez o apagamento, mas, a cada dia, o desvelamento. Tenho também de declarar: não havia sido espontâneo, mas provocado por um simples comentário, feito por alguém que me acompanhava na ocasião, acerca do cheiro de alho que saía do restaurante. A fuga involuntária de um espaço que, por outro lado, havia sido um referente lavrado com insistência pela memória nos anos mexicanos punha em evidência as condições de um regresso. Era, também, uma espécie de somatização que se aliava a todos os outros sintomas que circulavam nas histórias pessoais: ter uma parada cardíaca, fazer uma úlcera, ficar cega, cavalgar sobre a taquicardia, padecer de dispneia, ter a pele empipocada, inclusive, morrer para não ver, recuperar ou relembrar. Com mais convicção que nunca, decidi me impor a tarefa de não praticar qualquer forma de fuga, de não eludir o fosso, nem franqueá-lo com artes ruins, e, sobretudo, a partir desse momento, desconfiei da lucidez e da vigília.

Tentei passar pela última casa em que havíamos morado, um prédio de apartamentos com um largo corredor no primeiro andar e com um jardim fechado rumoroso nos fundos. Lá, o fragmento da realidade tinha uma contundência ineludível, mas não se deixava agarrar por outras razões, traumáticas em linha direta. Eu queria passar por minha antiga casa e, quando chegava à esquina dessa rua e ia me aproximando, me dava um ataque de pânico, curiosamente não no peito, mas nas costas. Então, eu retornava sem ter podido cumprir a missão. Pouco a pouco, fui renunciando a essa região da cidade e, com astúcia, eludia o próprio lugar, mediante giros ao redor. Mas tudo acaba, e, pela manhã, desci de um táxi na porta do prédio, penetrei até o jardim e voltei a sair pelo corredor. A cena recuperada naquele momento não necessitava de explicação: não imaginei um passo natural, de mãos dadas com um menino, nem um carinho de mãe, cheia de afã, mas uma tentativa de fuga em que saio do elevador, caminho até a entrada e vejo que se aproximam, em sentido contrário, três homens musculosos e significativos. Cruzo com eles e, ao sair, vejo que estão falando com o porteiro nos fundos, na porta do jardim. O porteiro aponta-lhes a saída e a mim; consigo vê-los, mesmo de costas, como só podem fazer os que sabem que não há escapatória. De qualquer forma, tento: atravesso a rua e chamo um táxi; quando vou entrar, duas mãos agarram-me pelos ombros, por trás e me detém, obrigando-me a voltar a casa. Tento safar-me com argúcia, ofereço-lhes subir pelo elevador enquanto vou pelas escadas, proponho-lhes a operação inversa, mas eles encurralam-me. No jardim, ficou estampada à contraluz a figura do porteiro.

A vertigem sentida nas costas é pior que a atração do vazio, é o ímã do desconhecido, é uma boca em que se obriga a entrar a partir do tendão, à contracorrente, e que, ao mesmo tempo, empurra para frente. Nas costas, consumam-se a traição e o tiro de graça, e basta concentrar-se com força nela, separar-se, inclusive, de si mesma e ver-se nela, para perceber como é indefensável.

A reverberação no muro lançava umas flechas brancas direto aos olhos e não se podiam manter abertas as janelas. Desde muito cedo eu fechava as persianas e reforçava seu espessor e contenção pendurando uns cobertores. Nesses dias, refugiava-me no lado oposto da casa até que o sol o castigasse. O alívio costumava começar por volta das 20 horas: o ar começava a correr entre as janelas de um lado a outro da casa, e a ventilação agitava as cortinas Essas brisas eram o que mais se aproximavam do bem-estar, um estado de isolamento era, de repente, consagrado por um golpe de frescor, e tanta havia sido a privação que me sentia agradecida. Acreditava, com sinceridade, que uma espécie de graça voluptuosa poderia ser a condição de vida, sempre que eu soubesse esperar o final do dia e que pusesse minha fé no signo do ar, suspenso na superfície do muro e com impulso suficiente, para se irradiar dali até minhas janelas e meus quartos.

Acreditava na circulação, mas circulavam outras negras moedas pelo espaço. Uma noite, tendo saído ao terraço para recolher roupas, em uma delas, vi uma barata imensa, uma espécie de vampiro lustroso e úmido que se aderia com força ao tecido, mesmo quando eu a sacudia com desespero. Consegui desgrudá-la, e não havia algo em mim livre do terror, tremia, batia os dentes, os soluços reproduziam as sacudidas do pano no terraço, e não havia consolo. Obriguei-me a ficar tranquila, apaguei as luzes e sentei-me em uma cadeira, tentando não ficar em evidência, subtrair-me ao máximo possível da realidade. Fiquei assim um tempo que não posso precisar. Quando já parecia ter recuperado a respiração normal e cessado os soluços, acendi a luz e reingressei à vida. Com a mão direita, toquei, inadvertida, um objeto molhado e liso que se liberou de mim e passou do músculo ao joelho. A barata vivia em mim, prendia-se a meu corpo como a um desejo; os tremores recomeçaram e, com eles, a loucura. Joguei-a longe de mim, e ela se agarrou a uma cortina. Suas antenas se mexiam da direita para a esquerda e de trás para frente; seus olhos haviam me detectado distante, mas não me abandonavam, como se ela esperasse uma fraqueza de minha parte, para se jogar sobre meu colo. Retrocedi sem ostentação, quis apagar-me como humana e, para isso, fui fazendo desaparecer todo o signo de vida: não respirei, não pisquei, o sigilo foi minha escapatória, primeiro até o lado oposto da casa, depois, já fora de seu ângulo de visão e longe da poderosa captação de suas antenas, escapuli pela porta de entrada e fugi pelo vão escada abaixo.

Já era noite quando regressei da rua Corrientes. Havia refletido sobre esses estados-limite e havia decidido defender-me. Não pode ser, pensava, que ela ganhe de mim; o calor, o muro, e a vertigem de altura ganhem a partida e se apoderem de meus direitos. No elevador, colado sobre o espelho, havia um aviso que informava: "Amanhã, a partir das 8 horas, passará a companhia dedetizadora." No ângulo superior direito havia uma barata desenhada e o nome *Casa Juan Mate*. Arrastada pelo nome matador, fiz algo que se parecia com a conjuração de um crime; escrevi, clandestina, junto a Mate, *Gregor Samsa*, colocando-me em risco de ser descoberta e condenada. Quando abri a porta e acendi a luz, a barata havia desaparecido. Fechei portas e janelas, obstruí qualquer entrada e tranquei-me no quarto, depois de ter revisado todas as dobras e os cantinhos. Ela estava em algum lugar, mas, se eu permanecesse quieta, sem respirar, ela não se aproximaria de mim. Desde essa noite, renunciei às brisas sinistras da tarde.

Só o estoicismo poderia explicar a sobrevida em um recinto, protegida de insetos e do calor pelo subterfúgio de um encolhimento: quanto menos importância minha existência denotasse, menor seria a possibilidade de ser percebida. Minhas reservas eram suficientes: uma decisão de não chamar ninguém, de não pedir nada a pessoa nenhuma; de responder àqueles que me requisitassem, mas de não reclamar; de me expor o menos possível a qualquer negativa dos outros para desterrar a frustração da demanda sem resposta; de me contrapor à desesperança, separando-me de toda expectativa. Cumpria-se o que, em minha fantasia muitas vezes, eu havia recriado: uma situação de clausura, na qual a consciência dos bens disponíveis e de seu dispêndio em conta-gotas assegurava a economia vital, um triunfo sobre o desperdício, uma acumulação de pura necessidade e de estrito desejo, atributos todos que, pela primeira vez em minha vida, me colocavam no extremo zero.

Tinha de ler a inscrição no muro: manchas arredondadas de distintos tamanhos, distribuídas pelo centro, goteiras espalhadas no canto superior direito, coroas que se prolongam em sulcos, sinais de arrastão executados a ritmos longos e breves, texturas que se supõem lisas e absorventes, prontas para a estampa, e, sobretudo, a profundidade, mais além e mais adentro da superfície, na qual é possível se perder com o olhar e a mente. Havia que dominar o muro e recolher, sem atravessá-lo, permanecendo na pura instância-muro, uma imagem principal, disparada para frente e para os lados e em toda outra dimensão; havia que se apoderar dela como se se tratasse de um saber. Mas a mudez era absoluta, tudo o que se lançasse repicaria, deslizando-se sem poder somar, sequer, seu rastro às marcas vitalícias. Então, o deciframento cada vez mais haveria de se parecer a uma das empreitadas da loucura: a que se ergue para insistir sobre a realidade reclamando a realidade.

Com caracteres pequenos, caligrafia desajeitada e a partir do canto superior esquerdo, comecei a escrever. A pena rasgou a superfície e adiantou-se, desde então, com um traçado incerto, produzindo pequenos acúmulos de textos. Disparou-se em faces ou enroscou-se nelas, mas não chegou a se dispersar em relação a seus núcleos. Como se o terror à superfície ilimitada condicionasse, foi criando zonas de reserva, iscas de referência, às quais poderia voltar, se ela se perdesse. O protocolo foi se enchendo em vários sentidos, com textos e sobretextos em linhas e entrelinhas, deixando áreas vazias e configurando representações para além de sua própria pertinência. A pena apoiava-se sobre sua ponta ou deslizava de lado, era punção ou goiva, sem prever de que maneira eu poderia eludir o caráter efêmero de suas incisões. Encerrei os blocos mais reduzidos dentro de outros, e a dilatada página foi povoada por núcleos rodeados de escavações que, por sua vez, eram recobertas por laços cada vez mais amplos, os quais iam se afastando sem perder as primeiras cápsulas. O muro, sobrecarregado de uma violenta energia, transpassado e tolhido pela grafia, exposto a uma intempérie desconhecida até então, coagido por seu fosso e dominado por um prolongado lugar, foi caindo, literalmente, sobre a linha reta de sua base. Não desmoronou, lançando entulhos como prédio de terremoto, mas filtrou-se sobre sua linha fundadora, como um papel que desliza vertical em uma fenda.

Este livro foi composto na tipologia Minion Pro,
em corpo 12/16, e impresso em papel off-white 80g/m^2
no Sistema Cameron da Divisão Gráfica
da Distribuidora Record.

EXCLUSIVO

Obras da autora publicadas pela Editora Record

Exclusivo
Só para convidados
Intocáveis

EXCLUSIVO

KATE BRIAN

Tradução de
CELINA CAVALCANTE FALCK-COOK

2ª edição

GALERA RECORD
RIO DE JANEIRO • SÃO PAULO
2012

CIP-BRASIL. CATALOGAÇÃO-NA-FONTE
SINDICATO NACIONAL DOS EDITORES DE LIVROS, RJ

B768e
2ª ed.
Brian, Kate, 1974-
Exclusivo / Kate Brian; tradução Celina Cavalcante Falck-Cook.
– 2ª ed. – Rio de Janeiro: Galera Record, 2012.

Tradução de: Private
ISBN 978-85-01-085016

1. Romance americano. I. Falck-Cook, Celina Cavalcante, 1960-. II. Título.

09-3987

CDD: 028.5
CDU: 087.5

Título original em inglês:
PRIVATE

Copyright © 2006 by Alloy Entertainment and Kieran Viola
Publicado mediante acordo com Simon Pulse, um selo de Simon & Schuster Children's Publishing Division.

Todos os direitos reservados.
Proibida a reprodução, no todo ou em parte, através de quaisquer meios.
Os direitos morais do autor foram assegurados.

Texto revisado segundo o novo Acordo Ortográfico da Língua Portuguesa.

Adaptação do design de capa criado por Julian Peploe.

Direitos exclusivos de publicação em língua portuguesa somente para o Brasil adquiridos pela
EDITORA RECORD LTDA.
Rua Argentina 171 – Rio de Janeiro, RJ – 20921-380 – Tel.: 2585-2000
que se reserva a propriedade literária desta tradução

Impresso no Brasil

ISBN 978-85-01-085016

Seja um leitor preferencial Record.
Cadastre-se e receba informações sobre nossos lançamentos e nossas promoções.

EDITORA AFILIADA

Atendimento e venda direta ao leitor:
mdireto@record.com.br ou (21) 2585-2002.

ONDE VIVE A BELEZA

No lugar de onde venho, tudo é cinza. As lojinhas coladas umas nas outras nos shopping centers quadrados e sem graça. A água no lago do centro da cidade. Até mesmo a luz do sol é meio sombria. A primavera passa longe, e nunca temos outono. As folhas caem das árvores já doentes logo no início de setembro, antes mesmo de ter a chance de mudar de cor, rolando pelos telhados de madeira das casas padronizadas, cada uma exatamente igual à outra.

Se alguém quiser ver beleza em Croton, Pensilvânia, precisa se sentar no seu quarto de 9m², em sua casa sem graça de dois andares e fechar os olhos. Precisa usar a imaginação. Algumas meninas se veem caminhando por tapetes vermelhos com namorados que são atores de cinema, sob o espocar dos flashes. Outras, tenho certeza, preferem uma vida de princesa, sonhando com diamantes e tiaras, e cavaleiros em corcéis brancos. Já eu passei o último ano inteiro imaginando apenas o seguinte:

Academia Easton.

Como fui parar lá, no lugar dos meus sonhos, enquanto o resto dos meus colegas entrou para o lúgubre e melancólico Colégio Croton, ainda não sei muito bem. Acho que teve a ver com meu bom desempenho no futebol e no lacrosse, minhas notas e a recomendação entusiástica da extrovertida Felícia Reynolds (ex-namorada mais velha e mais legal do meu irmão Scott), aluna recém-formada da Easton, além de um pouco de insistência por parte do meu pai. Mas, a esta altura, eu nem ligava. Estava lá, e aquele lugar era tudo o que eu sonhava que seria.

Enquanto meu pai dirigia nosso Subaru todo amassado através das ruas ensolaradas de Easton, Connecticut, eu mal conseguia evitar colar o nariz na janela suja de baba de cachorro. As lojas tinham toldos coloridos e vitrines brilhantes. Os postes de luz eram antigos, convertidos para eletricidade, mas que antigamente eram acesos por um cara a cavalo com uma vareta e uma chama. Vasos de plantas pendiam dos postes, cheios de flores vermelhas, ainda úmidas depois de terem sido regadas recentemente com mangueira.

Até as calçadas eram bonitas: limpas, revestidas de tijolo, margeadas por grandes carvalhos. Sob a sombra dessas árvores, duas meninas da minha idade conversavam saindo de uma butique chamada Sweet Nothings, balançando sacolas transparentes repletas de suéteres e saias muito bem dobradas. Embora eu me sentisse meio deslocada, de jeans Lee batido e camiseta azul, nunca tive tanta vontade de morar em algum lugar como ali em Easton. Mal podia acreditar que em breve iria mesmo estar morando lá. Senti um calor no peito. Algo que acontecia cada vez menos durante os últimos anos, desde o acidente sofrido pela minha mãe. Reconheci vagamente aquela sensação como esperança.

O acesso à Academia Easton é feito por uma estradinha de duas pistas, que vai subindo da cidade até as colinas. Uma pequena placa de madeira presa em uma base de pedra marca a entrada da escola. ACADEMIA EASTON, FUNDADA EM 1858, indica em letras desbotadas. A placa fica meio escondida pelo galho baixo de uma bétula, como para mostrar que, se aquele for mesmo o seu lugar, você sabe para onde está indo; caso contrário, ninguém vai te ajudar a encontrar o caminho.

Meu pai fez a curva sob a arcada de ferro e tijolos e eu me senti como se tivesse sido sugada para dentro. Com força. Ali os edifícios eram de pedra e tijolo, arrematados por telhados de madeira e torres, tradição e orgulho exibidos em cada pedra fundamental. Havia antigos pórticos em arco, desgastados pelo tempo, com portas de madeira grossa, presas em dobradiças de ferro, calçadas de paralelepípedo margeadas por canteiros de flores bem cuidados. Viam-se quadras esportivas de grama verde aparentemente intocada, e linhas brancas de demarcação que chegavam a brilhar. Tudo ali era perfeito. Nada me lembrava a minha cidade.

— Reed, você é a copilota. Para onde vou? — indagou meu pai.

O mapa da Easton tinha se transformado em uma bola amassada e molhada de suor na minha mão. Eu o estiquei sobre a minha coxa, como se já não conhecesse tudo de cor e salteado.

— Dobramos à direita no chafariz — disse-lhe, tentando parecer bem mais calma do que estava. — O dormitório feminino do segundo ano é o último.

Nosso carro passou por alguns Mercedes conversíveis. Uma garota de cabelos louros esperava enquanto um homem

— talvez seu pai ou seu mordomo — colocava uma infinidade de malas Louis Vuitton no meio-fio. Meu pai assobiou.

— Esse pessoal aqui sabe mesmo como viver — disse ele, e me irritei logo com aquela admiração toda, muito embora eu estivesse me sentindo da mesma forma. Ele inclinou a cabeça para poder enxergar o alto da torre do relógio, que eu, depois de muitas horas folheando o catálogo da Easton, sabia que marcava a biblioteca centenária.

O que senti mesmo vontade de dizer era "Paaai...?" Mas disse apenas:

— É mesmo.

Meu pai iria embora dali a pouco, e se brigasse com ele eu me arrependeria depois, quando estivesse sozinha neste lugar que mais parecia um cenário de fotografia. Além do mais, tinha a sensação de que meninas como aquela que eu tinha acabado de ver nunca diziam coisas como "Paaaai..."

Do lado de fora dos imponentes dormitórios, que se erguiam em volta da praça no meio da colina, as famílias se despediam, com beijos e abraços, e verificavam se os alunos tinham tudo de que precisavam. Os rapazes de calças cáqui e camisas brancas jogavam bola. Seus blazers estavam caídos no chão, as faces, coradas, vermelhas. Duas professoras com cara de severas estavam de pé perto do chafariz de pedra seco, meneando as cabeças enquanto falavam uma no ouvido da outra. Meninas de cabelos sedosos comparavam seus horários, rindo, apontando uma coisa e outra e cochichando atrás das mãos.

Fiquei olhando as meninas e imaginando se amanhã eu já as conheceria. Imaginando se elas seriam minhas amigas, pois eu nunca havia tido muitas amigas. Para dizer a verdade, não tinha nenhuma. Era uma solitária por necessidade, procurando sempre afastar as pessoas da minha casa, da minha mãe e, portanto, de mim mesma. Além disso, não me interessava por aquilo que a maioria das meninas considerava importante, como roupas, fofocas e a *Us Weekly*.

Onde eu morava, sempre ficava mais à vontade perto dos meninos. Eles não sentiam necessidade de fazer perguntas, conhecer seu quarto e sua casa, nem saber de todos os detalhes íntimos da sua vida. Portanto, eu costumava andar com Scott e seus amigos, principalmente Adam Robinson, que eu tinha namorado o verão inteiro, e que este ano iria terminar o ensino médio no Colégio Croton. Acho que o fato de eu ter rompido o namoro e vindo para cá, não me tornando mais a primeira segundanista de todos os tempos a ser trazida de carro pelo namorado do último ano para o primeiro dia de aula, seria apenas mais uma coisa que deixaria perplexas as meninas da minha turma.

Naturalmente qualquer coisa as deixava perplexas.

Esperava que ali fosse diferente. Eu *sabia* que seria. Era só olhar. Como poderia ser igual?

Meu pai parou junto ao meio-fio entre um Land Rover dourado e uma limusine preta. Contemplei as paredes cobertas de hera do prédio Bradwell, o alojamento do segundo ano, que seria o meu lar durante o ano inteiro. Algumas janelas já estavam abertas, e delas escapava música que chegava aos ouvidos dos pais e alunos. Cortinas cor-de-rosa pendiam da janela de um quarto, e lá dentro uma mocinha de cabelos negros encaracolados movimentava-se de um lado para o outro, arrumando as coisas, tomando posse do lugar.

— Bom, chegamos — disse meu pai. Fez-se uma pausa.
— Tem certeza de que é isso que quer, filhota?

De repente, fiquei sem fôlego. Durante todos os meses em que meus pais haviam discutido sobre a vinda para Easton, meu pai sempre tinha sido a única pessoa da família a não demonstrar a menor sombra de dúvida. Até mesmo Scott, que, antes de qualquer outra pessoa, tinha tido a ideia de me mandar para cá, por causa de Felícia (ela havia estudado ali no terceiro e quarto anos, formando-se na primavera passada e depois partindo para Dartmouth, e, sem dúvida nenhuma, rumo a um futuro glorioso), tinha ficado em dúvida ao saber da anuidade caríssima. Mas meu pai, desde o primeiro dia, havia defendido e a ideia com unhas e dentes. Ele havia enviado minhas fitas de lacrosse e futebol. Tinha passado horas ao telefone com o departamento de auxílio financeiro. E me falava sempre que eu "deixaria todo mundo boquiaberto".

Eu olhei bem nos olhos do meu pai, exatamente do mesmo azul que os meus, e entendi que ele não duvidava que eu fosse me dar bem ali. Duvidava que ele fosse conseguir voltar para casa, isso sim. Imagens de frascos de remédio passaram pela minha cabeça. Pilulazinhas azuis e brancas espalhadas sobre uma mesa de cabeceira com marcas de copos de água. Uma lata cheia de garrafas de bebida vazias e lenços amassados. Minha mãe, magra e pálida, queixando-se da dor, dizendo que com ela aconteciam coisas horríveis e ninguém ligava, me arrasando, arrasando Scott, dizendo-nos que não valíamos nada, só para nos sentirmos tão no fundo do poço quanto ela estava. Scott já havia conseguido fugir, feito as malas e ido para a Universidade Estadual da Pensilvânia na semana passada. Agora meu pai ficaria sozinho com a minha mãe naquela casinha minúscula. Quando pensei nisso, eu me senti deprimida.

— Não preciso estudar aqui — falei, muito embora a simples ideia de que ele talvez concordasse fizesse eu me sentir mal. Ver aquele lugar, ver tudo o que havia ali, e depois ter de ir embora em apenas cinco minutos seria um sofrimento mortal para mim. Eu tinha certeza. — A gente pode voltar pra casa agora mesmo. Só depende de você.

O rosto do meu pai suavizou-se, e ele sorriu.

— Até parece — disse ele. — Como se eu fosse fazer isso. Mas obrigado pela oferta.

Dei um sorriso forçado.

— De nada.

— Eu te amo, filha — disse ele. Eu já sabia. Mandar-me para aquela escola e me tirar daquele inferno era a demonstração mais óbvia de amor que qualquer pai poderia dar. Ele era, sem dúvida alguma, o meu herói.

— Também te amo, pai.

E então ele me abraçou, eu chorei, e quando vi já estávamos nos despedindo.

INTIMIDAÇÃO

— A Academia Easton é uma das melhores escolas do país. E presumo que seja esse o motivo pelo qual você quis se matricular aqui. Mas muitos alunos que vêm de escolas públicas para cá descobrem que a adaptação pode ser... difícil. Naturalmente, com você não vai ser assim, estou certa, Srta. Brennan?

Minha orientadora, a Sra. Naylor, tinha cabelos grisalhos e papada. Papada de verdade. A papada tremia toda quando ela falava, e quando ela falava era principalmente para me convencer de que eu, antes de mais nada, nunca devia ter me candidatado a vir estudar ali em Easton, porque me sentiria totalmente deslocada e já estava à beira do fracasso antes mesmo de ter assistido à minha primeira aula.

Pelo menos era isso que se podia ler nas entrelinhas.

— Está — repeti, com um sorriso confiante. A Sra. Naylor fez força para sorrir também, sem conseguir ser muito convincente. Tive a sensação de que ela não tinha o costume de sorrir.

Sua sala no subsolo era escura, com paredes de pedra cobertas de estantes cheias de livros com capas de couro e empoeirados. A única iluminação eram duas janelas que ficavam bem no alto. O corpo roliço se encaixava tão perfeitamente entre os braços da poltrona que parecia que ela nunca se levantava dali. Pelo cheiro de cebola/almíscar que pairava no ar, era até possível que ela jamais saísse daquela sala. E que a mais recente refeição consumida por ela entre aquelas quatro paredes já tivesse passado da data de validade há muito tempo.

— Os programas acadêmicos da Easton são extremamente avançados. A maioria dos alunos da sua turma está fazendo cursos que seriam considerados de último ano pelos padrões curriculares de sua escola anterior. — A Sra Naylor continuou, olhando de nariz empinado para o que presumi ser o meu histórico escolar do Croton. — Vai precisar estudar muito para acompanhar as aulas. Está disposta a isso?

— Estou sim, espero — respondi.

Ela me olhou como se estivesse confusa. O que esperava que eu dissesse? "Não"?

— Estou vendo que veio com bolsa parcial. Ótimo — disse ela. — A maioria dos nossos bolsistas tem uma certa iniciativa que parece inspirá-los a atingir suas metas.

A Sra. Naylor fechou a pasta e inclinou-se para mim sobre a mesa. Uma réstia de luz vinda de uma das janelas iluminou a linha visível entre a maquiagem no rosto dela e a papada.

— Exigimos o máximo de cada um dos estudantes aqui em Easton — avisou. — Os alunos que oriento precisam atingir níveis de desempenho bastante altos, portanto vou observá-la com a maior atenção, Srta. Brennan. Não me decepcione.

Talvez eu estivesse ficando paranoica, mas não sei por quê, aquilo me pareceu mais uma ameaça. Fez-se uma pausa. Tive a sensação de que eu devia dizer alguma coisa. Então respondi:

— Tudo bem.

Os olhos dela semicerraram-se.

— Seu horário.

E ela me entregou uma folha de papel por sobre a plaquinha de bronze com o seu nome, na ponta da escrivaninha, que informava que era diretora de orientação. Pelo que eu podia ver, estava tentando me orientar, chorando de submissão, para o aeroporto mais próximo.

Peguei o papel e examinei-o, lendo coisas como "História da Arte", "Laboratório Avançado" e "Francês 3." Como diabos eu tinha ido parar na aula de Francês 3?

— Obrigada — respondi. Estava feliz de notar que minha voz não tremia tanto quanto eu por dentro.

— E agora, o código de honra.

Ela me entregou outra folha de papel, essa mais grossa que a primeira. Num dos cantos superiores estavam o brasão da Easton e o título: "Código de Honra dos Estudantes da Academia Easton". Abaixo dessa frase, viam-se as palavras: "Tradição, Honra, Excelência."

— Leia-o e assine — disse a Sra. Naylor.

Eu obedeci. O código de honra basicamente declarava que eu não iria colar e que iria denunciar qualquer colega se desconfiasse que estava colando. Se eu não fizesse isso, seria imediatamente expulsa. Na Academia Easton, ninguém tinha uma segunda chance. Mas como eu jamais havia precisado colar em toda a minha vida antes, e não podia imaginar que ninguém que fosse aceito por aquela escola tivesse de fazer isso, assinei o documento bem depressa e o devolvi. A Sra. Naylor examinou minha assinatura.

— E agora, está na hora de você ir andando — falou. — As reuniões dos alojamentos começam dentro de quinze minutos. Não quer causar má impressão à sua inspetora no primeiro dia, certo?

— Obrigada — repeti, ficando de pé.

— Ah, só mais uma coisa, Srta. Brennan — disse ela. Quando tornei a olhar, ela havia conseguido contorcer o rosto de modo a dar um sorriso. Ou uma imitação convincente de um. — Boa sorte — desejou.

O "você vai precisar" estava implícito.

Sentindo nostalgia da sensação de esperança que tive no carro do meu pai, agarrei a maçaneta fria de bronze da porta e saí.

INTRIGA

Minha mania de andar de cabeça baixa já me proporcionou tanto vantagens quanto desvantagens na vida. A principal desvantagem era o fato de que eu vivia esbarrando nas pessoas. A vantagem era que eu estava sempre encontrando coisas. Montes de moedas, colares e pulseiras perdidos, bilhetes românticos secretos que as pessoas pensavam ter escondido muito bem nos fichários. Uma vez até achei uma carteira recheada de dinheiro, e quando a devolvi ganhei uma recompensa de cinquenta dólares. Mas já devia ter imaginado que andar assim ali em Easton não iria dar certo. Estava quase no meio do pátio atrás dos dormitórios quando ouvi alguém gritar:

— Olha para frente!

O que, naturalmente, me fez olhar para frente para ver o que era, em vez de me abaixar.

Deixei cair o meu horário e agarrei a bola de futebol no ar, mais ou menos um décimo de segundo antes que ela me mandasse para a enfermaria com o nariz quebrado. Meu coração quase saiu pela boca.

— Bons reflexos.

Era um cara que estava sentado no chão, exatamente no meu caminho. Se a bola não tivesse quase me espatifado o rosto, eu teria tropeçado nele ao dar o próximo passo. Ele colocou no bolso o celular em que estava escrevendo uma mensagem e se levantou, pegando meu horário. Os cabelos pretos caíram-lhe sobre a testa de um jeito meio bagunçado mas proposital, com uma mecha bem acima de um de seus arrasadores olhos azuis-escuros. Usava uma camiseta cinza sobre o corpo incrivelmente flexível. Sua fisionomia era angulosa, e a pele ligeiramente bronzeada era impecável.

— Menina nova — disse ele, olhando-me de cima até embaixo.

Enrubesci.

— Está assim tão óbvio?

— Conheço todo mundo aqui nessa escola — respondeu ele.

— Todo mundo? — falei. Duvidava muito.

— É uma escola pequena — retrucou, me observando com atenção.

Não me parecia. Aliás, eu a achava monstruosa de tão grande. Mas também, era meu primeiro dia.

— Pearson! Para de azarar a menina e devolve a bola!

Antes eu só tinha percebido os caras rondando por ali. O tal "Pearson" estendeu a mão para eu lhe dar a bola, e olhei para os amigos dele, que eram seis, todos suados, ofegantes, esperando a mais ou menos uns dezoito metros de nós. Em vez de entregar a bola ao Pearson, eu me virei, dei alguns passos, e chutei a bola para o cara que estava mais longe de mim. Ela caiu bem nas mãos dele. Um dos jogadores — um alto, de ombros largos, louro, com "convencido" escrito na testa — lançou-me um olhar lascivo antes de voltar correndo para o jogo.

— Reed Brennan. Segundo ano.

Meu coração parou um segundo, apreensivo. O tal "Pearson" estava lendo meu horário.

— Agora pode me devolver — falei, estendendo a mão para pegar o papel.

Ele se virou para fora do meu alcance, segurando o horário com as duas mãos. Tentei com todas as forças me lembrar se havia algo na folha que fosse constrangedor ou excessivamente pessoal. Será que dizia que eu era bolsista? Será que dizia de onde eu vinha?

— Hummmm... Matérias difíceis. Parece que temos uma sabichona aqui.

Do jeito que ele falou, não deu para perceber se era bom ou ruim.

— Não é bem assim — respondi.

— E ainda por cima modesta — disse ele, olhando de relance na minha direção. — Você é uma daquelas, não é?

A essa altura eu já estava vermelha como um pimentão.

— Como assim, "daquelas"?

— Aquelas que são inteligentes mas fingem não ser. Que são tão bonitas quanto modelos, mas vivem dizendo que são feias — explicou ele.

Bonitas? Bonitas? Eu detestava elogios. Nunca sabia como agir quando recebia um. Principalmente do tipo dos quais eu desconfiava.

— Aquelas que pelo simples fato de existirem já torturam todas as outras meninas sem autoestima que as cercam.

Arranquei o horário das mãos dele e o guardei no bolso de trás da minha calça.

— E você é um desses carinhas insuportáveis que acha que sabe de tudo e é tão convencido que pensa que todos ao redor querem ouvir suas ideias nada originais — retruquei.

Ele sorriu descaradamente.

— Acertou na mosca.

Nem mesmo teve a vergonha na cara de *fingir* que estava ofendido. Tinha um jeito de que sabia quem era e não se importava com o que eu ou qualquer outra pessoa pensava a seu respeito. Senti inveja dele.

— Reed Brennan, do segundo ano, eu sou Thomas Pearson, último ano — informou, estendendo a mão.

Ninguém da minha idade jamais havia me estendido a mão para um cumprimento. Eu o olhei desconfiada antes de apertar a mão dele. A palma da mão do Pearson era incrivelmente quente e a firmeza e autoconfiança de seu aperto me causou um arrepio de expectativa no corpo inteiro. Quando ele me encarou, seu sorriso aumentou devagar. Será que ele tinha sentido o mesmo, ou simplesmente sabia, de alguma maneira, o que *eu* tinha sentido?

Seu celular tocou e ele finalmente se afastou, retirando-o do bolso esquerdo. Que estranho, eu podia jurar que ele colocara o telefone no outro bolso...

— Desculpe, tenho que atender — disse ele, girando o celular na palma da mão como se fosse um revólver num filme de faroeste. — Os negócios vêm antes do prazer. E acredite, *foi mesmo* um prazer conhecê-la, Reed Brennan.

Abri a boca, mas não consegui dizer nada.

— Pearson — disse ele, atendendo o celular.

Depois se afastou, calmamente, a cabeça erguida, tão à vontade que até parecia que era dono escola. E aí me perguntei se não seria esse o caso.

SENSO DE HUMOR DE ALOJAMENTO

Minha colega de quarto gostava de falar. Seu nome era Constance Talbot e, pelo jeito, não precisava de muito oxigênio. Começou a falar no momento em que entrei no quarto depois do incidente com Thomas Pearson e não parou nem uma vez para tomar fôlego. Enquanto ela tagarelava, eu examinava os pôsteres de bandas de rock e as reproduções de pinturas de Rodin que ela havia pendurado nas paredes na minha ausência. Olhava os montes de cardigãs, camisetas e calças de cintura baixa na cama dela. Perguntava-me se sua escola em Manhattan não a teria expulsado por estar continuamente perturbando a paz.

Seu assunto predileto? Ela mesma. O que me fez pensar se eu tinha sido burra a ponto de acreditar que as meninas aqui seriam diferentes. Naqueles cinco minutos descobri que ela era filha única, que também era seu primeiro ano na Easton, que havia estudado em uma escola particular em Manhattan e que podia ter continuado lá, mas sentiu necessidade de "expandir seus horizontes", que seu cachorro se chamava Pooky e que tinha um namorado no Upper East Side que se chamava Clint.

— Clint e eu fomos assistir ao concerto do U2 no verão passado no Garden. Não que alguém *queira* ir ao Garden, mas em que outro lugar o U2 poderia se apresentar, né? E meu pai conseguiu credenciais para a gente ir aos camarins porque ele estava trabalhando na promoção do espetáculo, e... Eu já falei que o meu pai é promotor de eventos?

Já havia falado.

— E ele ficou dizendo o tempo todo: "A banda não vai estar lá, mas você vai ver onde eles se vestem e onde ficam antes e depois do espetáculo." Mas aí a gente apareceu nos bastidores, abriu a porta e adivinha quem estava lá? Adivinha!

Puxa, era minha vez de falar. Nem acreditei.

— Bono? — completei.

— Bono! — exclamou ela. — Bem ali! A um metro e meio da gente! E sabe o que ele disse? Ele disse exatamente o seguinte, estou repetindo as palavras dele, tintim por tintim, hein: "Prazer em conhecê-los..."

O sotaque irlandês dela era simplesmente horrível.

— "Você tem um dos tons de pele irlandeses mais lindos que já vi." Ele sabia que eu era irlandesa! Só de olhar pra mim!

Pelo jeito Bono não era nem cego nem burro. Afinal, Constance tinha cabelos espessos e ruivos, sardas, olhos verdes, e eu não me surpreenderia se ela tivesse tatuado "Irlanda para sempre" na bunda.

Só que era deslumbrada demais para fazer uma tatuagem.

— Então, eu lhe pedi para posar para uma foto comigo e ele, naturalmente, aceitou. Meu amigo Marni tirou tipo milhares...

— Sério? Posso ver? — perguntei, fazendo força para bancar a interessada.

Fez-se uma pausa de pelo menos cinco segundos enquanto Constance me dava as costas e revirava a sua caixinha de joias forrada de cetim cor-de-rosa durante tanto tempo que fiquei preocupada.

— Ai, não, não estão comigo. Não queria trazê-las, sabe, para não parecer que estou me exibindo.

Imagina. Claro que não.

— Ah, mas mudando de assunto. — Ela voltou a sentar-se bem perto de mim, com um sorriso animado e tal, prendendo um colar no pescoço. — Está preparada?

— Para quê?

— Para a reunião do alojamento! — exclamou ela, os olhos já enormes saltando das órbitas. — Vamos conhecer nossa preceptora!

— Ah, sei — assenti, deslizando sobre o meu acolchoado xadrez, para chegar mais perto dela.

— Não parece coisa do século XVIII? Esse negócio de preceptora? — disse Constance, rindo sozinha. — Mal posso esperar para conhecer o restante das meninas do nosso andar.

Olhou para mim, cheia de expectativa.

— Eu também, mal posso esperar — afirmei forçando um sorriso.

Ela saiu e a segui, desejando sentir pelo menos metade do seu entusiasmo e autoconfiança. Infelizmente, eu tinha visto as meninas do nosso andar — tagarelando aos celulares, dobrando os jeans de duzentos dólares, levando os xampus e cremes Kerastase para o banheiro — e já sabia que estava no lugar errado. Elas se aproximavam umas das outras com toda a facilidade e conversavam como velhas amigas como se todas já morassem juntas ali desde crianças, cultivando piadas internas e criando um estilo próprio que eu jamais seria capaz de imitar, por ter chegado atrasada demais ao jogo. Não havia uma única coisa no meu armário que não me destacasse como uma caipira de onde Judas perdeu as botas, freguesa de carteirinha do Wal-Mart.

Eu não sabia como me comportar ali. Não sabia conversar, nem contar segredinhos, nem fazer amizades. Desde os oito anos não levava uma colega para minha casa. Eu não dava festinhas de aniversário nem do pijama, ou coisa parecida, e portanto ninguém na minha escola anterior sabia de nada sobre a minha vida. E era exatamente isso que eu queria. Tinha decidido viver assim quando minha mãe começou a entrar em colapso e a se afundar cada vez mais. Para me proteger. Para proteger outras pessoas dela. E tinha funcionado durante todo esse tempo. Ninguém, fora a minha família, conhecia meus segredos.

O que eu nunca tinha percebido era que, depois de sete anos de comportamento antissocial, eu tinha passado a imagem de incompetente. Incapaz de me comportar como uma adolescente normal. Um fracasso total. E por mais que quisesse, estava começando a imaginar se havia alguma coisa que eu pudesse fazer para mudar. Se havia algo que eu poderia fazer para que as pessoas quisessem se aproximar de mim. Principalmente aquelas pessoas. Estava em Easton fazia menos de cinco horas e praticamente já tinha certeza de que continuaria sendo difícil fazer novas amigas.

NÃO FAZEMOS AS REGRAS

A reunião ia ser no salão comunal do nosso andar, o quinto do Alojamento Bradwell. O corredor em formato de U do nosso dormitório terminava em cada extremidade com uma porta que dava para o salão comunal. Além do salão ficavam os elevadores que desciam até a portaria, o que significava que, para chegar ao seu quarto, era preciso passar pelo salão e seguir por uma das duas portas para o lado do quarto no prédio. Quando entrei mais cedo os sofás e poltronas já gastos estavam dispostos ao redor da sala, criando espaços para estudar ou ver televisão. Para a reunião, porém, todos os sofás e poltronas tinham sido virados, formando um enorme V, de frente para a televisão. Dezenas de meninas se reuniam em grupos, tagarelando e rindo. O lugar estava lotado, e a poluição sonora era insuportável. Uma densa mistura de perfumes — e produtos de beleza e cremes para cabelo — deixava o ar sufocante. Constance virou à direita e se sentou no braço de um dos sofás. A garota ao lado, que agora tinha uma perfeita visão da bunda de Constance, revirou os olhos e puxou seu braço mais para perto do corpo. Fiquei perto da porta; parecia haver ali mais oxigênio.

Uma mulher jovem estava de pé junto à televisão, tomando notas na prancheta. Quando Constance entrou, ela ergueu o olhar e sorriu. Seus cabelos compridos e lisos estavam presos com uma faixa xadrez e, se eu esbarrasse nela na rua, pensaria que tinha no máximo uns 17 anos. Ela conferiu as horas em seu relógio de ouro e franziu rapidamente o nariz.

— Muito bem, está na hora! Vamos começar — disse ela. — Entre, entre. — E acenou para que eu entrasse na sala, fazendo com que todos olhassem para mim. Sem nenhuma opção à vista, contornei a extremidade do V, sentei-me no chão perto dos pés de Constance, e torci para todas pararem de me olhar daquele jeito.

— Bom dia, gente, sejam todas bem-vindas à Academia Easton. Eu sou a Srta. Ling, sua preceptora. — Ela fez uma pausa e riu. — Coisa mais antiga, né? Eu pareço velha a ponto de ser uma "inspetora"? — indagou ela, desenhando umas aspas no ar, meio sem jeito por causa da prancheta e da caneta que ainda segurava.

Algumas meninas riram, sem entusiasmo algum. A maioria revirou os olhos. A Srta. Ling não pareceu notar. Cruzou as pernas na altura dos tornozelos e apertou a prancheta contra o peito.

— Vou falar um pouco sobre mim — disse ela, com um sorriso. — Eu me formei na Academia Easton há seis anos. Morei neste mesmo alojamento durante meu primeiro e segundo anos. Isso foi antes de construírem o alojamento para os calouros — acrescentou, com um sorrisinho furtivo. Ela queria que nos sentíssemos como se fosse uma de nós. Ou talvez *ela* quisesse se sentir como se ainda fosse uma de nós.

— Depois que me formei, fui para Yale e me graduei em Harvard, onde obtive o mestrado em Estudos da Ásia Oriental. Orgulho-me de dizer que, então, Easton me convidou para ser a primeira professora de língua e cultura chinesa da escola. Portanto, se qualquer uma de vocês se interessar, o chinês é um lindo idioma e ainda há tempo de se transferirem para a aula introdutória.

Silêncio.

A Srta. Ling piscou. Parecia ter esperado que algumas voluntárias se apresentassem, entusiasmadas, e nossa falta de reação fez com que ela ficasse desconcertada. Aprumando-se, ela pigarreou, olhando para a prancheta.

— Agora, vamos falar das regras. Sei que algumas de vocês já ouviram falar delas antes, mas, por favor, tenham um pouquinho de paciência — disse a Srta. Ling. — Preciso repassar tudo. Não somos nós que fazemos as regras, certo?

Ela enrubesceu ao ver que, mais uma vez, ninguém riu. Será que não percebia que se esforçar tanto para agradar era o pior que poderia fazer se quisesse parecer legal? Quer dizer, segundo sua autobiografia, ela havia *sido* uma de nós fazia apenas seis anos. Será que as pessoas se esqueciam das coisas assim tão rápido?

— Em primeiro lugar, vamos falar do toque de recolher — disse ela, recebendo como resposta alguns gemidos que, na verdade, pareceram animá-la. Nós estávamos vivas!

O que se seguiu foi uma longa ladainha de regras e regulamentos, todos constando do Manual da Easton, que tínhamos nos quartos. Naturalmente, eu havia pensado que algumas delas eram só para constar —, fazer os pais sentirem que estavam nos mandando para uma escola boa, severa, que não permitia excessos —, mas no final das contas, elas eram para valer, e a escola as levava muito a sério. Precisaríamos mesmo assinar a presença na sala da Srta. Ling no primeiro andar toda noite antes das dez. Depois disso não poderíamos sair dos nossos andares sem licença expressa da própria Srta. Ling. Toda noite, das seis às nove, precisaríamos fazer silêncio, e não era permitido entrar no Alojamento Bradwell entre uma aula e outra. Os rapazes só poderiam entrar no alojamento entre seis e nove da noite, e apenas no salão comunal (algumas meninas deram risadinhas ao ouvir essa regra, as mais fortes partindo de uma loura com cara de porquinha e seios grandes, sentada no centro do V). Depois que a Srta. Ling terminou de ler a lista de três páginas, olhou para nós e deu um largo sorriso.

— E pronto, terminamos. Qualquer dúvida que tiverem, por favor, venham à minha sala que as atenderei com todo o prazer. Este grupo realmente me parece muito bom, o ano vai ser excelente! Estou ansiosa para conhecer todas vocês!

Ela precisou gritar essa última frase, porque todo mundo já estava de pé, dirigindo-se para as portas.

A MENINA DA JANELA

Naquela noite, como não era preciso estudar para nada ainda, suspendeu-se a hora do silêncio para que cada andar fizesse sua festinha e as alunas se conhecessem melhor. Eu nunca gostei de festas, então estava com um pouco de medo disso, muito embora soubesse que deveria ir. Se queria começar de novo, ia precisar agir contra a minha natureza, o que significava me entrosar com os outros. A mera ideia de ter que fazer isso já me dava cólicas. Portanto, evitei pensar no assunto e fiquei folheando o Manual da Easton na minha cama, enquanto Constance se aprontava. E falava.

— Aí, quando a gente *finalmente* chegou ao sopé da montanha, eu já estava totalmente desidratada e enlameada. O guia tinha ficado nos esperando lá, e disse: "Vocês não viram a trilha?" E nós respondemos: "*Que* trilha?"

Sorri de leve porque sentia que ela estava olhando para mim, e parecia que, àquela altura da história, esperava uma reação qualquer.

— E aí, já está pronta?

Era a hora da verdade. Pus o livro de lado.

— Talvez eu apareça por lá mais tarde. — Eu sinceramente não sabia, até aquele momento, que não iria à festa. Mas não retirei o que disse.

— Quer fazer uma entrada de impacto, né? — brincou ela.

Nem por um segundo.

— É, mais ou menos isso — disfarcei.

— Tá bom — respondeu ela, dando de ombros. — Mas não me culpe se as pizzas boas já tiverem acabado!

Vou sobreviver.

— Não se preocupe com isso — falei por fim.

Assim que a porta fechou, me senti muito mal por não enfrentar a situação. O que havia de errado comigo? Não ia fazer amizade com ninguém ficando sozinha no quarto. Estava na cara. Mas mesmo assim, não sabia por quê, não consegui me mexer.

Suspirei e encostei-me na almofada de brim que meu irmão tinha comprado na Target, acomodando-me no meu exílio autoimpingido. Então, aquela era minha nova casa. Aquela caixa quadrada, cor de creme, com piso de tábuas que rangiam, duas camas de solteiro comuns, escrivaninhas e cômodas com cinco gavetas, uma das quais eu nem mesmo consegui encher. Cinco segundos depois de ver meu lado meio vazio do armário, Constance tinha perguntado: "Você se importa se eu...?" e depois prontamente preencheu a lacuna com três casacos de lã e uma parca preta e volumosa. Tudo aquilo contribuiu para que eu sentisse que não me encaixava ali, ou, mais precisamente, que eu não era suficiente para preencher todo aquele espaço.

Ouvi risadas em frente à nossa janela e fiquei de pé. A ampla janela de sacada com parapeito largo o suficiente para que uma pessoa pudesse sentar-se nele era, sem dúvida nenhuma, a melhor parte do nosso quarto. Mais cedo Constance havia saído para se encontrar com uma das nossas colegas de andar e voltara radiante, contando que apenas dois quartos possuíam uma janela como aquela, e éramos muito sortudas por ter uma delas. Eu me sentei no parapeito e olhei pela vidraça da última janela. Mais uma gargalhada soou em algum ponto da escuridão lá fora, e meu coração ficou apertado. Que diabo eu estava fazendo ali? Como podia ter pensado que ir para aquela escola seria uma boa ideia?

Encostando a têmpora no vidro, fiz força para não chorar. Aquilo era inacreditável. Será que eu estava mesmo com saudades de casa? De quê? Da minha problemática vida doméstica? Dos corredores de tijolo acinzentados da minha antiga escola? Das galerias comerciais antiquadas? Passaram pela minha cabeça imagens do meu pai e do Adam, que sempre tinha me tratado sempre tão bem. Vi meu cachorro, Hershey, sacudindo o rabo quando meu pai chegava em casa, na esperança de também me ver. Vi o feio papel de parede florido que meus pais tinham colado no meu quarto antes de saberem que eu era praticamente um moleque, um papel de parede que eu sempre tinha detestado, mas que agora me parecia o símbolo perfeito do meu lar. Lembrei-me do time de lacrosse e do nosso juramento de conseguir trazer o título estadual este ano. Por que tudo aquilo de repente me pareceu tão importante? No dia anterior eu mal podia esperar para me livrar daquela vida.

Uma lágrima desceu pelo meu rosto e aquilo foi como um alarme para mim. Não. Não dava para aceitar aqueles sentimentos. Eu não era uma covarde. Tinha tomado minha decisão. Não ia ligar para o meu pai e lhe implorar para vir me buscar. Não havia nada em Croton que me prendesse àquele lugar. Nada pelo qual valesse a pena ficar. Eu tinha certeza disso. Só precisava me concentrar no que queria. Fiquei olhando a escuridão, as luzes das janelas dos outros dormitórios, e disse a mim mesma que meu lugar era ali. Procurei me convencer a tentar acreditar nisso.

Aqui eu vou ser feliz. Vou fazer amizades. Este é o início de uma vida nova.

E foi aí que vi aquela garota. Sentada numa janela igual à minha, do outro lado e bem em frente. Era magra e franzina, com feições delicadas, pele clara e lisa e cabelos louro-claros que caíam em ondas soltas ao redor dos seus ombros minúsculos. Parecia quase etérea, como se pudesse flutuar para longe a qualquer momento impelida por uma brisa leve. Usava uma blusa branca sem mangas e o short do pijama, e parecia concentrada nas páginas do livro que segurava entre as pernas dobradas e a barriga inexistente. Fiquei tão absorta observando-a que não notei mais nada se movimentando em seu quarto até uma outra garota aparecer do nada e arrancar-lhe o livro das mãos. Eu me endireitei, assustada, pensando por um instante que estavam ameaçando a garota. Mas aí vi a outra, mais alta e morena, levando a primeira para dentro do quarto, em direção à cama. Ali ela se reuniu a mais duas outras, rindo, as pernas nuas largadas enquanto comiam bombons tirados de uma caixa.

Virei-me inteiramente para a janela então, cruzando as pernas e equilibrando-me precariamente no parapeito. Aí as luzes do outro lado diminuíram de intensidade, e prendi a respiração. Momentos depois, viu-se uma luzinha tremeluzir. Depois outra. Mais outra. Gradativamente o quarto começou a brilhar, e a silhueta da morena destacou-se através das sombras que dançavam enquanto ela acendia vela após vela. Logo as quatro meninas já estavam banhadas naquela luz cálida. Uma delas se levantou e distribuiu taças grandes, arredondadas e com hastes delicadas. Cada uma já estava cheia de um líquido vermelho.

Vinho. Elas estavam bebendo vinho ali mesmo no dormitório. Rindo, batendo papo e bebendo à luz de velas.

Eu nunca, em toda a minha vida, tinha visto alguém igual àquelas meninas. Elas pareciam bem mais velhas, não apenas mais do que eu, mas velhas demais para estarem no ensino médio. Todos os gestos que faziam eram graciosos e seguros. Seguravam as taças com uma naturalidade e uma segurança de quem bebe de cristais delicados assim todos os dias.

A moça risonha tinha prendido os cabelos castanhos no alto da cabeça, formando um coque mal-ajambrado, preso por um par de pauzinhos chineses. Era de uma beleza deslumbrante, com pele bem bronzeada, e corpo atlético e flexível. Dava sorrisos rápidos, de quem sabia das coisas, depois de olhar de relance para as amigas. Usava um roupão de seda vermelho sobre uma camiseta sem mangas e cuecas sambacanção, e parecia ser bem provocadora. A segunda moça era pequena, com cabelos louro-escuros cacheados e desalinhados, e bochechas semelhantes às de uma boneca de porcelana. Ela gostava de mexer com as outras e parecia mais jovem que elas, empurrando-as e revirando os olhos, e batendo palmas quando ria. Mas era da menina que estava lendo e da morena que eu não conseguia tirar os olhos.

A morena estava só de calcinha e sutiã pretos e uma camisa de seda bem larga, sem dúvida masculina, só com os dois botões do meio abotoados. Sacudiu os cabelos espessos, jogando-os para trás, tomou um gole de vinho, e segurou o romance para ler para as amigas, gesticulando dramaticamente com a taça, sem nunca derramar uma gota. Todas as três ouviam, juntas, prestando grande atenção à performance da outra, e eu pensei: *Essa é a líder*. Enquanto continuava a ler, ela deixou a taça de lado e ergueu o braço da mocinha etérea. Esta se levantou na mesma hora, com um leve sorriso nos lábios. A morena ergueu as mãos bruscamente acima da cabeça, e sua camisa se abriu, revelando uma longa cicatriz vermelha na barriga, logo acima do quadril. Fiquei tão assustada com essa imperfeição gritante em um ser tão perfeito que quase desviei o olhar. Mas aí ela se aproximou da amiga, escondendo a cicatriz, e percebi que elas estavam dançando. Moviam-se como se fossem uma só, girando entre as sombras e a luz tremeluzente das velas. A que parecia um querubim estendeu a mão para apertar um botão no aparelho de som, e a melodia de um violão ecoou pelo pátio, causando-me arrepios.

A menina etérea girou, afastando-se dos braços da amiga, em direção à janela, e de repente paralisou-se. Levei um susto com aquela súbita interrupção, mas demorei tempo demais para perceber que ela estava olhando direto para mim. Eu havia pensado que seu olhar era inconstante e desfocado, mas percebi que era exatamente o oposto. Ela me avaliou com o olhar, me envolveu com ele, percorreu-me inteira, assimilando tudo e virando-me do avesso. Constrangida, desviei depressa os olhos, fingindo estar ocupada com algo dentro do meu quarto, mas não adiantou. Precisava olhar de novo. E quando olhei, ela estava segurando as cortinas bem abertas, ainda me encarando com firmeza.

Perdi o fôlego. Havia sido pega em flagrante. Mas não dava para desviar o olhar. Será que ela contaria às amigas? Será que iria me delatar? Será que me expulsariam da Easton por espionar? Continuei olhando para ela, torcendo para que fosse caridosa. Torcendo para ela não contar a ninguém. Durante um momento interminável, nenhuma de nós se mexeu.

Aí ela sorriu, bem de leve, e fechou as cortinas rapidamente.

AS MENINAS DO BILLINGS

— Alojamento Billings? É só para meninas que já estão terminando o ensino médio e, mesmo que a pessoa esteja no terceiro ou no quarto ano, é preciso atender certos requisitos para entrar lá.

— Requisitos?

— De desempenho acadêmico, atlético, serviços comunitários. Se atender aos requisitos deles, a pessoa é convidada para morar lá no fim do ano. É um processo bastante competitivo. É preciso ser parte integrante da comunidade da Easton para ir morar lá.

Sua expressão dizia: "Você jamais vai conseguir."

Eu conhecia Missy Thurber há apenas cinco minutos e já sentia vontade de esganá-la. Era a garota com cara de porquinha que segurou o riso quando apresentaram a regra "sem meninos nos quartos" na reunião do dia anterior. Tinha cabelos louros com luzes, que usava presos em uma trança para trás, e um nariz tão arrebitado que quase dava para ver o interior de suas narinas. Uma garota de nariz assim não deveria ter coragem de ser tão metida, mas ela olhava para todos com ar de superioridade. Além disso, andava com os ombros tão para trás que parecia querer que seus seios enormes entrassem em qualquer lugar quinze segundos antes dela. Ridículo. Eu nunca teria sequer me interessado em conversar com ela se Constance não houvesse me dito que seus pais e irmãos tinham estudado na Easton e que ela sabia de tudo sobre a escola. Eu tinha procurado saber mais sobre o dormitório atrás do meu no catálogo, mas não havia nenhuma informação além do nome: Billings. Todos os outros dormitórios diziam "Bradwell, alojamento feminino do segundo ano", ou "Harden, alojamento masculino do terceiro e quarto anos". Billings era apenas o "Alojamento Billings".

— Nós poderíamos pedir para entrar lá no fim do ano. *Todas* deveríamos fazer o pedido — disse Constance, naquele seu entusiasmo peculiar enquanto saíamos da fila do café da manhã e seguíamos para o refeitório, com nossas bandejas de frutas e torradas. — Aposto que conseguiríamos entrar — Constance acrescentou, só para mim.

O refeitório da Easton era uma sala cavernosa com um teto em cúpula terminando em uma pequena claraboia com um vitral. O vidro fazia pequenos raios de sol dançarem nas mesas e cadeiras sob ela. Ao contrário do Colégio Croton, os móveis dali não eram ordinários, de plástico e metal, mas de madeira de lei de verdade. Cadeiras com reforços nas costas estavam dispostas ao longo das mesas pesadas e firmes, e todas as superfícies brilhavam como se tivessem sido enceradas recentemente. Nas paredes havia pinturas que evocavam vários aspectos da vida na histórica Nova Inglaterra. Fazendas, pontes cobertas, patinadores em um lago congelado. Todas muito singulares e antiquadas. Isso era quase engraçado, sendo pano de fundo para um garoto ouvindo seu MP3 e aplicando uma gravata em outro menino para tirar o videogame portátil dele. Ou para as meninas trocando histórias de horror sobre piercings que fizeram no verão, erguendo as blusas e esticando a língua para exibir seus ferimentos de guerra.

Perto da parede frontal da sala havia uma mesa grande, ligeiramente mais ornamentada. Vários professores sentavam-se à sua volta durante as refeições, conversando em voz baixa ou lendo jornais. Dois senhores mais idosos estavam recostados, com os braços cruzados no peito, fiscalizando a sala enquanto conversavam, prontos para intervir se alguém saísse da linha.

— A gente não *pede* para entrar lá, eles é que te convidam — explicou Missy, revirando os olhos. — Como é que ela conseguiu entrar aqui, para começar? — completou, em voz não muito baixa, para Lorna, uma menina quietinha que estava sentada à sua frente. Lorna tinha feições miúdas que quase desapareciam sob as espessas sobrancelhas e os cabelos castanhos mais crespos que eu já havia visto. Ela não tinha dito muita coisa até ali, mas não desgrudara de Missy a manhã inteira, de forma que eu já estava antipatizando com ela.

— Muito delicado da sua parte — comentei.

Missy fez um ar de deboche e sentou-se na ponta da mesa, forçando o resto de nós a nos espremermos entre ela e uma cadeira para conseguir entrar.

— Tanto faz. A questão é que não é qualquer um que consegue entrar no Alojamento Billings. Você tem que ser... especial — disse Missy, enquanto abria o guardanapo meticulosamente e o estendia no colo.

— E uma vez lá dentro, você vira medalha de ouro — acrescentou Lorna. — Todas tiram boas notas...

— Mesmo que antes fossem péssimas. Vai entender — interveio Diana Waters, outra menina do nosso andar. Ela parecia uma fadinha, com cabelos louros curtos e um aparelho de dentes transparente. — Além disso, toda capitã de time e presidente de clube mora lá...

— Elas são empreendedoras — falou Missy. — As mulheres que moraram no Alojamento Billings viraram senadoras, estrelas de cinema, jornalistas importantes, escritoras.

— E a faculdade, então? Não precisam nem se preocupar — disse Diana. — Elas recebem recomendações das ex-alunas do Billings e todas, sem exceção, terminam em uma das universidades da Ivy League. Todas elas, sem exceção.

— Está brincando — falei.

— Sem sacanagem — disse Diana. — O currículo delas é imaculado.

— É mesmo — Missy confirmou, enquanto passava requeijão light no bagel. — Mal posso esperar até o ano que vem. Imagina só, morar num daqueles quartos enormes, como deve ser incrível! Essas gaiolas onde moramos agora são um verdadeiro atentado aos direitos humanos.

— O que a faz ter tanta certeza de que vai morar lá? Pelo que sei, é preciso ser convidada — questionei.

— Mas elas vão me convidar. Eu sou um legado do Billings — disse Missy, como se estivesse na cara. — Tanto a minha mãe quanto a minha irmã moraram lá.

Certo. Consegui odiá-la ainda mais. O fato de alguém como ela poder ir morar no Billings assim, de mão beijada, demonstrava que o mundo estava mesmo perdido.

— O que basicamente significa que eles vão ser obrigados a aceitá-la — acrescentou Lorna, com uma risada.

Ótimo. Talvez Lorna não fosse tão ruim assim.

Missy lançou-lhe um olhar que a fez ficar pálida no mesmo instante.

— Naturalmente, você entraria de qualquer jeito — completou Lorna, mais do que depressa.

— Ah, mas olha só — disse Diana, erguendo o queixo.

— Falando no diabo...

Ergui os olhos e as vi chegando a passos largos em direção a uma mesa exatamente no meio do refeitório. A líder do bando era a menina de cabelos negros e cicatriz, agora escondida sob um blazer branco brilhante e uma camiseta preta. Corei só de pensar naquilo, sabendo que a cicatriz estava lá, quando ela não fazia a menor ideia de que eu sabia. Ela era alta, pelo jeito até mais alta do que eu, com meu 1,79m, e, como não pude deixar de notar, estava de sapatilhas. Ela falou com a garota etérea que estava andando ao seu lado com a cabeça inclinada para a amiga, mas com uma expressão distante nos olhos.

Atrás das duas vinha a mocinha maliciosa, cujo cabelo castanho-claro estava novamente preso num coque desmazelado. Ela andava projetando os quadris, as costas bem eretas e o queixo erguido. Um rapazinho moreno com cara de bobo ficou de queixo caído quando ela passou e piscou disfarçadamente em sua direção. Ele ficou vermelho como um pimentão, e então se sentou, escondendo-se atrás da sua revista de mangá. A moça riu, triunfante.

Com ela vinha o querubim, cujos cachos louros pulavam enquanto ela procurava acompanhar as amigas, apressada. Era a única das quatro que caminhava olhando para baixo, a pele clara avermelhada por algum tipo de esforço, prazer ou vergonha. Trazia os livros apertados contra o peito, e parecia estar se concentrando ao máximo em algo que lhe passava pela cabeça.

Elas estavam mesmo ali. Existiam de verdade.

— Eu daria tudo para ser Noelle Lange — disse Diana, apoiando o queixo na mão.

— É. Até parece que isso vai acontecer — zombou Missy.

— Qual delas é Noelle? — indagou Constance.

— A de blazer branco — disse Lorna, a inveja escorrendo-lhe dos lábios. — Segundo os boatos, Harvard, Cornell e Yale estão brigando por ela.

— Ah, me poupe. Ela vai para onde Dash McCafferty for — disse Missy.

Eu vi que o louro alto que tinha agarrado o meu chute no dia anterior estava agora sentado em cima da mesa atrás de Noelle, massageando seus ombros com as mãos enormes. Ela inclinou a cabeça para trás, com o longo cabelo ondulado pendendo às costas, e ele inclinou-se para lhe dar um beijo.

— Acho que *ele* é que vai para onde *ela* for — brincou Diana. — Duvido muito que Dash mande nesse relacionamento.

— Quando Noelle está no recinto, ela é basicamente a única que manda — acrescentou Lorna.

— É verdade. Retiro o que disse — retratou-se Missy.

— Quem é a leitora? — perguntei, notando que a garota etérea já estava com o nariz metido num livro.

— Essa é Ariana Osgood — disse Missy. — A família é dona de metade da região Sul. E isso significa que as Meninas do Billings lhe perdoam o fato de ser sulista.

Diana, Constance e Lorna prenderam o riso, sarcásticas.

— A família é da indústria do petróleo — acrescentou Missy. — Todos grandalhões de charuto na boca que odeiam ambientalistas. Só Deus sabe como uma família dessas produziu alguém como ela.

— Ela é poetisa — explicou Diana. — Escreve metade da revista literária, todo trimestre. Ela é boa mesmo.

— A modelo é Kiran Hayes — disse Lorna. — Ela posa para a Abercrombie, Ralph Lauren...

— Aimeudeus! É mesmo! Ela estava no outdoor em frente à minha academia de pilates! — Constance se lembrou.

— Aimeudeus! Fala baixo, sua idiota! — retrucou Missy, imitando-a.

— Espera. Ela é modelo *de verdade*? — indaguei.

— Quê? Não me diga que nunca viu uma em carne e osso antes? — perguntou Missy. — Metade das meninas que mora no meu prédio participou dos desfiles de primavera.

Notei, então, que grande parte dos garotos estava de olho em Kiran, a maioria praticamente babando.

— E por último, temos Taylor Bell — disse Diana. — Pelo que se sabe, a menina mais inteligente que já pisou no campus da Easton.

Do outro lado, a garota angelical riu e precisou tapar a boca com a mão para não cuspir sua aveia. Não me parecia um gênio, mas eu nunca tinha visto um *desses* em carne e osso também.

— As melhores escolas. Os namorados mais gostosos. — E Diana concluiu. — É. Ser uma Menina do Billings definitivamente é uma boa.

Eu olhei para o outro lado do salão, para as quatro meninas e os rapazes que as cercavam, a pulsação acelerada por uma empolgação diferente. Algumas outras garotas sentaram-se na outra ponta da mesa delas, todas belas e elegantes, embora para mim parecessem de segunda categoria, se comparadas às quatro que eu tinha visto na noite anterior.

— E as outras? — perguntei.

— Elas também são do Alojamento Billings — disse Diana, gesticulando com o garfo.

Então eu estava certa. Noelle e as amigas é que eram importantes. Eram elas que valia mais a pena conhecer.

Meu coração batia com toda a força, e eu pressionei a palma da mão suada contra a perna da minha calça jeans. Nunca quis tanto uma coisa na vida quanto queria estar sentada àquela mesa. Se eu conseguisse ao menos pôr os pés naquele santuário, todas as portas da Easton se abririam para mim. Nunca mais teria que me preocupar em ser aceita ou me adequar. Estaria deixando minha deprimente vida doméstica tão para trás que talvez conseguisse esquecê-la de uma vez por todas.

TRADIÇÃO

Easton era uma escola oficialmente laica, mas tinha sido fundada pelos presbiterianos no início do século XIX. Segundo o catálogo, eles haviam cortado a oração em grupo na década de 1990, mas ainda chamavam a reunião matinal, em que a escola toda estava presente, de "serviços matinais". A assembleia diária era na capela antiga no centro do campus, cercada pelos prédios com as salas de aula, os escritórios dos instrutores e coordenadores, a academia, o refeitório e a biblioteca, lugares que eu ansiava por explorar. Além deste círculo estavam os dormitórios; além deles, as quadras esportivas, e, depois de tudo isso, montanhas e árvores, e um céu azul e límpido. Era uma manhã quente, normal para o início de setembro, mas quando passamos pelos arcos e entramos na capela, foi como entrar em uma caverna. Fiquei toda arrepiada quando o ar frio me envolveu, e tremi, em minha camiseta leve. De repente, entendi por que a maioria dos alunos tinha trazido cardigãs ou jaquetas. As paredes altas eram feitas de pedra fria, cinzenta e mofada, e os finos vitrais permitiam apenas a entrada de pequenas réstias de luz solar.

Passei pelas Meninas do Billings tentando me aquecer. Ariana estava no último banco, lendo, enquanto Kiran e Taylor estavam sentadas perto do centro da capela — Kiran analisando seu rosto em um espelho de maquiagem, Taylor tomando notas em um caderno. Noelle não estava à vista. Foi estranho vê-las separadas assim. Sentia como se elas fossem um só ser e devessem andar sempre juntas. Fui me sentar com minhas colegas de alojamento, perto do centro dos bancos.

— Nós nos sentamos de acordo com a classe. Os meninos na esquerda, as meninas na direita — explicou Diana quando nos acomodamos. Sua colega de quarto, uma menina chamada Kiki, que podia ser a irmã gêmea de Diana, só que com cabelos compridos, mas não era, sentou-se ao seu lado. Eu ainda não tinha visto Kiki sem o iPod nenhuma vez. Ela marcava o compasso da música com o queixo ao se sentar.

— Lá em cima ficam os calouros, atrás de nós os do terceiro ano, e os do quarto estão lá no fundo.

Balancei a cabeça indicando que havia entendido. Então Kiran e Taylor estavam no terceiro ano, e Ariana, no último. Presumi que Noelle também. Mas onde é que estaria escondida agora?

— É tão arcaico esse negócio de nos separarem — disse Missy, olhando de relance para os rapazes à sua volta. — O que a gente iria fazer, transar enquanto eles leem os avisos do dia?

— Bom, talvez *você* fizesse isso — brincou Lorna. E olhou para Missy, meio preocupada, depois da piadinha, esperando sua reação.

Missy fez uma careta, mas sorriu. Lorna pareceu aliviada.

Sentados nos bancos perto do púlpito estavam pelo menos duas dúzias de adultos, incluindo a Srta. Naylor, a Srta. Ling e o Diretor Marcus, que reconheci pela foto no catálogo da Easton. Claramente os outros eram professores, orientadores e coordenadores. A maioria deles parecia austera, crítica, séria e enrugada. Um grupo bastante convencional.

Olhei em torno de mim procurando por Thomas, mas não o vi entre os alunos do último ano. Pendurados nas paredes entre as janelas estavam longos estandartes de veludo preto, cada qual decorado com o brasão da Easton e um ano de formatura. Abaixo do ano estavam dois nomes, um feminino e o outro masculino. Eu já estava para perguntar o que significavam aqueles nomes quando as portas duplas da igreja se fecharam, escurecendo ainda mais o ambiente. Todos se calaram e viraram-se para a frente, e então fiz o mesmo. Uma sensação de reverência intensa dominou o grupo, e um calor de expectativa percorreu meu corpo. De duas portas opostas na parte da frente da igreja saíram dois meninos, calouros pelo jeito, levando velas que usaram para acender quatro lampiões perto do púlpito. Esses lampiões projetaram uma luz surpreendentemente intensa que banhou todos em um brilho cálido e acolhedor.

Assim que os lampiões foram acesos, alguém bateu à porta com força. O Diretor Marcus levantou-se e percorreu o corredor devagar. Parou, imponente e sábio, diante das portas duplas.

— Quem solicita entrada neste santuário?

Eu teria rido se não estivesse tão impressionada. E se todos não estivessem tão atentos ao que se passava.

— Mentes ávidas em busca do conhecimento! — foi a resposta. Missy, de brincadeira, dublou as palavras em silêncio, junto à pessoa que havia respondido, ainda oculta. Lorna lançou-lhe um olhar severo. Missy revirou os olhos.

— Então sejam bem-vindas — disse o diretor.

— Eles não fazem isso todo dia — murmurou Diana para mim. — Só no primeiro serviço.

As portas escancararam-se, e então entrou Noelle, com o queixo erguido. Ao lado dela vinha o namorado, Dash. Seus cabelos louros estavam penteados para trás, exibindo todo o rosto, e ele tinha uma expressão bem compenetrada. Ele e Noelle traziam livros enormes e antiquados nos braços e mantinham o olhar fixo diretamente à sua frente, ao caminhar pelo corredor entre os bancos, rumo ao púlpito.

Noelle quase parecia uma rainha, e tinha tudo sob o mais perfeito controle. Muito embora centenas de pessoas estivessem olhando diretamente para ela, não corou nem hesitou ou piscou. Estava confiante, deslumbrante, serena.

O casal colocou os livros sobre uma mesa à frente de todos na capela.

— Tradição, honra, excelência — disseram em uníssono.

Depois viraram-se para a audiência e todos os alunos repetiram:

— Tradição, honra, excelência.

Senti arrepios no corpo todo ao ouvir aquelas vozes em uníssono. Noelle e Dash viraram-se e curvaram-se juntos na direção dos professores, depois sentaram-se em lados opostos no altar, Noelle, diante das meninas, Dash, dos meninos.

Não fazia ideia do que todo esse ritual significava exatamente, mas adorei. Era totalmente diferente de tudo o que eu já tinha visto antes. Fiquei tão fascinada que levei mais tempo do que os outros para notar o ligeiro alvoroço e as risadas no fundo da capela. Quando me virei, Thomas Pearson estava acabando de esgueirar-se para dentro, enquanto o diretor fechava as portas. Ele sentou-se no último banco, onde um de seus amigos o cumprimentou batendo com o punho cerrado no dele, e riu. Os olhos estavam ocultos por óculos escuros. O diretor fuzilou-o com o olhar, mas depois voltou enérgico para a frente da capela. Esperei Thomas tirar os óculos, na esperança de que ele me procurasse também, mas em vez disso ficou sério e concentrou atenção na cerimônia.

Virei-me e fiz o mesmo, mordendo o lábio inferior e fazendo força para não rir. Havia alguma coisa no comportamento típico dos meninos que sempre me afetava.

O diretor subiu ao púlpito e inclinou o microfone em direção à boca.

— Bem-vindos, alunos, à Academia Easton.

SÁDICO

— Bom dia, pessoal! Aposto que vocês estão superfelizes em me ver, não?

O professor bateu a porta e aqueles que ainda não estavam sentados voltaram aos seus lugares correndo. Constance sentou-se ao meu lado exatamente quando o professor colocou a pasta de couro surrada e uma grande garrafa térmica prateada sobre a mesa. Ele tinha a postura mais correta que eu já havia visto, e parecia preencher a sala inteira. Fios grisalhos se entremeavam no cabelo preto e ondulado, e ele usava um casaco azul esportivo e gravata listrada com uma calça bege. Ele bateu palmas e esfregou as mãos, examinando a sala. Eu seria capaz de jurar, pela expressão dos meus colegas, que nenhum deles tinha ficado contente em vê-lo. E pelo brilho sarcástico em seus olhos, estava na cara que ele também tinha plena consciência disso.

— Para quem ainda não ouviu todos os boatos horríveis a meu respeito, meu nome é Sr. Barber, e sou o tipo de pessoa que gosta de fazer tudo conforme as regras — disse, a voz tonitruante provinda do fundo do peito. Enquanto ele falava, girou a tampa da sua garrafa térmica e se serviu de uma xícara de líquido fumegante. O aroma penetrante do café preto encheu a sala. — Esta é uma aula de História dos Estados Unidos. Em História temos o que se conhece como fatos. Eu ensino fatos. Não vamos ler opiniões nem propaganda nesta aula. Não vamos debater as lamentações de todos os Fulanos, Beltranos e Sicranos de todas as camadas sócioeconômicas de todos os países ao redor do mundo. Vou deixar seus professores de faculdade abordarem essas áreas cinzentas. Por enquanto, vou prepará-los fazendo-os memorizar *fatos*. Datas. Nomes. Lugares. Fatos.

Acho que nunca tinha conhecido ninguém que pronunciasse as palavras de forma tão perfeita quanto aquele homem. A mandíbula dele devia estar movimentando mais músculos do que meu corpo inteiro. Ele pronunciou cuidadosamente cada letra da palavra "fatos". Tomou um gole do café e colocou a xícara na mesa.

— Agora vamos ver o que vocês sabem.

Opa.

Ele foi até o meio da sala, e ficou de frente para nós.

— Você aí. Qual é o seu nome?

— B-Brian Marshall — gaguejou o garoto de cabelos louros-claros na primeira fila. Até me surpreendi por ele não ter feito xixi nas calças na hora.

— Do Sr. Marshall para a esquerda, temos a equipe A. O resto é a equipe B. — O Sr. Barber informou isso com um movimento rápido da mão. Pegou então um caderno em cima da sua imensa mesa de madeira. — Esta é a lista de chamada. Quando eu fizer uma pergunta, espero uma resposta dentro de dez segundos. Se responderem corretamente, sua equipe ganha um ponto. Se a resposta estiver incorreta, perde um ponto — disse ele, olhando para nós ameaçadoramente.

Alguns dos alunos sorriram, convencidos. Outros fizeram cara de apavorados. Fiquei sem saber o que pensar. Nenhum professor tinha falado assim antes em toda a minha vida. Esse cara tinha mais autoridade no dedo mindinho do que todo o corpo docente do Colégio Croton.

— Vamos começar — anunciou o Sr. Barber. Ele percorreu com os olhos toda a lista de chamada, de cima até embaixo, enquanto se aproximava do quadro-negro. Todos nós rezamos para não sermos os escolhidos. — Srta...

Ai, ai, ai...

— Talbot.

Lancei um rápido olhar a Constance. A pele dela ficou pálida sob todas aquelas sardas. Senti pena apesar da onda de alívio que me invadiu.

— Sim? — disse ela, com uma calma notável.

Muito bem. Se eu soubesse a resposta para a pergunta, ficaria tranquila.

— Qual rei da Inglaterra recebeu o mandado judicial que declarou a independência deste país em 1776? — perguntou ele.

Oi? Mandado judicial? Desde quando as pessoas se referem à Declaração da Independência como "mandado judicial"?

Epa, para tudo. Qual tinha sido mesmo a pergunta?

— Rei Jorge III — disse Constance.

— Resposta correta.

Constance sorriu, radiante. Alguém atrás de mim disse: "Essa foi fácil." Está certo. O rei Jorge III tinha recebido a Declaração de Independência, eu sabia disso. Só precisava me concentrar. Respirei fundo, feliz por ele não ter me escolhido para ser a primeira vítima. No quadro-negro, o Sr. Barber escreveu um A e um B enormes com giz amarelo. Sob o B, ele marcou um ponto.

— O próximo é o Sr. Simmons.

— Aqui — disse um rapaz atarracado sentado perto da porta.

— Sr. Simmons, quem foi a primeira mulher executada nos Estados Unidos e por quê?

Epa. Essa eu não sabia.

Comecei a suar.

— Hã... Eu sei essa — disse Simmons, agarrando um lápis com as mãos.

Ele só pode estar de sacanagem. Sério?

— Uhn...

— Dez segundos, Sr. Simmons — alertou o Sr. Barber, com cara de quem estava se divertindo com aquilo. — E, só para deixar claro, ninguém fala "uhn" na minha aula.

— Foi uma Mary alguma coisa — disse o garoto gordinho. — Mary... Surratt?

É verdade. Aquele nome me pareceu vagamente familiar. Pelo menos eu acho.

— Sim. E por que crime ela foi condenada à morte?

— Conspiraração para o assassinato do Presidente Lincoln — respondeu o Sr. Simmons, com muito mais confiança.

— Muito bem. Conseguiu sair-se bem dessa, Sr. Simmons — disse o Sr. Barber, acrescentando um ponto sob a letra A. Olhei de relance o meu relógio de pulso, imaginando se haveria alguma possibilidade de eu sair dali sem ser chamada. Ainda restavam 53 minutos de aula, e só havia uns vinte alunos na sala.

— Srta. ... Brennan.

Ai, Deus.

— Sim?

Minha boca ficou completamente seca.

— Sei que é nova aqui — disse ele, com um sorrisinho irônico, erguendo os olhos da lista de chamada. Todos os que estavam na sala viraram-se para me olhar. *Obrigada. Muitíssimo obrigada mesmo.*

— Sim — consegui responder.

— Então vou perguntar uma fácil — falou ele, em tom condescendente.

Senti vontade de lhe dar um tapa e de agradecer ao mesmo tempo.

Pergunte alguma coisa que eu saiba. Pelo amor de Deus, faça uma pergunta que eu saiba responder.

— Quantos mandatos Franklin Delano Roosevelt serviu como presidente dos Estados Unidos?

Isso!

— Quatro — respondi, sorrindo de orelha a orelha.

— Sinto muito. A resposta correta é três — disse o Sr. Barber.

Meus olhos e meu rosto arderam de humilhação, enquanto eu protestava mentalmente. Tinham sido quatro. Eu sabia essa. Tinha aprendido isso no oitavo ano. FDR era meu presidente predileto. Adorava o New Deal. Decorei tudo e tirei dez na prova. Foram quatro mandatos.

— FDR foi eleito para um quarto mandato, mas morreu durante o exercício do cargo, e portanto não chegou a cumprir quatro mandatos integralmente — esclareceu o Sr. Barber.

Minha equipe inteira soltou um gemido quando ele apagou o ponto que Constance tinha conseguido ganhar. Por dentro, eu estava fervendo.

— Essa pergunta foi uma pegadinha — falei sem pensar.

O Sr. Barber parou na hora, de costas para nós. Os alunos prenderam a respiração. Eu estava sentindo um calor quase insuportável. O que tinha acabado de fazer?

— Como disse? — perguntou o Sr. Barber, virando-se.

Eu pigarreei.

— Foi uma pegadinha — repeti, teimando em não me deixar intimidar. — O senhor não perguntou quantos mandatos ele havia cumprido integralmente.

O Sr. Barber estava incrédulo. Deu alguns passos adiante e cruzou os braços sobre o peito.

— Pois eu acho que foi uma pergunta justa, Srta. Brennan.

Abri a boca para responder, mas ele me interrompeu.

— E por que penso que foi legítima? Porque espero que meus alunos *pensem*, Srta. Brennan — disse ele. — Espero que eles considerem as opções antes de responder a primeira coisa que lhes venha à cabeça. Não estamos em *Jeopardy!*, Srta. Brennan, estamos numa sala de aula, cuidando da sua educação. Deve ser mais cuidadosa daqui para a frente. Estamos entendidos?

Muito bem. Agora eu tinha sido derrotada.

— Si-im — respondi, com a boca seca.

— Gostaria de acreditar em você, Srta. Brennan, mas talvez deva vir conversar comigo depois da aula, para podemos nos certificar disso — concluiu.

Engoli em seco. Lágrimas de constrangimento me arderam nos olhos. Absolutamente todos os alunos da sala estavam me olhando fixamente ou fazendo a maior força para *não* olharem para mim.

Ele queria falar comigo depois da aula. Meu primeiro professor, no primeiro dia da escola nova que devia mudar minha vida queria falar comigo depois da aula. Bom, alguma coisa já havia mudado na minha vida. Eu nunca tinha sido repreendida por nenhum professor antes. Nunca.

— Está certo.

— Ótimo — afirmou o Sr. Barber. — Agora que já desperdiçamos vários minutos do tempo precioso dos seus colegas, talvez você me permita prosseguir.

Senti-me corar de vergonha, enjoada e burra. Concordei, resolutamente. Era só o que eu podia fazer naquele momento.

O Sr. Barber virou-se para sua próxima vítima e Constance olhou para mim com simpatia.

Começou bem, Reed. Uma largada fenomenal.

NÃO HÁ EXCEÇÕES

Fiquei andando de um lado para o outro perto da mesa do Sr. Barber enquanto ele escrevia algo em uma folha de papel. Todos evitavam me olhar ao saírem da sala, como se eu fosse uma espécie de doida com quem era perigoso se relacionar. Na primeira aula eu já tinha conseguido estragar tudo.

— Sr. Barber...

— Sei que está aqui, Srta. Brennan. Por favor, permita-me terminar o que estou fazendo.

Fechei a boca bruscamente. Eu detestava aquele homem. Mesmo querendo lhe pedir uma segunda chance. Não tinha conseguido responder nenhuma das três perguntas que ele tinha me feito durante aquele seu joguinho nojento e sabia que ele já estava achando que eu era alguma espécie rara de idiota. Mas que tipo de gente fazia isso, colocar os alunos na berlinda no primeiro dia depois das férias de verão? Além disso, ele havia me humilhado na frente de todos quando *sabia* que eu era nova na escola.

O Sr. Barber pôs a caneta de lado. Tomou um gole demorado do café, de propósito, depois colocou a xícara na mesa, também com todo o cuidado. Estava me torturando, me obrigando a esperar ali e a me preocupar de propósito. Afinal, devagar, ele arrancou a folha do bloco e a entregou a mim.

— Essa é uma bibliografia que você deve ler — disse ele, olhando-me por sobre os óculos. — Espero que esteja em dia com a matéria lá pelo fim da semana. Devia saber que não tenho pena de alunos bolsistas. Se Easton for mesmo o seu lugar, vai se esforçar para chegar lá. Não há exceções.

Peguei a folha, que tremeu na minha mão. Nela vi uma lista de nada mais, nada menos que oito livros. Senti vontade de lhe dizer que não precisava ler tudo aquilo para me atualizar na matéria. Senti vontade de lhe dizer que sabia as respostas de várias perguntas daquele seu programinha de auditório, mas nunca tinha gostado de ficar na berlinda. Queria lhe dizer que suas perguntas sobre FDR tinham sido formuladas de modo a me confundir, e eu tinha quase certeza de que ele sabia muito bem disso. Acima de tudo, senti vontade de lhe dizer que não queria ser uma exceção.

Mas, olhando bem dentro dos seus pálidos olhos castanhos, vi que sem dúvida ele não toleraria nenhuma outra resposta malcriada minha. Então só disse:

— Obrigada.

— E posso ter certeza de que seu rompante de hoje foi o último, certo? — perguntou.

— Sim, senhor — respondi.

— Ótimo. Está dispensada.

Eu me virei devagar. Podia sentir que ele estava me olhando quando saí da sala e imaginei o que estaria pensando.

Endireitei a minha postura, procurando andar bem ereta. Não podia deixá-lo pensar que havia me subjugado.

No corredor, duas meninas estavam de pé diante de um mural onde um cartaz cor de laranja anunciava o Baile de Volta às Aulas, marcado para algumas semanas depois do início do semestre. Olhei firme para o cartaz e perguntei-me se seria até mesmo remotamente possível que eu ainda estivesse na escola naquela data.

Não.

Nada disso.

Nada de negativismo. Nada de pessimismo. Eu ia conseguir ficar em dia com a matéria de História. Eu ia ficar em dia com tudo. Mesmo que tivesse que virar a noite estudando todos os dias, faria o que fosse necessário para continuar na Easton. A alternativa — voltar para Croton com fama de fracassada e provar que as queixas da minha mãe eram corretas — era inconcebível.

Em vez disso, eu ia provar ao Sr. Barber que ele estava errado a meu respeito. A vergonha que ele ia passar seria a cereja no bolo da minha vitória.

PRIMEIRO DUELO

Quando voltei ao refeitório, umas cinco horas apenas depois da primeira vez que tinha ido lá, meu comportamento havia mudado totalmente. Naquela manhã eu me sentia esperançosa e determinada. Agora estava exausta e sobrecarregada. Quando me reuni com as outras meninas do meu andar à nossa mesa — a mesma à qual tínhamos nos sentado naquela manhã — percebi o erro mais recente e possivelmente mais alienante que havia cometido. Na minha bandeja estava uma tigela transbordante de macarrão com molho de queijo e uma Coca-Cola grande, além de três biscoitos com pedacinhos de chocolate. Nas bandejas delas, só havia salada e Coca-Cola diet. Constance já havia escondido seu único biscoito sob um guardanapo, sem dúvida num gesto de autopreservação.

— Sabe quantas calorias de gordura tem nisso aí? — perguntou Missy, olhando para o meu almoço.

Deixei-me cair na última cadeira vazia no fim da mesa e joguei minha mochila pesada e cheia de livros no chão com um baque. Resolvi não me procupar com o que a Missy

Thurber pensava da minha comida. Estava faminta demais para me preocupar. E além disso, era quentinha e gostosa. Se havia uma coisa da qual eu precisava naquele exato momento, era de um pouco de aconchego.

— Dá pra passar o ketchup? — pedi.

Missy gemeu quando Kiki me entregou a garrafinha.

— O enterro é seu — disse Missy.

Constance tirou o biscoito de baixo do guardanapo, mordeu-o e sorriu para Missy. Esta revirou os olhos e deu-nos as costas, para fofocar com as companheiras.

Constance estava começando a me parecer mais simpática.

— Como foram suas outras aulas? — perguntou ela, compassiva. Tradução: "Eu já sei que História foi uma bomba. E depois, as coisas melhoraram?" Resposta: definitivamente não.

— Bem — respondi, sorrindo de leve.

Muito embora minha aula de Francês tivesse sido inteiramente em francês, e eu não tivesse conseguido acompanhar nem formar nenhuma resposta coerente além de "Je ne sais pas". Muito embora minha eletiva de História da Arte estivesse transbordando de curadores adolescentes, todos conhecedores do artista, do ano e do meio de expressão de todas as obras que meu professor mostrava na tela. Eu nem queria pensar no que ia acontecer na minha próxima aula, que era de Trigonometria. Provavelmente iríamos passar direto para Cálculo, porque todos já estavam cansados de calcular senos e cossenos.

— Sei que vou soar meio convencida, ou coisa assim, mas se precisar de ajuda, pode me pedir — disse Constance. — A escola de onde eu vim na cidade era excelente. Excelente *mesmo*, pra valer.

E agora, estaria ela me oferecendo ajuda, ou se mostrando? Nenhuma das duas hipóteses me fez sentir melhor. Parecia que todos ali tinham decidido que eu era uma burra e precisava de caridade ou coisa assim, mas eu não era. Era uma aluna nota dez, meu Deus do céu. *Eu* é que sempre ajudava os outros alunos. O que estava acontecendo comigo?

As meninas à minha mesa passaram o almoço tagarelando sobre os rapazes das suas aulas e planejando uma viagem à cidade no fim de semana. Eu entreouvi as frases "cashmere de quatro fios", "tão gato", "cartão de crédito novo". Elas não estavam nem um pouco angustiadas com coisa alguma. Eu estava angustiada por um zilhão de coisas diferentes, de todas as formas, tamanhos e urgências.

E aí eu as vi. As Meninas do Billings surgiram de trás da fila do almoço e estavam andando pelo corredor bem na nossa direção. Noelle vinha na frente, com Kiran, Taylor e Ariana no seu encalço, esta de cabeça baixa, concentrada em seu livro. Pela primeira vez, eu as via de perto, e cada qual era mais perfeita e bela que a outra.

Prendi a respiração quando Noelle passou, me olhando de soslaio, com um sorriso zombeteiro pairando nos lábios. Kiran e Taylor batiam papo, passando direto, e depois veio Ariana. Ela usava uma blusa branca sem mangas e uma saia verde-água dégradé vaporosa, mais escura perto da bainha. No pescoço trazia uma echarpe roxa e lilás, cujas extremidades pendiam-lhe sobre o peito, e lhe roçavam o ventre. Eu teria parecido ridícula com um traje desses, como se fosse uma criança brincando com roupas de adulto, mas nela as roupas caíam perfeitamente bem. Ela trouxe consigo um aroma exótico que, por algum motivo, me pareceu familiar.

Estava exatamente tentando me lembrar onde eu o havia sentido antes quando ela abaixou o livro, olhou-me diretamente nos olhos e disse:

— Ah, olá.

Todas as suas amigas pararam. E meu coração também.

— Essa é a tal menina da qual eu estava lhes falando — disse Ariana. Ela falava com um sotaque levemente sulista, tão leve que era como se ela o acrescentasse de propósito.

Meu estômago vazio se agitou e senti gosto de bile no fundo da garganta. Notei as meninas do meu andar entreolhando-se.

— *É mesmo?* — disse Noelle, cruzando os braços sobre o peito e avançando para mim, olhando-me de cima até embaixo. Algumas outras Meninas do Billings, que não pertenciam ao grupo das quatro, recuaram e trocaram rápidos olhares surpresa. — Você é que estava nos espionando?

Missy soltou uma risada que mais parecia um balido.

— Pensei que ela fosse ser mais macho — disse Kiran. Taylor começou a rir, depois se segurou, cobrindo a boca com a mão. Kiran revirou os olhos grandes, belos, perfeitamente contornados com rímel e sorriu. Para mim.

— Deixa ela pra lá. Ainda estamos tentando coibir o besteirol — disse Noelle. — Como é seu nome?

— Reed — respondi.

— Eu me chamo Noelle. Esta é Kiran, aquela, Taylor, e a outra é Ariana. — Notei que Noelle nem se incomodou em apresentar as outras meninas do seu alojamento. Elas *estavam* mesmo em segundo plano.

— Oi — cumprimentei. Elas sorriram. Eu fiquei nas nuvens.

— Agora que sabe quem somos, talvez tenha um pouco mais de respeito e pare de dar uma de *voyeur*.

Vi-me cercada por risadas, e Noelle sorriu maldosamente ao notar minha palidez. As Meninas do Billings riam com ar superior, olhando para mim com a condescendência de quem tem muita experiência nisso.

— Vamos, gente — disse Noelle, virando as costas para mim. Kiran e Taylor colocaram-se ao seu lado, e elas saíram todas juntas, como uma barreira ambulante. Todas as outras as seguiram; todas menos Ariana, que inclinou a cabeça, como quem se desculpa, olhando para um ponto acima do meu ombro.

— Desculpe, viu — falou. — Noelle às vezes é meio direta demais.

— É — consegui dizer.

Ela prendeu algumas mechas de cabelo atrás da orelha. Como eu, não usava joias nem maquiagem, mas mesmo assim parecia mais sofisticada do que eu jamais seria. Sua pele era tão clara que eu achava que, se o sol vindo da claraboia mudasse de ângulo, daria para ver através dela. Por um momento ela voltou a focalizar os olhos azuis direto nos meus, e vi claramente que eram tristonhos, muito embora estivesse sorrindo.

— Bom, até mais — disse ela, afinal.

Depois voltou a atenção para o livro de novo e saiu andando atrás das amigas. Eu já estava me perguntando se teria imaginado aquela tristeza. Claro que era imaginação minha. Por que uma menina como aquela se sentiria triste?

— Já conseguiu irritar as Meninas do Billings no seu primeiro dia, hein? Parabéns — disse Missy.

— Você estava mesmo espionando as quatro? — perguntou Constance.

— Não exatamente — respondi, me xingando por dentro. Qual era o meu problema? Desde que tinha chegado àquela escola eu só fazia me afundar. Com os professores, com as Meninas do Billings. Agora ia precisar me esforçar ao máximo para sair dessa.

SORTE

— Ei, menina nova!

Enquanto saíamos do refeitório, Thomas Pearson afastou-se do muro de tijolos cinzentos e me alcançou para caminhar ao meu lado. Constance me lançou um olhar que dizia *Tá podendo, hein*. Como é que eu já podia conhecer um cara gostoso assim, se era apenas meu segundo dia ali?

Sei lá como.

— Oi — cumprimentei, friamente. Embora minha pulsação estivesse acelerada.

— Trouxe uma coisa pra você — disse Thomas.

E me mostrou um medalhão que tirou do bolso. Era de bronze e tinha um buraco quadrado no meio. Ele o ergueu entre o polegar e o indicador, com ar muito convencido.

— O que é isso? — indaguei, parando.

— Meu amuleto da sorte. Decidi dar pra você porque não preciso mais dele. Já transcendi a sorte.

Dei um sorriso irônico e tentei não parecer impressionada.

— Que bom para você. — Meu coração batia acelerado.

— Bacana, né?

Precisei fazer força para evitar sorrir como uma boba na frente dele. Coisa mais irritante.

— Mas, falando sério, agora — insisti. — O que é isso?

— *Era* uma ficha do metrô. De quando ainda não havia MetroCards — informou Thomas, erguendo as sobrancelhas.

Que diabo era um MetroCard?

— Fiquei arrasado quando acabaram com elas. Pode me chamar de ultrapassado, mas eu gostava da sensação de colocar uma coisa sólida no buraquinho e ouvir em seguida aquele barulhinho satisfatório, recebendo, então, a recompensa...

Ele sacudiu a cabeça, pensativo, e me fitou direto nos olhos. Enrubesci. Pra valer. Será que era uma metáfora? Provavelmente. Metáfora entendida? Definitivamente. A garota estava curiosa, embora envergonhada? Pode apostar.

— Mas sabe — disse ele, rompendo aquele transe momentâneo. — O que você tem nas mãos é uma relíquia de uma era passada. Guarde-a com cuidado.

— Obrigada.

Ele se dirigiu para o pátio, mãos nos bolsos, sorrindo de orelha a orelha, sugestivamente. Peguei várias meninas me olhando com uma inveja evidente. Em todo o campus se viam corações partidos. Quando ele me deu as costas, dois caras passaram correndo para alcançá-lo. Thomas ficou prestando atenção enquanto eles tentavam acompanhá-lo.

— *Quem* era *esse*? — perguntou Constance, com uma inflexão digna da magnitude daquele homem.

Sorri, satisfeita.

— Era Thomas Pearson.

— E o que ele quer? — perguntou ela, na ponta dos pés, tentando enxergá-lo, enquanto ele e os colegas eram cercados pela multidão que ia para as aulas da tarde.

— Não faço a menor ideia — respondi. — Me explique o que é isso.

Constance riu.

— Antigamente se usavam essas fichas para pagar a passagem do metrô. Agora existem bilhetes eletrônicos chamados MetroCards. Putz, Reed, você nunca foi a Nova York?

Não. Eu nunca tinha ido a lugar nenhum. Mas ela não precisava saber disso.

Olhei a fichinha, sentindo-me indescritivelmente feliz até que percebi alguém me observando. Quando ergui a vista, vi os olhos azuis-claros da Ariana. Ela estava a uns dez metros de distância, perto dos bancos de pedra no meio do pátio, mas, pela intensidade do seu olhar, parecia grudada em mim. Meu coração quase parou, apreensivo, e sorri automaticamente, insegura. Depois ela piscou e se virou em outra direção, deixando-me a imaginar se eu havia interpretado mal aquilo tudo.

MANOBRAS DEFENSIVAS

Fui a primeira pessoa a chegar às arquibancadas para o treino de futebol naquela tarde. Não querendo me atrasar, tinha voltado correndo para o Bradwell depois da última aula para me trocar, parando apenas para colocar a ficha do Thomas na minha corrente de prata e prendê-la em torno do pescoço antes de subir correndo até as quadras. Foi então que percebi, enquanto o resto do time se aproximava, em grupo, trazendo bolas de futebol e cones cor de laranja, que chegar muito antes da hora chamava tanta atenção quanto se atrasar. À frente de todos, Noelle me olhou como se a minha presença a divertisse.

Puxei as pernas mais para perto do corpo e olhei para o outro lado do campo de futebol, evitando encará-la. Talvez se eu *fingisse* que era invisível...

— Oi, Pequena-Voyeur — disse ela, fazendo os degraus de metal chacoalharem ao subir as arquibancadas. Sentou-se atrás de mim, com os joelhos às minhas costas. Eu já estava suando sob aquele sol impiedoso, mas com ela sentada tão perto de mim daquele jeito, senti as gotinhas de suor começarem a se acumular. — Você joga? Ou só está me seguindo?

Algumas das outras meninas riram. Meu rosto queimava. Aquilo ia ser tão divertido.

— Muito bem, meninas! Quietas, agora. — Uma mulher de meia-idade, com ombros largos e panturrilhas grossas, estava de pé no primeiro degrau das arquibancadas. Imaginei que fosse a técnica. Tinha cabelos louros curtos, não usava maquiagem, nem joias, e suas unhas estavam bem sujas. Voltou os olhos para mim. — Você é a Reed Brennan, suponho. Sou a Técnica Lisick.

— Oi — falei, cumprimentando-a.

— Reed veio da Pensilvânia, onde era a melhor zagueira na sua divisão no primeiro ano — anunciou a técnica ao time.

Ótimo. Agora Noelle sabia que eu era da boa e velha, quadrada e chata Pensilvânia. Fiquei imaginando se não poderia mentir, dizendo que era da Filadélfia. Será que havia alguma vantagem em ser da Filadélfia? Infelizmente, achava que não.

— E isso significa que vocês deveriam estar felizes por ela estar no time — disse a técnica. — Entenderam?

Ouviram-se murmúrios de concordância.

— A Pequena Voyeur é boa de bola — murmurou Noelle, no meu ouvido, aquecendo-o com seu bafejo. — Parabéns, Pequena Voyeur.

Ela me deu dois tapas fortes no ombro, e eu afundei um pouco mais onde estava sentada. Fiquei ali, sentindo seu olhar na minha nuca, até a técnica apitar e nos mandar fazer um exercício de controle de bola. Corri para o campo, adorando estar livre do escrutínio de Noelle. Lá eu sabia que ia poder me destacar.

Nós nos enfileiramos em lados opostos do campo, eu defendendo o gol do norte, Noelle atacando pelo sul. Íamos nos enfrentar, sem a menor dúvida, e eu senti a pele formigar com a expectativa. Vamos lá.

O apito soou, e Noelle conseguiu controlar a bola. Naturalmente. E então chutou-a bem rápido para a colega à direita, que a levou para o outro extremo do campo. Fiquei impressionada. Pensava que Noelle fosse de prender bola. Só querendo aparecer, sem deixar que as colegas participassem. Pelo jeito, estava errada.

Noelle veio em minha direção e recuei depressa, mas ela passou voando por mim. A garota era rápida. No segundo em que Noelle ganhou o campo, suas colegas de equipe lhe passaram a bola, e meu coração quase saiu pela boca. Saí correndo atrás dela. Não podia deixá-la pensar que eu era uma novata sem talento. Não podia deixá-la me intimidar. Ali não.

Dei um carrinho nela pelo seu lado cego, tirando-lhe a bola e jogando-a na direção da minha colega de time do outro lado do campo. Noelle gritou e tropeçou na minha caneleira, batendo no chão e virando cambalhota. Por um momento, nossas pernas se entrelaçaram, mas eu consegui me libertar depressa e fiquei de pé.

— Muito bem, Brennan! — gritou a técnica do banco.

Sorri e ofereci minha mão a Noelle. Mas quando olhei nos olhos dela, meu coração parou de repente. Ela cuspiu no chão e me fuzilou com o olhar, fervendo de ódio.

Devia ter saído correndo para o gol depois da jogada, mas não consegui me mover. Perto do gol mais distante, ouvi os gritos da torcida, e a técnica apitou. Noelle tomou impulso e ficou de pé, e eu só consegui pensar que agora ela ia tentar me matar. Me matar mesmo. Durante aquela fração de segundo, discerni em seus olhos toda a maldade de que Noelle era capaz, e, por algum motivo, pensei naquela cicatriz sob suas roupas, tão violenta e rubra. Ela não me parecia mais tão deslocada.

Mas então Noelle me olhou e sorriu. Um sorriso genuíno, de quem acha graça de verdade, quase orgulhoso. Depois limpou a sujeira da frente do short.

— Continua jogando assim e pode ser que a gente vença algumas partidas este ano — disse.

— Obrigada — respondi, na esperança de que ela interpretasse minha respiração ofegante como cansaço em vez de medo.

— Mas, se fizer isso *comigo* de novo, a coisa vai ficar feia.

Em seguida riu e correu para se reunir ao resto do time. Fiquei ali, tentando me recobrar, tentando decidir se era cedo demais para me sentir aliviada. Será que ela estava irritada ou impressionada comigo?

E então senti que, em se tratando de Noelle, talvez eu nunca viesse a saber.

CONFIE EM MIM

As outras meninas do segundo ano do time foram embora logo depois do treino, de modo que voltei para o Alojamento Bradwell sozinha. Não havia entendido por que minhas colegas tinham decidido me isolar. Por que eu era nova? Por que a técnica tinha me elogiado? Porque estavam a fim? Mas não me surpreendi. *Sozinha*, era o meu estado natural. Por enquanto.

Pendurei a bolsa de ginástica no ombro enquanto contornava o prédio em direção à porta da frente. No momento em que cheguei lá, Ariana saiu do caramanchão do jardim, me dando um susto daqueles.

— Oi — cumprimentou ela. Apertava dois cadernos contra o peito.

— Oi.

Será que estava esperando por mim?

— Como foi o treino? — indagou.

— Bom — respondi. Coisa esquisita. Não sabia o que devia dizer nem fazer. Depois de muito pensar, saí com uma pergunta de uma originalidade excepcional. — Qual é o seu time?

Na Easton, todos tinham que jogar pelo menos um esporte. Um requisito de educação física. Não prestei atenção a isso, porque ia jogar mesmo, com ou sem requisito.

— Não estou em nenhum time, não — disse ela. E completou diante do meu olhar confuso. — Motivos de saúde.

— Ah. — Ela não explicou, e não senti que queria que eu perguntasse. Naturalmente, agora eu tinha mais uma coisa para alimentar minha obsessão. O que Ariana poderia ter que a impedisse de participar de um time e atender ao requisito de educação física?

— E aí, já fez amigos? — perguntou.

— Acho que sim.

— Como é o seu andar no alojamento?

— É... bom — respondi. Constance parecia ser legal e Diana também era boazinha.

— E os garotos?

Instantaneamente Thomas me veio à cabeça, e senti o metal frio da ficha do metrô contra minha pele suada. As Meninas do Billings deviam respeitar alguém que tinha chamado a atenção de um garoto supergostoso do último ano no primeiro dia na Easton, não?

— Ah, até agora eu só conheci um cara...

— Thomas Pearson — disse ela, a voz sem inflexão.

Pisquei, surpresa. O tom dela era tão cálido quanto gelo seco.

— Vi vocês dois conversando — explicou. Afastou-se da porta, chegando mais perto de mim quando algumas meninas voltavam do treino do hóquei sobre grama, rindo e simulando uma jogada. Senti uma ligeira pontada de ciúme.

— Reed?

— Desculpe — falei. Será que eu estava ficando louca, me distraindo enquanto a única pessoa que tinha me tratado bem naquele dia queria falar comigo? A única pessoa por cuja atenção eu seria capaz de fazer qualquer coisa?

— E aí, você gosta dele? — indagou Ariana.

— Ainda não decidi — respondi, muito embora minha pulsação se acelerasse só de pensar nele. Thomas era lindo de morrer, sem dúvida nenhuma. E interessante, engraçado. Mas também era claramente um sedutor. E eu não estava certa se queria me envolver com alguém assim naquele momento. Paquerar? Tudo bem. Me envolver? Outra história.

Os olhos de Ariana se estreitaram.

— A maioria das meninas não consegue resistir a caras como Thomas Pearson — disse ela. — Ele tem um ar...

Incrivelmente sexy?

— De bad boy — completou.

E ficou me olhando com atenção, como se avaliasse minha reação ao que disse.

— É, deu para notar — respondi, demonstrando indiferença. Bonito, rico, esperto, atrevido e sensual? É. Isso equivalia a perigo. — Se você gosta desse tipo de coisa — acrescentei. — Não é a minha.

Geralmente.

Mas mesmo pensando que eu estava inclinada a me deixar seduzir por ele agora, ela não precisava saber disso. Principalmente se Ariana tivesse algum tipo de problema com Thomas, como o seu tom de voz sugeria. Além disso a última coisa que eu queria era parecer alguém que vive correndo atrás de meninos. Eu queria passar a imagem de garota tranquila. Sofisticada. Superior a tudo. Como ela.

Ariana sorriu devagar e pareceu brilhar por dentro.

— Deveria se sentar à nossa mesa amanhã — disse. — Na hora do café.

Meu coração parou de bater durante uns bons cinco segundos.

— Sério? — perguntei, parecendo um pouco animada demais.

— Eu gostaria de conhecê-la melhor — disse ela. — Todas nós gostaríamos.

Então haviam conversado sobre mim, me analisado. Pelas minhas costas. Essa ideia me deixou desconcertada. Estava no campus há pouquíssimo tempo, e as pessoas já estavam falando de mim.

Mas espera aí... e eu me importava? Isso poderia ser o começo... o começo de tudo que eu queria. Se elas tivessem conversado sobre mim, ótimo. Pelo jeito, viram algo de que haviam gostado. Muito embora eu não fizesse a menor ideia do que seria.

— Está combinado, então — disse afinal, procurando disfarçar minha alegria. — Amanhã eu estarei lá.

CAFÉ DA MANHÃ COM AS BILLINGS

Ariana estava sentada sozinha à sua mesa quando cheguei na manhã seguinte, com um vestido branco de alcinhas e uma echarpe azul. Eu não sabia se tinha vindo cedo por minha causa, mas fiquei aliviada ao vê-la. Aproximar-se dela assim sozinha era bem mais fácil. Esperei que erguesse os olhos do livro à medida que eu me aproximava, mas nada. Finalmente fiquei por ali, de pé, andando de um lado para o outro, sentindo-me deslocada. Talvez *tivesse* sido brincadeira. Ou talvez ela tivesse esquecido. Será que não havia notado a sombra que eu projetava nas páginas?

— Hã... Ariana? — disse, aflita.

Ela ergueu a cabeça, confusa. Ai, meu Deus. Então *havia* se esquecido mesmo. Pela sua cara, nem mesmo sabia quem eu era.

— Desculpe — falei, automaticamente.

Eu estava para bater em retirada quando sua expressão mudou e ela sorriu.

— Oi, Reed — cumprimentou. — Sente-se.

Ela puxou a cadeira ao seu lado, no meio da mesa. O alívio tomou conta de mim. Passei por trás dela e coloquei minha bandeja na mesa, depois pendurei a bolsa nas costas da cadeira.

— Não está com fome? — disse ela, ao ver meu desjejum minguado de torrada sem manteiga e café.

Na verdade, estou morrendo. Simplesmente não sabia o que era um café da manhã aceitável na mesa das Billings, portanto resolvi não exagerar. Na bandeja de Ariana havia uma taça de frutas meio comida, duas torradas e uma tigela de cereal sem leite. Meu estômago roncou ao ver tudo aquilo, felizmente sem que ninguém notasse.

— Não gosto de comer muito no café da manhã — menti. Depois senti vontade de me matar quando pensei que, se me sentasse ali de novo, ia ter que continuar mentindo.

— Eu, por outro lado, adoro café da manhã — disse Ariana, descontraída, pegando um marshmallow roxo em formato de ferradura e colocando-o na boca. — Se pudesse tomaria café da manhã três vezes por dia.

Sorri. A serenidade dela tinha um efeito calmante em mim.

— Aqui é sossegado de manhã — comentei, olhando em volta, enquanto os alunos chegavam pelas portas duplas, ainda meio sonolentos.

— É por isso que gosto do café — disse Ariana. — Muito melhor para ler.

Exatamente nessa hora, duas meninas vieram em nossa direção e sentaram-se nas duas cadeiras opostas na extremidade mais distante da mesa. Eu as reconheci, elas estavam no grupo do Billings na minha primeira manhã. Uma era negra, tinha cabelos bem pretos e um corpete estilo Victoria's Secret sob o jeans e a camiseta. A outra tinha cabelos louros e lisos que iam até o meio das costas. Seu traje estava na moda, mas era um pouco na moda *demais*, como se ela tivesse passado muito tempo procurando o cinto certo para combinar com a bolsa certa e os sapatos certos. Ambas me lançaram olhares confusos ao se sentarem.

— Oi — disse uma delas, ao tirar uma revista da bolsa. *The National Review.* Havia uma figura do burro, símbolo do Partido Democrata, na capa, com um laço ao redor do pescoço. Ninguém que eu conhecia lia revistas políticas. Nem mesmo os adultos. — Qual é o seu nome?

— Esta é Reed — respondeu Ariana, antes que eu conseguisse falar. — Reed, estas são Natasha Crenshaw e Leanne Shore.

— Oi — cumprimentei, com um sorriso nervoso.

— *Noelle* sabe que você veio se sentar aqui? — perguntou Leanne em tom de deboche.

Meu sorriso se desfez na mesma hora.

— Ela já vai ficar sabendo — disse Ariana tranquilamente.

Neste exato momento, Noelle surgiu da fila do balcão, seguida por Taylor, Kiran e Dash. Sorriu para nós, parecendo faminta, e meu estômago virou. Eu devia ter pirado se achava que era uma boa ideia me sentar ali.

— Bom dia, Pequena Voyeur! — disse Noelle, colocando a bandeja em frente a Ariana.

Meu rosto ficou vermelho na mesma hora. Péssima ideia. Muito, muito péssima.

— Voyeur? — disse Leanne. — Ah! Sim! Você é a lésbica — disse ela, com uma voz rouca.

Natasha sorriu, sarcástica, ao abrir sua revista, e Leanne soltou uma gargalhada, achando graça da própria piada.

Ariana abaixou o livro e lançou um olhar furioso não para Leanne, mas para Noelle. E, por mais incrível que pareça, Noelle também corou. Ariana era capaz de fazer Noelle ficar constrangida. Era bom saber disso.

— Desculpe! — disse Noelle, revirando os olhos. — Oi, *Reed*! — cumprimentou, enfaticamente. Depois sentou-se e falou, zombeteira: — Ela é sensível, coitadinha. — E então pendurou a bolsa na cadeira e revirou os olhos. — Meu Deus, Leanne, será possível que você não consegue ficar de boca fechada?

A boca de Leanne fechou-se na mesma hora, parando de rir. Ela ficou vermelha como um pimentão sob a maquiagem.

Ariana ergueu o livro de novo e continuou a ler. Mal pude conter um sorriso bobo. Kiran levou uma cadeira para o outro lado e abriu seu Sidekick. Trazia no pescoço um pingente de diamante que cintilou ao sol, quase me cegando. Usava um suéter macio minúsculo verde-limão, saia preta e sapato de saltinho baixo, tudo com certeza *muito* caro. Se ela vendesse aquela roupa, provavelmente poderia comprar minha casa. Mas também, acho que recebe um dinheirão para aparecer em um *outdoor* em Nova York.

Taylor, que era muito mais parecida comigo, de jeans e camisa polo, lançou um olhar curioso ao passar atrás de mim e sentar-se à minha direita. Ela usava entretanto, brincos de brilhante.

— Oi — cumprimentou. — Meu nome é Taylor.

— Ela *sabe* — Noelle disse, impaciente.

As faces de Taylor ficaram rubras.

— Eu sou Reed — falei, tentando fazê-la sentir-se melhor.

— Ela também sabe. Que é que há, estamos ficando retardadas? — indagou Noelle.

Natasha suspirou e ergueu os olhos da revista.

— Noelle, gostaria que não usasse essa palavra. Pelo menos não perto de mim.

— Ih, desculpe, hein, Srta. Politicamente Correta. Quer me dar uma palmada? — disse Noelle, oferecendo-lhe o braço sobre o Sidekick da outra amiga. Kiran resmungou e inclinou-se para trás, para poder ver melhor a tela.

— Não será necessário — disse Natasha, com um sorrisinho sarcástico.

— Natasha se acha o centro de referência moral de toda a Easton — explicou-me Noelle.

— É, mas também me parece que nenhuma de vocês está competindo pelo cargo, né? — disse Natasha com uma delicadeza fingida.

Noelle pôs o dedo na boca.

Tudo bem, então..

— Então, Reed, está gostando daqui até agora? — perguntou Taylor.

— Estou, com certeza.

— Você é da Pensilvânia, não é? — perguntou ela, vivamente. — Aqui se parece com sua escola antiga?

Lancei um olhar de relance à Noelle. Será que ela disse às outras de onde eu era?

— Ela já decorou todos os livros daqui, portanto agora já passou para os anuários e as listas dos estudantes novos — esclareceu Noelle.

— Sabia que menos de dois por cento de todos os alunos e ex-alunos da Easton vieram da Pensilvânia? Não é estranho, isso? — perguntou Taylor. — Porque, sabe, é um estado tão grande.

Engoli em seco. Menos de dois por cento, é? Eu era mesmo uma tremenda novidade.

— O que acha dos seus professores? — indagou Taylor, ansiosa. — Que aulas está tendo? Pegou Corcoran em Trigonometria?

— Eu...

— Ei, Taylor, não precisa submeter a garota a um interrogatório — disse Ariana, de brincadeira.

O rosto de Taylor ficou cor-de-rosa.

— Desculpe — disse.

— Ela precisa saber de tudo — explicou Noelle.

— Como se já não soubesse — disse Natasha baixinho.

Taylor abaixou a cabeça, escondendo-se atrás dos seus cachos, e fiquei com dó dela. Muito embora estivesse aliviada por sair de debaixo dos holofotes.

Exatamente nessa hora, Dash se sentou diante de mim e afastou um cacho dos olhos com um movimento de cabeça. De perto vi que ele era ainda mais bonito do que eu tinha percebido. Com aquele queixo quadrado, olhos castanhos cálidos e pele perfeita, ele parecia um anúncio da Abercrombie que tinha criado vida.

— Dash McCafferty — falou, cumprimentando. — Você é a menina do pé de ouro.

Noelle lançou-me um olhar suspeito.

— Devia ver o chute que essa menina deu no outro dia — disse ele a Noelle. — Ela podia até concorrer contigo, gata.

— Puxa. Uma pena eu ter perdido essa — falou Noelle, em tom desinteressado.

Leanne soltou outra gargalhada até Noelle fazê-la se calar com um olhar ameaçador.

Dois rapazes vieram até nossa mesa e cumprimentaram Dash. Um sentou-se na mesa de trás, enquanto o outro puxou uma cadeira e a trouxe para perto, como se estar longe demais de Dash os privasse de oxigênio. Lembrei que eles estavam jogando futebol no primeiro dia, e me perguntei se Thomas iria aparecer também.

— Esse aqui é Josh — disse Dash, apontando com o polegar por cima do ombro para um rapaz louro bonitinho com rosto de criança.

— Oi — cumprimentou-me Josh, com um aceno de cabeça e um sorriso.

— E aquele mané ali é Gage.

O rapaz mais alto e mais elegante riu, zombeteiro. Dash deu-lhe um soco no braço — com força, pela careta que Gage fez —, mas a coisa ficou por isso mesmo.

As portas duplas se abriram e olhei automaticamente para aquele lado. Constance e Diana entraram com Missy, Lorna e as outras meninas. Constance correu os olhos pela sala inteira e entendi que estava me procurando, perguntando-se por que eu teria saído tão cedo e sem ela. Senti uma pontada de culpa quando ela finalmente me encontrou e teve de olhar novamente, como se não acreditasse. Consegui dar um sorriso amarelo quando Constance passou por mim, com cara de espantada. Missy e Lorna cochicharam alguma coisa, e, se é que era possível, as narinas da Missy dilataram-se ainda mais. A inveja ficou evidente.

Até ali a manhã estava indo às mil maravilhas.

— Você joga muitos esportes, Reed? — indagou Taylor, do nada.

Pronto, começou de novo. Consegui desviar os olhos de Missy. Taylor estava arrancando o miolo de um bagel, e empilhando tudo ao lado da bandeja.

— Só futebol e lacrosse — respondi.

— Exatamente como você, gata — disse Dash, passando o braço sobre a cadeira da Noelle.

Noelle me encarou.

— Novamente só posso dizer: puxa!

Opa. Vi que o respeito que conquistei no campo de futebol não iria se converter em admiração no mundo real.

Leanne riu de novo, e Natasha remexeu-se na cadeira.

— Leanne, será que daria para descolar o nariz do meu traseiro? Está começando a ficar assado — disse Noelle, invocada.

Dessa vez Leanne fez cara de quem iria chorar. Ela se levantou, pendurou a mochila nos ombros, e me lançou um olhar magoado antes de ir embora.

— Parabéns, Noelle — disse Natasha, levantando-se. — Ela só quer que você goste dela.

Eu me surpreendi com a franqueza dessa observação.

— Desculpe, Natasha — disse Noelle, fingindo inocência. — Mas desconfio que isso vai ser impossível.

Natasha revirou os olhos e seguiu Leanne através das portas duplas. Então não era tudo tão harmonioso assim por trás das paredes do Alojamento Billings. Não sabia por quê, mas saber disso me deixava ainda mais curiosa.

Alguém agarrou a porta logo antes de ela se fechar atrás de Natasha e meu coração parou, na esperança de ver Thomas. Mas só vi um grupo de rapazes das aulas do dia anterior. Recostei-me na cadeira e olhei, instintivamente, para Ariana. Ela havia abaixado o livro, como eu previa, e estava me analisando abertamente.

— Que foi? — perguntei, corando ligeiramente.

— Dash, Thomas vai vir tomar café com a gente? — indagou Ariana.

Meu coração praticamente parou. Ela era o quê, uma telepata? Ariana me lançou um olhar significativo e eu percebi, com toda a certeza, que ela havia perguntado aquilo por minha causa.

— Ai, meu Deus, Ariana, você não está interessada *nele*, está?

— Por quê? O que há de errado com o Pearson? — perguntou Dash.

— Acho que a pergunta mais adequada é o que não há de errado com o Pearson — disse Noelle.

— Eu só estava perguntando — continuou Ariana, sem se deixar perturbar. — Então, ele vem?

Dash riu enquanto engolia uma garfada dos seus ovos mexidos.

— E ele costuma aparecer? — Olhou de relance para mim.
— O Pearson *não consegue* acordar cedo. Pergunta só ao Josh.

Eu não tinha ideia do motivo pelo qual esse comentário havia sido para mim. Será que Thomas havia feito algum comentário a meu respeito? Ou que Dash tinha lido meus pensamentos e entendido quem eu estava esperando?

— Sou colega de quarto dele. Posso garantir — disse Josh, erguendo a mão. — O cara adora dormir.

Ariana pôs o livro de lado e pegou uma torrada do prato, mordendo-a. Sorriu para mim enquanto mastigava, e eu retribuí o sorriso, constrangida, agradecendo em silêncio por ela ter feito a pergunta que eu nunca teria tido coragem de formular.

— Droga! — gemeu Kiran, fechando o Sidekick com um estalo e jogando-o sobre a mesa.

Pendurando um braço nas costas da cadeira, desviou o olhar de nós por um instante, sem endireitar a postura. Seu perfil era perfeitamente anguloso, as maçãs do rosto, bem delineadas e definidas. Notei que também tinha um brilho cintilante nos olhos, mas era tão sutil que só dava para perceber se a luz estivesse em um certo ângulo.

— Seu brinquedo deixou você zangada? — indagou Gage.

— Nunca namore um cara de Barcelona — respondeu Kiran, sacudindo a cabeça ligeiramente, enquanto se virava para a mesa de novo. Todo gesto que ela fazia era elegante e gracioso. Pegou uma fatia de maçã, segurando-a delicadamente, e a mordiscou. — Esses caras são totalmente gatos, mas muito egocêntricos. — Seus encantadores olhos cor de mel pousaram em mim e ela piscou. — De onde você é?

Fez-se um momento de silêncio e aí todos os outros começaram a rir.

— Que foi? É só uma pergunta — disse Kiran.

— Ela vive com a cabeça na lua — explicou Ariana.

— Olha só quem está falando — resmungou Kiran para Ariana. Ela olhou para mim e recostou-se na cadeira, colocando a fatia de maçã no prato. — Sabe, essa maçã está meio ácida. Eu queria outra — disse ela, me olhando direto nos olhos.

Fez-se um momento de silêncio, e percebi que todos estavam olhando para mim. Esperando.

— O quê?

— Ela disse que queria outra maçã — respondeu Noelle.

— E pode aproveitar e me trazer um café também.

— E um daqueles donuts, de chocolate — disse Kiran. — Aquele com confeitos. Estou comemorando o fim do verão.

— Aaahhh. Eu também quero um — acrescentou Taylor.

Olhei para todos ao meu redor com o rosto ardendo. Será que falavam sério? Estavam mesmo me mandando levantar e trazer comida para eles? Dash colocou um pedaço de bagel na boca e sorriu, zombeteiro, enquanto me olhava.

— Você consegue se lembrar de tudo, ou quer um bloquinho e uma caneta? — indagou Noelle.

Olhei para Ariana. Ela suspirou e continuou a ler. Eu estava sozinha nessa. E com a nítida sensação de que não tinha escolha.

— Está bem. Acho que vou lá, então — disse por fim.

— É uma boa ideia — assentiu Noelle.

Levantei-me, com as pernas bambas.

— Não vai perguntar à Ariana se ela quer alguma coisa? — disse Kiran, inocentemente.

Por favor, me matem.

Parei.

— Ariana? Você quer alguma coisa? — perguntei, com a voz mais agradável possível.

— Não, obrigada, Reed — disse Ariana, num tom jovial. Ela não ergueu os olhos do livro nem uma vez.

Então ela também estava no jogo. Na verdade, não queria que eu me sentasse ali para que ela e as amigas me conhecessem melhor. Só queriam uma menina nova para explorar. Tudo bem. Se era isso que seria necessário, então seria isso que eu faria.

Eu me virei e fui até a fila, sentindo os olhares de todos em mim, humilhada, envergonhada. Mas, acima de tudo, não queria estragar tudo. Repeti o pedido várias vezes mentalmente. Café, dois donuts, maçã.

Espera aí. A maça da Kiran era verde ou vermelha? Parei e olhei de relance para trás. Verde. Tá legal. Sabia que, se desse um fora, nunca mais iriam me convidar para comer com eles. E eu tinha de ser convidada de novo. Eu precisava. Iria servir café da manhã para eles todos os dias e aguentaria esse nó de humilhação no meu peito, se me convidassem de novo.

ALOJAMENTO TRASTE

Mais tarde, naquela semana, encontrei a Srta. Naylor logo antes do jantar. Ela queria saber como eu estava nas aulas, se havia alguma coisa que eu considerasse "difícil" demais para mim. Só me lembrei de que, depois da minha única refeição com as Meninas do Billings, não tinha mais sido convidada para sentar-me com elas. Ela queria saber o que era difícil? Descobrir como voltar para o grupo. No entanto, por mais importância que eu desse à minha vida social, tinha a sensação de que a Srta. Naylor não estava nem aí. Enquanto ela me fitava, na expectativa, me perguntei se o Sr. Barber tinha lhe contado sobre o meu primeiro dia. Imaginei-os cochichando na sala dos professores ou em qualquer outro lugar onde os adultos se encontravam numa escola como esta, fazendo apostas sobre quanto tempo eu levaria para desistir. Dei um sorriso forçado, disse-lhe que tudo estava indo bem, e resolvi ir direto para a biblioteca, começar a ler os livros da tal lista que o professor de História havia me dado.

Não ia desistir sem lutar.

O dia estava úmido, cheio de nuvens espessas e cinzentas no céu, o ar tão sufocante que parecia que a atmosfera estava me pressionando de todos os lados. Como sempre, eu ia andando de cabeça baixa, e um filete de suor desceu pelo meu pescoço, entrando pela gola da minha camiseta. Percebi então que estava andando depressa. Aquele não era o tipo de tempo que me inspirasse a correr. Dei um profundo suspiro e andei mais devagar, contornando o Alojamento Drake — para garotos dos últimos anos —, que todos chamavam de "Traste" porque, pelo jeito, todos os meninos estranhos da Easton moravam ali.

Tudo ia dar certo. Eu só precisava me acalmar. Só precisava me lembrar por que estava ali, e do que tinha deixado para trás. Eu só precisava...

Contornei a esquina do Alojamento Traste e ouvi uma janela se abrindo, depois uma risadinha. Olhei naquela direção e parei petrificada. Ali, fazendo força para sair pela janela do porão, e entrando nos arbustos, com a ajuda de uma grande mão no traseiro, estava Kiran Hayes. Ela subiu com esforço, rindo, depois ajeitou a saia e espanou a terra dos joelhos. Segundos depois, apareceu um rapaz, dando um impulso para fora, e agarrando-a para beijá-la. Kiran empurrou os ombros dele, a princípio, mas depois deixou escapar um gemido e retribuiu o beijo.

Kiran Hayes estava saindo com um cara do Traste. As mãos dele estavam, aliás, deslizando pela camiseta dela, em direção aos seus seios.

Certo. Eu não precisava ver isso.

Dei as costas e comecei a andar para longe, mas o movimento deve ter chamado a atenção de Kiran. Em um segundo ela gritou.

— Espera! Não se mexa! — ordenou.

Fechei os olhos, apertando-os, e me virei em sua direção, a pulsação acelerada.

— Meu Deus do céu, você é mesmo uma voyeur, não é? — disse ela.

— Não! — Abri um olho e vislumbrei o garoto que antes estava beijando Kiran pegando a mochila e contornando o edifício até a porta da frente do Traste. Era o garoto alto e desajeitado para o qual ela havia piscado no outro dia. O que a supermodelo Kiran estava fazendo com um perdedor fã de mangá? E eu que pensava que ela tinha um namorado em Barcelona.

— Eu só estava pegando um atalho para ir à biblioteca — expliquei. — Não vi nada.

Os cabelos da Kiran estavam completamente embolados na nuca, onde haviam sido pressionados contra a parede de tijolos ásperos. A saia estava meio torta, e o batom tinha saído, revelando lábios cheios e rosados. Eu nunca a tinha visto tão desarrumada, e mesmo assim estava simplesmente linda.

— Até parece — disse ela, dando um passo em minha direção. — Não vai contar a ninguém o que houve aqui, entendeu?

— Não — respondi. — Claro que não.

— Porque você não consegue nem imaginar o que eu seria capaz de fazer com você.

Nossa. Essa menina sabia mesmo como fazer uma ameaça. Seus olhos sempre tão belos estavam agora exalando veneno. Mas mesmo intimidada como estava, entendi que podia usar aquele momento para obter uma vantagem. Podia mostrar a Kiran que eu era confiável. Tinha recebido mais uma oportunidade para provar quem eu era.

— Não se preocupe — falei, tranquilizando-a. — Não vou contar o seu segredo a ninguém.

E aí, para minha surpresa, vislumbrei seu alívio momentâneo. Ela estava mesmo morrendo de medo que alguém pudesse descobrir aquilo. E por quê? Talvez o garoto fosse um idiota, mas Kiran era o tipo de garota poderosa e popular que podia namorar quem quisesse apesar das piadas e fofocas. Por que ela estava tão preocupada em manter aquele rolo em segredo?

— Ótimo — disse Kiran. — Agora pode ir.

Não havia tempo para perguntas que eu nunca teria coragem de fazer de qualquer forma. Dei as costas e saí de lá o mais rápido que pude.

ALIMENTAÇÃO FORÇADA

Durante algum tempo, não tive contato com as Meninas do Billings além dos treinos com Noelle, durante os quais ela, na maior parte do tempo, fingia que eu nem existia. Por volta da terceira semana de aula, já estava começando a perder as esperanças, me perguntando o que eu teria feito de errado. Será que Kiran tinha dito às outras que me dessem um gelo para me afastar delas, e assim houvesse menos chance de eu revelar o que sabia? Toda vez que eu via Kiran, queria falar com ela, tranquilizá-la dizendo que ia ficar de boca fechada. Mas toda vez que isso acontecia, ela estava com Noelle, Taylor ou Ariana, e não havia como abordá-las.

Abordá-las sem ser chamada estava fora de cogitação.

Enquanto isso, parecia que as Meninas do Billings estavam em toda parte. Durante o serviço matinal, em um dia particularmente quente, o Diretor Marcus comunicou que um convidado e ex-aluno muito especial da Easton tinha vindo fazer um anúncio. Logo depois apresentou Lance Hallgren, artista ganhador do Oscar e defensor, por nenhum motivo que eu fosse capaz de discernir, do programa espacial americano. Todos aplaudiram e murmuraram entre si, enquanto Lance, de pé diante do púlpito, mostrando seus dentes grandes e cabelo liso, dizia que não era o único astro ali naquele dia. Ele estava ali nos honrando com sua presença apenas para conceder o Prêmio da Academia Nacional por Excelência em Pesquisa Científica a uma estudante do ensino médio, Taylor Bell. Ele a trouxe até a frente da capela sob aplausos ensurdecedores, depois entregou-lhe uma placa e um cheque de cinco mil dólares. O prêmio incluía uma viagem com todas as despesas pagas até Washington, onde Taylor apresentaria sua pesquisa durante um banquete na Instituição Smithsonian, em que se sentaria à mesa de Lance Hallgren.

O prêmio acadêmico mais alto que eu já havia recebido tinha me rendido uma fita azul engomada e um cupom no valor de 25 dólares para o Outback.

No mesmo dia Kiran recebeu um buquê de duas dúzias de lírios brancos bem no meio do almoço, no refeitório. Ela mostrou o cartão para os outros, portanto presumi que não devia ser do seu namoradinho secreto do Traste, que estava sentado algumas mesas adiante, assistindo à cena com uma cara deprimida. Momentos depois, os dois entregadores voltaram, empurrando uma Vespa verde-limão para dentro do refeitório. Isso chamou a atenção de todo mundo, inclusive dos onipresentes professores, que ficaram de pé na mesma hora para interrogar os entregadores. Imediatamente todos se puseram de pé, perguntando-se o que estaria acontecendo. Como é que tinham passado pelo portão? Será que subornaram os seguranças? Ninguém no campus tinha permissão de usar nenhum tipo de veículo motorizado. Será que iriam deixá-la ficar com a Vespa? Até parece que teriam coragem de tirar alguma coisa de Kiran Hayes... Enquanto isso, Kiran já estava montada na Vespa, com o capacete branco lustroso, e verificava a motocicleta com Dash, Gage e Josh, sem prestar a mínima atenção ao falatório à sua volta.

Alguns dias depois, um dos poemas de Ariana foi publicado no jornal da Easton, o *Chronicle,* com uma matéria que dizia ter sido aceito para publicação na *New Yorker,* que recebia milhares de poemas de pessoas de todas as idades e fases de maturidade artística. Aí veio a votação para os alunos com mais destaque da turma do quarto ano, e o nome de Noelle estava em praticamente todas as indicações. Ela recebeu indicações para títulos como "A mais bela pessoa que provavelmente terá mais sucesso", "O melhor casal da turma" e "Melhor senso de humor".

Isso, eu ainda precisava comprovar.

Lancei uma olhadela rápida para a mesa das meninas do Billings, quando Diana, Constance e eu saímos da fila do almoço em uma tarde chuvosa de terça-feira. Sem o sol passando pela claraboia, o refeitório parecia sombrio e úmido. Mas mesmo assim a mesa das Meninas do Billings era o local mais resplandescente da sala.

— Já escolheu um artista para seu trabalho de História da Arte? — perguntou-me Diana, quando nos sentamos à mesa de costume.

— Está brincando? Nosso quarto inteiro está coberto de imensos livros de arte que ela tirou da biblioteca — disse Constance, tomando um gole de sua água mineral gasosa. — E ela só fica ali, nervosa, sem resolver nada.

Será que ela pensava que eu *queria* que contasse a todo mundo o que eu fazia na privacidade do meu quarto?

— É que eu não quero fazer um trabalho sobre alguém do qual todos já falaram antes — expliquei, erguendo um dos ombros. — Quero originalidade.

— Então vou te contar um segredo. A Sra. Treacle tem quatorze mil anos de idade — disse Diana. — Você não vai encontrar ninguém sobre o qual já não se tenha falado antes.

Constance riu.

— Estou *tão* feliz por ter escolhido jornalismo — disse ela. — Fazer matérias para o *Easton Chronicle* é muito mais legal do que decorar um monte de pinturas chatas. Além disso, minha mãe conhece o Sr. Ascher, então com certeza vou conseguir publicar uma matéria na primeira página.

Sorte sua. Toda vez que eu começava a gostar de Constance, ela dizia alguma coisa que me recordava o quanto conseguia ser irritante.

Suspirei e olhei para a mesa do Billings, perguntando-me como ia aguentar um ano inteiro comendo onde estava três vezes por dia, quando já tinha sentido como era estar com elas. Noelle levantou o rosto então e me viu como se percebesse que eu estava olhando. Ela suspirou, sacudiu a cabeça e fez força para se levantar. Sua cadeira se arrastou, fazendo um barulho horrível.

— O que ela vai fazer? — indagou Constance.

Noelle estava vindo em direção à minha mesa. Meu coração quase saiu pela boca.

— Não sei.

Noelle parou bem ao nosso lado, pegou minha bandeja de comida, virou-se e a levou para sua mesa sem dizer uma palavra. Ela a deixou ao lado de Kiran e ergueu as sobrancelhas para mim. Kiran riu e acenou com os dedos, me provocando. Taylor escondeu o rosto atrás dos cachos, corando. Ariana abaixou o livro pela primeira vez e olhou em torno de si, confusa. Do outro lado da mesa, Natasha parecia irritada e Leanne me encarava fixamente.

— Hã, acho que ela quer que você vá até lá — disse Diana.

Fui obrigada a concordar. Olhei confusa para as minhas colegas, depois me levantei e peguei a mochila. Noelle tinha chamado a atenção de todos, e agora todo mundo no refeitório assistia à minha reação. Quando passei por Dash e Kiran, estava preparada para levar uma rasteira e sentir o chão fugindo sob meus pés. Mas nada aconteceu, e finalmente me sentei.

— Se quiser se sentar aqui, é só vir e se sentar aqui — disse Noelle. — Ninguém está impedindo você.

Senti que aquele era o melhor convite que eu iria receber. Tentei não parecer tão empolgada quanto estava.

— Oi, Reed — cumprimentou Taylor, com as faces rosadas.

— Oi — respondi. Ariana sorriu para mim e voltou ao livro. Natasha e Leanne fingiram que não tinham me visto chegar, mas eu nem liguei.

— Vamos lá. Tem uma coisa que você precisa fazer pra gente — disse Noelle.

Meu coração bateu com força e uma onda de calor e constrangimento me invadiu. É claro. Ela só tinha me trazido ali para executar uma nova missão. O que ela queria agora? Um pão torrado mais fresco para seu sanduíche de peru?

— Tá — assenti, devagar.

— Precisamos que você termine com o namorado do Traste da Kiran, por ela.

Kiran ficou pálida, e meu coração, apertado. Olhei para ela apavorada e vi que seus olhos estavam arregalados, me acusando.

— Eu não contei nada — deixei escapar.

Noelle deu um sorriso animado.

— Ah! Então você já *sabia*? — disse ela, olhando de mim para Kiran. — Interessante. Vocês duas são, tipo, confidentes, ou algo parecido?

— Noelle — disse Kiran —, eu...

— Não esquente. A Voyeur não te denunciou — explicou Noelle. — É que o seu queridinho *nerd* tem um blog. Você sabia? E ele não tem muita imaginação para inventar apelidos, devo acrescentar. Acontece que um dos caras descobriu por acaso e espalhou a notícia por e-mail pra todo mundo na escola no período passado.

Kiran parecia que ia vomitar. Vomitar, depois desmaiar, e então morrer. Fiquei com muita pena dela.

— Um garoto do Alojamento Traste, Kiran! Francamente! — disse Ariana, num tom compreensivo. — Pensou que não iríamos descobrir?

Ela estendeu a mão para pegar a de Kiran de maneira quase maternal. Kiran deixou Ariana segurar-lhe a mão por um momento e depois a afastou. Engoliu em seco, com dificuldade, e sacudiu os cabelos para trás, tentando mostrar indiferença. Apoiou o cotovelo na mesa e pegou um palitinho de cenoura do prato.

— Ah, sabe do que mais, deixa pra lá. Nós só estávamos curtindo mesmo— disse ela. — Pra mim não significou nada.

Estava mentindo. Todos sabíamos que estava mentindo. Mas tive a sensação de que não importava.

— Ah, bom, ótimo. Porque todos sabem que é inaceitável para uma Menina do Billings namorar um cara do Traste — disse Noelle. — Simplesmente não dá. E como uma Menina do Billings não pode namorar um cara do Traste, logicamente ela também não pode terminar com ele. E é aí, minha cara Voyeur, que você entra.

— Essa vai ser boa — disse Leanne.

— Diga-lhe, de forma bastante inequívoca, que terminou — prosseguiu Noelle, olhando-me firme nos olhos. — Diga que Kiran não quer mais nada com ele. Pode dizer também que ela acha que ele é um mané branquela com uma *coisinha* desprezível e murcha, e que ela nunca mais quer falar com ele de novo.

Ninguém se moveu. Olhei de relance para Kiran. Podia apostar que ela estava se sentindo arrasada por dentro. E tive a nítida sensação de que Noelle havia escolhido palavras especialmente duras para castigar a amiga. Eu sentia a minha pulsação latejando nas orelhas, nos olhos, nas têmporas.

— É isso que quer que eu diga?

— Palavra por palavra.

Engoli em seco, procurando não me engasgar.

— Agora?

— Não. Na quarta-feira que vem — disse Noelle, em tom sarcástico. — É claro que é agora.

— Hã... tá bem. — Olhei para Kiran. — Como ele se chama?

— Como se isso fosse importante — disse Noelle.

— James — respondeu Kiran. Ela lançou um rápido olhar para mim e percebi uma ponta de desespero. Ela realmente gostava do rapaz. Como é que podia deixar as amigas me obrigarem a fazer isso? Só por causa de algum lance ridículo da preservação de imagem? Por que não se defendia? Por que não o defendia?

Pigarreando, eu me levantei.

— Bom, então... eu já volto.

Devagar, fui até a mesa do James. Lá em cima a chuva batia com força na claraboia e um relâmpago iluminou momentaneamente o refeitório. Todo mundo me encarava. Vi várias páginas impressas do que devia ser o blog de James nas mesas. Quando cheguei ao fim da mesa do Alojamento Traste, todos os meninos me olharam. Todos menos James, que parecia tentar fingir que eu não existia. Seu rosto ficou vermelho, então, ele sabia que eu estava ali, mas procurou manter a atenção concentrada no mangá.

— Hã... James? — falei, enxugando o suor das mãos no jeans.

— Quem é você? — indagou ele, sem olhar para cima.

— Eu sou Reed — respondi. — Não... hã... a Kiran me mandou vir aqui.

Dois garotos soltaram risadinhas. James olhou para mim. Vi que ele era até bonito, embora pálido, tipo de rato de biblioteca. Seus olhos, atrás dos óculos, eram de um castanho acolhedor, e o rosto era amável, embora bem redondo.

— Oi? — disse ele.

Recitei mentalmente o que Noelle tinha dito. Não estava nem um pouco a fim de dizer ao coitado tudo aquilo na frente dos amigos, mas sabia que precisava fazer isso. Se Noelle ficasse sabendo que eu tinha improvisado em cima do seu roteiro, posso apostar que iria se vingar de mim.

— Ela disse que terminou — falei, comprimindo os lábios. — Disse que não quer mais nada com você.

James cerrou a mandíbula.

— O *quê*?

Respirando fundo, continuei, corajosamente.

— Ela disse... que você é um mané branquelo com uma coisinha desprezível e murcha, e que ela nunca mais quer falar com você de novo — falei depressa.

— Ih, cara, que sacanagem! — gritou um dos caras na mesa. Alguns riram, mas a maioria parecia estar se sentindo tão mal por dentro quanto eu.

James se afastou da mesa, fazendo sua cadeira cair com estrondo sobre outra desocupada atrás dela.

— Aonde é que você vai? — perguntei, apavorada. Na mesa do Alojamento Billings, Noelle olhava, furiosamente para nós.

— Aonde pensa que estou indo? — disse ele, com os dentes semicerrados. — Se ela quer dizer tudo isso, é melhor que seja na minha cara.

Com o coração apertado, segurei o braço dele, detendo-o. Sabia que não podia deixar James humilhar Kiran diante da escola inteira. De alguma forma sabia que, se isso acontecesse, minha missão iria por água abaixo. E eu não ia permitir isso. Não agora. Não depois de receber minha segunda chance.

— Ei, cara, calma aí! — continuei com firmeza. — Eu disse que ela não quer falar com você. Isso foi só um engano, entende? Um momento de insanidade temporária. — Olhei de relance para a mesa das Meninas do Billings, atrás de mim, depois me aproximei dele, abaixando a voz num sussurro. — Se for até lá, nós dois vamos ser destruídos. Não faça isso.

Voltei a olhar para Noelle. Ela me fitava, na expectativa.

Por favor, por favor, pelo amor de Deus, não faça isso, James.

Finalmente, ele deu um suspiro e desistiu.

— Você pode dizer... pode dizer que sinto muito? — pediu ele, baixinho.

Ele, sentir muito? *Ele?* Será que estava de brincadeira com a minha cara?

— Só não diga isso a ela quando as amigas estiverem por perto — recomendou ele. — Espere até vocês estarem sozinhas.

Ele tinha entendido tudo. Isso era óbvio.

— Claro — murmurei, as lágrimas ardendo nos meus olhos. Estava atordoada pelas minhas próprias ações. Humilhada pela reação adulta que ele teve. Não fazia ideia de quando teria chance de falar a sós com Kiran, pois nunca a havia visto sem pelo menos uma de suas amigas a tiracolo, exceto pela vez em que ela estava com o James. Mas daria o recado, se pudesse. Entendi que devia pelo menos isso a ele.

James apanhou suas coisas e saiu arrasado do refeitório, para grande alegria da plateia. Quase me surpreendi por não terem aplaudido.

Devagar, voltei para a mesa das Meninas do Billings, procurando não vomitar. Mas quando vi a expressão de divertimento nos rostos delas, a tristeza mal contida no rosto de Kiran, percebi que precisava desesperadamente de um pouco de ar. Passei direto por todos e saí pelas portas duplas. O trovão ribombou no céu, e eu abracei meu corpo, tentando não chorar. O que tinha acabado de fazer?

— Acha que vai valer a pena tudo isso?

Soltei meus braços quando Thomas se desencostou da parede. Sua jaqueta preta estava encharcada e gotas de chuva escorriam dos cabelos.

— Mas que droga! Por que você vive escondido por aí? — reclamei, quase morta de susto.

Thomas sorriu devagar e aproximou-se de mim. Mesmo em meio a todas aquelas emoções contraditórias, meu coração teve a ousadia de reagir.

— Não se envolva demais, garota nova — disse ele. Depois me olhou de cima até embaixo. A cobiça em seu olhar ao mesmo tempo me lisonjeou e me irritou. Era como se achasse que eu, por algum motivo, pertencia a ele. — Acho que eu não conseguiria lidar com isso.

Durante uma fração de segundo, ele pareceu aproximar-se ainda mais, e pude sentir seu hálito em meu rosto. Quase acreditei que ia me beijar. Mas, em vez disso, ele sorriu e me deu as costas, voltando a andar na chuva.

TUDO MENTIRA

No fim das contas eu nem precisei imaginar um jeito de falar com Kiran a sós. Quando saí do meu alojamento na manhã seguinte, com Constance e as outras, Kiran se levantou do banco de pedra mais próximo no pátio. Percebi o nervosismo em seu olhar.

— Até daqui a pouco na aula — eu disse a Constance, me afastando.

Kiran preparou-se, inspirando, quando eu me aproximei. Ao chegar perto, ela já não demonstrava nenhuma incerteza, e tinha voltado a se comportar de forma imperiosa e blasé.

— Oi — cumprimentei. Minha vez de me sentir insegura.

— O que ele te disse? — perguntou ela, à queima-roupa.

— Não estou interessada, só preciso ter certeza de que ele entendeu o recado.

Mentira, tudo mentira.

— Ele entendeu, sim — garanti. — Não se preocupe.

Ela me olhou firme. Os pontos dourados em seus olhos pareciam pulsar.

— Então, o que ele *disse*?

Pigarreei.

— Disse para avisar que sente muito — respondi. — Disse para falar com você a sós e lhe pedir desculpas.

— Ele disse isso? — perguntou Kiran, piscando.

— Foi — respondi, morrendo de curiosidade. — Por que ele diria isso, depois de tudo que eu fiz com ele?

— Sei lá — disse Kiran, sacudindo a cabeça com olhar vago. Depois deu um sorriso rápido. — James é assim.

Também sorri. Estávamos compartilhando alguma coisa importante ali. Realmente importante. Kiran estava me deixando ver uma parte dela que nunca deixaria Noelle e as outras verem. Eu tinha certeza. Seus olhos grandes de repente encheram-se de lágrimas.

— Ei, você está bem? — perguntei.

Instantaneamente ela se recompôs. Quando tornou a olhar para mim, agiu de forma totalmente contida.

— Essa conversa nunca aconteceu — falou.

Meu coração deu um pulo.

— Onde elas pensam que você está?

— Não é da sua conta — disse ela. E revirou os olhos diante do meu sobressalto. — Olha só, sei que você não contou a ninguém sobre mim e o James, e agradeço por isso, tá? — falou baixinho, como se, naquele exato momento, elas estivessem escutando. — Mas preciso que faça isso de novo. Nós nunca tivemos essa conversa. Você vai levá-la para o túmulo.

Do que você tem tanto medo? Do que você tem tanto medo?

Senti vontade de gritar, mas mordi a língua.

— Certo — respondi.

— Ótimo. — Ela assentiu, resolutamente, e colocou os óculos escuros. Poderia até jurar que, logo antes de se retirar, murmurou um "obrigada".

MARIA VAI COM AS OUTRAS

— Você está se alimentando direito? — perguntou meu pai.
— Estou — respondi. — A comida daqui é boa.
Não era uma mentira completa. Pelo menos era melhor do que a comida do Colégio Croton. Apoiei meus pés na pequena prateleira sob o telefone público. Meu traseiro já estava doendo depois de apenas dois minutos sentada naquele banquinho de madeira. Não havia tomadas de telefone nos quartos, e então todos no andar tinham que usar este único telefone público. Todos que eu conhecia, porém, tinham um celular, e eu era a única que usava o telefone público.
— Estou com saudades de você, minha filha — disse meu pai.
Era esquisito falar com ele ao telefone. Além de ligações rápidas para pedir que me pegasse com o carro, nunca tinha conversado com ele ao telefone na vida. Imaginei-o sentado à mesa da cozinha, com o caderno de esportes do jornal aberto à sua frente, e essa imagem me deprimiu. Com o dedo tracei as palavras "Slayer é Demais" gravadas na parede.

— Também sinto saudade de você, pai.

— Não vejo a hora de chegar o fim de semana em que os pais vão visitar os alunos — disse ele. — Sua mãe também.

Meu coração deu um pulo. Eu tinha lido no Manual da Easton sobre o fim de semana dos pais. Mas tinha evitado pensar nisso. Não dava para imaginar meus pais aqui, assim como não dava para imaginá-los em Marte. Também não dava para imaginar os dois no caminho para cá, com minha mãe reclamando e se lamentando a viagem inteira. Por que meu pai achava que essa era uma boa ideia, eu não conseguia entender.

— É hora de desligar — disse ele. — Sua mãe quer jantar.

— Tá bem. — Imaginava minha mãe sentada lá também, olhando para ele zangada, por cima de um bolo de carne cinzento.

— Ela mandou um beijo — disse meu pai.

Não mandou, não.

— Tá. Tchau, pai.

— Eu te amo, Reed.

— Também te amo.

Desliguei o telefone e parei um instante para recobrar o fôlego. Era impressionante como cada ligação telefônica me transportava para lá outra vez de maneira tão intensa. Fazia com que eu sentisse com tanta intensidade aquele desespero todo, aquele medo, aquela escuridão. Toda vez que falava com meu pai, eu precisava me recompor depois. Precisava me lembrar de que eu não morava mais lá. E aí, exatamente como fazia toda manhã em que não ouvia, ao despertar, minha mãe berrando comigo do seu quarto para eu me levantar e lhe trazer suas pílulas matinais, eu sorria. Minha vida agora me pertencia. E ainda estava me acostumando com isso.

Uma batida à porta de vidro da cabine me sobressaltou. Constance me olhou ávida através do vidro embaçado.

— Vem! Você está perdendo! — acenou compulsivamente para que eu a seguisse e depois saiu correndo. Suspirando, levantei-me com dificuldade.

Era noite de domingo, e todas as meninas do meu andar haviam se reunido no salão comunal para assistir a um *reality show*. Tinham falado o dia inteiro naquilo. Eu nunca havia assistido ao programa antes, e esse foi o assunto de pelo menos meia hora de conversa incrédula depois do jantar. Agora eu finalmente ia ver o que estava causando tanto alvoroço.

Mal podia esperar. Juro.

Sentei-me ao lado de Constance, que tinha guardado um lugar para mim. Assim que entrou o primeiro intervalo comercial, Lorna virou-se onde estava sentada, no chão, sobre uma almofada rosa de seda que tinha trazido do quarto para lá.

— E aí, o que você faz nas noites de domingo? — perguntou-me ela. Tinha uma espécie de máscara azul malcheirosa espalhada no rosto inteiro, e os cabelos encaracolados estavam presos em dois coques no alto da cabeça. Parecia uma vilã de história em quadrinhos. O Terror Azul.

— Quase sempre eu leio.

Missy riu com ironia, e Lorna revirou os olhos. Essas eram suas reações prediletas. A qualquer momento se podia ver uma delas fazendo uma ou outra dessas coisas.

Durante os intervalos comerciais que se seguiram, Constance procurou me contar o que estava se passando no programa, mas eu não prestei muita atenção. Sabia que devia estar no meu quarto ou na biblioteca, lendo os textos de História recomendados que ainda tinha de estudar. Ou praticando pronúncia francesa. Ou resolvendo problemas de Trigonometria. Só não estava sentindo pressão na aula de Literatura, e isso só *porque* passava meus domingos lendo. Mas por mais trabalho que tivesse para fazer, queria também me entrosar com as outras. Precisava disso.

Naturalmente desejava estar passando esse tempo com as Meninas do Billings, mas não dava. Havia feito as refeições com elas desde que Noelle pegou minha bandeja, sempre buscando comida e executando as mais ínfimas ordens que elas inventavam, mas nosso contato ainda se limitava ao refeitório.

— E aí, todas vão ao baile no sábado? — perguntou Diana quando a última cena desapareceu e a tela ficou preta, depois entrou um comercial de automóvel. Kiki estava sentada ao lado dela, balançando a cabeça ao som de sua própria trilha sonora enquanto folheava a última edição da *In Touch*.

— Mas claro — disse Missy. Ela se levantou do chão, onde estava pintando as unhas do pé, e sentou-se no sofá, fechando o vidro de esmalte. — Preciso escolher o meu par.

Assim, como se estivesse indo comprar meias.

— Na minha escola antiga, nunca havia bailes — disse Constance. — A menos que a gente leve em conta os eventos de caridade, mas os pais todos iam. Nenhum pai vai estar presente neste baile, vai?

Missy respondeu revirando os olhos outra vez.

— Pelo jeito, não — falei.

— Então eu vou com certeza — disse Constance. — E você, Reed?

Corei diante da mera ideia de comparecer a um baile da escola. Nunca tinha mostrado a cara em nenhum baile no

Croton. Só as líderes de torcida e os esportistas de destaque iam, e depois o baile era invadido pela multidão enlouquecida e acabava sendo encerrado pela polícia. Por causa disso, eles tinham sido reduzidos de quatro por ano para somente um, na formatura, e apenas para os alunos de terceiro e quarto anos. E, em consequência disso, eu nunca tinha dançado com um garoto na vida. Nenhuma vez.

— Sei lá — respondi. — Eu tenho muito estudo para pôr em dia.

— Você já lê aos domingos, e ainda por cima vai ficar fazendo lição de casa no sábado à noite? — disse Lorna, deixando uma rachadura na máscara ao fazer uma careta. — Cuidado pessoal, a menina é uma tremenda festeira.

— Não desperdice sua psicologia reversa, Lorna. Ela não vai de jeito nenhum — disse Missy, passando a remover as cutículas com um alicate.

— O que você está querendo dizer? — indaguei.

— Estou dizendo que você é uma maria vai com as outras — disse ela me encarando. Tive que me conter para não olhar lá no fundo das cavernas das suas narinas. Será que se eu olhasse durante tempo suficiente, seria capaz de ver como era negro o seu coração? — As Meninas do Billings não vão comparecer, porque se acham acima de qualquer evento escolar. E todas nós sabemos que o que elas fizerem, você faz. Não é isso que os cordeirinhos fazem? Seguir o rebanho?

Lorna deu risadinhas de deboche com as amigas. Constance mordeu o lábio e me olhou, cautelosamente, se perguntando se eu iria explodir.

Havia mais ou menos um milhão de coisas que eu podia ter dito. Podia ter ressaltado o fato de que ela estava só com inveja por que as Meninas do Billings sabiam que eu existia. Podia ter lembrado que era ela quem estava louca para entrar no Alojamento Billings no ano seguinte e, se queria tanto isso, por que *ela* iria ao baile? Mas sabia que qualquer coisa que dissesse seria interpretada como despeito.

Eu não ia dar à Missy Thurber essa satisfação. Muito embora meu sangue estivesse fervendo a ponto de jorrar lava, só me levantei, sem dizer nada, e voltei calmamente ao meu quarto, perguntando-me por que eu tinha desejado tanto fazer amizade com outras meninas.

MENTIROSA

— Você não vai lá falar com ele? — perguntou-me Constance, sem fôlego.

Eu estava de pé, apoiada na parede do salão onde aparentemente aconteciam todos os eventos da Easton, desde festas para conseguir fundos até campanhas para doação de sangue, olhando fixamente para Thomas, do outro lado da sala, cercado de gente. Principalmente de calouros e de alunos do segundo ano, considerando que a maioria dos alunos de terceiro e quarto anos — inclusive, como tinha sido previsto, as meninas do Billings — tinha evitado comparecer a este primeiro baile da escola. Missy estava certa. Elas estavam acima de eventos como este. Muito sofisticadas, muito descoladas, com milhares de outras coisas melhores para fazer. Eu tinha vindo por três motivos: 1) porque Constance me implorou, e eu sabia que ela não desistiria até que eu dissesse que sim; 2) porque Missy tinha declarado publicamente que eu não iria de jeito nenhum; e 3) porque eu não tinha mesmo outra coisa para fazer a não ser uma pilha de lição de casa do tamanho de um bonde.

O que não entendia é por que Thomas estava lá. Se as Meninas do Billings eram boas demais para estar ali, ele certamente também era.

— Talvez — respondi.

Se ele não estivesse tão claramente ocupado.

Vi, com uma pontada de ciúme, uma moreninha linda rir de algo que ele havia dito. Desde aquele olhar que Thomas havia me dado diante do refeitório, eu não tinha parado de pensar nele. Muito embora soubesse que ele provavelmente me meteria em alguma encrenca, sentia uma atração incontrolável, e uma ligação estranhamente forte considerando-se as poucas vezes em que tínhamos trocado algumas palavras. Mas meu coração sabia o que queria. E, nessa noite, definitivamente queria Thomas.

Em todo o salão as pessoas estavam perto das paredes, rindo e conversando, de olho na pista de dança vazia, enquanto o DJ colocava músicas de sucesso dos últimos dez anos. Alguns professores perambulavam pelo local, intimidando as pessoas, de cara amarrada. Parecia que Easton tinha colocado as pessoas mais carrancudas para fiscalizar o evento, e fiquei me perguntando se alguém dançaria ou pelo menos se divertiria um pouco se aquelas sentinelas assustadoras não estivessem presentes. No fim das contas, provavelmente teria sido o baile mais sem graça ao qual eu já havia comparecido. Se eu tivesse ido a algum antes.

— Por que não vai lá e simplesmente o convida para dançar? — sugeriu Constance.

— Porque ninguém está dançando — respondi.

— Então vai lá e pelo menos diga "oi" — disse Constance.

— Ah, vai, tem que começar a rolar um clima de romance aqui, e eu não posso porque, sabe como é, tenho Clint. Preciso me divertir através de você.

— Mas olha só, eu nunca nem disse que gostava dele.

Ela soltou uma risadinha marota.

— Não tenta me enganar. Está na cara.

Ai, meu Deus. Estava mesmo? Que coisa mais humilhante.

— Não vejo qual é o problema — disse Missy, intrometendo-se na conversa. — Anda, vai lá, fala com ele. Ele é só uma pessoa.

Ah, sim. Como se você fosse capaz de fazer isso.

— Uma pessoa que está vindo para cá — disse Constance, baixinho.

O quê? Vi, então, o Thomas atravessando o salão, devagar. Vinha sorrindo e olhando direto em meus olhos. Parou bem na minha frente e levantou o queixo.

— Cadê o seu séquito?

— Séquito?

— As Meninas do Billings — disse ele. — Pensei que não saísse de casa sem elas.

Atrás de mim, Missy riu. Era para isso que ele tinha vindo até ali? Para debochar de mim?

— Faço o que sinto vontade de fazer — falei, erguendo ligeiramente o rosto.

— Ótimo — respondeu ele. — Você não precisa delas, mesmo.

Precisava, sim. E, se ele não tinha percebido isso, estava mais por fora do que acontecia naquela escola do que pensava.

— Bom, alguém precisa começar a dançar — disse ele.

— E acho que esse alguém é Reed Brennan. — Sorriu devagar e estendeu as mãos para mim.

E agora?

— Mas... não tem ninguém dançando.

— Qual o problema? Está com medo? — perguntou ele.

Semicerrei os olhos.

— Até parece.

Peguei suas mãos e ele voltou para a pista, olhando-me direto nos olhos durante todo o tempo. Todos no salão estavam olhando para nós. Os professores pareciam estar indignados por alguém ter a ousadia de dançar naquele baile. Os rapazes pareciam apenas intrigados, mas eu praticamente podia sentir a inveja que irradiava das garotas. O cara mais bonito do salão, o único com coragem de tirar alguém para dançar, tinha resolvido dançar comigo.

Thomas deteve-se. Meu coração batia acelerado. Sem uma palavra, ele ergueu meus braços e os colocou em torno do seu pescoço. Depois passou os braços em volta da minha cintura. Seus olhos não se desviavam dos meus. Quando começamos a nos movimentar de um lado para o outro, minha respiração se acelerou. Cada centímetro do meu corpo ansiava por tocá-lo. Só braços e mãos não bastavam.

— O que está pensando? — perguntou ele, a voz reverberando em meu peito.

Enrubesci.

— Nada.

Thomas sorriu apenas com um canto da boca, formando uma covinha.

— Estava pensando alguma coisa, sim. Alguma coisa pervertida. — Minha pele pegou fogo. Ele encostou o rosto no meu, e sua barba me arranhou levemente o rosto. Eu sentia seu bafo quente no meu ouvido. — Conta pra mim em que você está pensando, Reed Brennan.

Ai, meu Deus. As palmas das minhas mãos suavam. Minha cabeça girava. Meu corpo inteiro palpitava.

— Estou te deixando nervosa? — indagou ele.

Sacudi a cabeça.

Ele recuou ligeiramente, olhando-me nos olhos, e sorriu.

— Mentirosa.

E depois me beijou.

PERIGO!

Eu estava esperando que Thomas aparecesse na hora para os serviços matinais, querendo me ver tanto quanto queria vê-lo, mas ele entrou furtivamente dez minutos depois, como sempre, e sentou-se no seu lugar, ainda de óculos escuros. Resultado? Eu não podia nem mesmo ver seus olhos. Como ele conseguia isso, eu não fazia ideia, mas ninguém pareceu incomodar-se por ele chegar depois. Ele simplesmente era assim.

Passei a manhã "estudando" no pátio ao sol com Constance. Precisava resolver o problema do meu desempenho não tão brilhante. Quando apresentei o trabalho de História da Arte sobre Frida Kahlo no início da manhã de sexta-feira, a Sra. Treacle criticou-o na hora como fez com todos os outros, chamando-o de prosaico e mal pesquisado (ao contrário de todos os outros). Ela me deu um C e me disse para melhorar da próxima vez. Um relatório oral em Francês também não teve melhores resultados. Embora minha pronúncia houvesse melhorado, a Srta. Krantz disse que eu ainda estava muito hesitante e minha falta de autoconfiança desviava a atenção das pessoas. E por fim, o teste de História. Nem mesmo gostava de pensar na quantidade de espaços em branco que eu tinha deixado naquela página.

Sentia vontade de me concentrar nos estudos. Sentia mesmo. Mas passei a maior parte do meu tempo no pátio olhando em volta, na esperança de ver o Thomas. Só conseguia pensar naquele beijo. Na forma como ele havia tocado no meu rosto com as pontas dos dedos. Nunca tinham me beijado assim antes. E eu queria mais. Agora.

— Está pensando nele, não está? — perguntou Constance, durante um dos meus muitos intervalos de distração.

— Não. Estava só... tentando me lembrar como resolver essa equação aqui — falei, olhando para meu livro de Trigonometria e corando.

— Pois sim. Está tão apaixonada que nem consegue parar de sorrir — disse ela.

— Não estou apaixonada — respondi, sem convicção.

— Está sim! — provocou ela.

— Vamos estudar, por favor? — pedi.

Constance ficou sem graça e voltou a estudar sem dizer mais nada. Imediatamente me senti culpada por mandá-la calar a boca, mas não sabia o que dizer. Quando é que eu iria aprender?

Suspirei fundo e tentei me concentrar. Tentei mesmo. Mas cinco minutos depois, estava pensando em Thomas de novo. Definitivamente, eu estava de quatro.

A hora do almoço parecia não chegar nunca. Thomas sempre aparecia para almoçar, por mais rápido que fosse. Eu salivava só de pensar em vê-lo.

Aproximei-me da mesa das Meninas do Billings insegura como sempre, esperando que elas me dissessem que tinha sido tudo brincadeira e que eu fosse embora. Quando me sentei sem incidentes, soltei um suspiro de alívio. Ariana deixou de ler o livro um segundo, para olhar para mim e me dar um sorriso rápido.

— Oi, Reed! — disse Taylor, vivamente, como sempre. Era a única das quatro que sempre parecia genuinamente feliz de me ver.

— Oi — respondi.

Olhei de relance para Kiran. Ela fingiu que eu não existia, como se nada fora do comum tivesse ocorrido entre nós.

— Como vai tudo? Como vão suas aulas? — indagou Taylor. — Fez alguma coisa interessante ontem?

— Tudo bem e não, não fiz. Não mesmo — disse eu, levianamente. Estava me acostumando com as perguntas de Taylor, e aprendendo a respondê-las tão vagamente quanto possível.

— Pois sim. Ouvi dizer que Thomas Pearson e você deram um amasso ontem noite — disse Noelle, sorridente.

Minha boca abriu-se ligeiramente, mas não emiti nenhum som. Como é que ela sempre sabia de tudo?

— Thomas Pearson? — disse Kiran, erguendo uma das sobrancelhas perfeitas. — Nossa, que *boa* ideia.

Ah, sei. Como se seu garoto do Alojamento Traste fosse uma opção tão boa assim.

— Sabia que os Pearsons doam 250 mil dólares para a escola todo ano? Além da anuidade? — disse Taylor.

Duzentos e cinquenta mil dólares? Duzentos e cinquenta *mil dólares?!* Quanto dinheiro essas pessoas tinham?

— Taylor. Francamente! — ralhou Ariana. Como se falar de dinheiro fosse uma coisa imprópria.

E como sempre, Taylor calou-se.

Exatamente nessa hora, as portas duplas se abriram e Thomas entrou com Dash, Gage e Josh. Meu coração parou e logo depois disparou. Estava contando com seu aparecimento nos últimos dez minutos do almoço, quando ele costumava surgir, pegar a comida e ir embora. Mas ele estava ali com os amigos. Bem na hora.

Procurei me convencer de que não deveria esperar nada. Talvez o beijo não significasse nada. Talvez ele tivesse se esquecido de que eu existia. Talvez ele...

— Oi, garota nova — disse ele, sentando-se na cadeira ao meu lado. Afastou meus cabelos do rosto e, quando me virei, beijou-me na boca. — Acho que eu devia começar a te chamar de Reed daqui por diante.

Daqui por diante. Como se dissesse "Porque agora tudo mudou". "Porque agora você é minha namorada." Nossa!

— Ei, Josh. Você vai lá? — perguntou ele, descansando o braço nas costas da minha cadeira. Senti calafrios no corpo inteiro.

Josh hesitou enquanto Gage e Dash iam na frente.

— Vou.

— Traz um sanduíche pra mim, tá? Estou morrendo de fome — pediu Thomas. Depois encostou o rosto no meu e voltou a me beijar. Senti que Kiran e Taylor estavam cochichando.

— Tenho cara de mordomo? — perguntou Josh.

Thomas afastou-se de mim, e olhou para ele, furioso.

— Quer saber, tem sim.

Josh ficou ligeiramente corado, depois revirou os olhos e afastou-se.

— E então, Pearson, encontrou outra vítima? — perguntou Noelle.

Prendi o fôlego. O que ela queria dizer com isso?

— Isso chega a ser irônico, vindo de você — disse Thomas.

Noelle enrubesceu.

— Estou surpresa de ver que sabe o que *irônico* quer dizer.

— Cala a boca, Lange — retrucou Thomas.

— Ei, vá com calma, cara — disse Dash, voltando à mesa.

Thomas olhou-o invocado um instante, depois soltou uma risada irritada e beijou-me no rosto. O que estava rolando ali?

— Que almoço é esse de hoje? — perguntou Dash. — Não tem prato quente.

— Talvez porque lá fora esteja fazendo 35 graus? — sugeriu Kiran, enquanto se olhava no espelhinho do estojo de maquiagem onipresente.

— Pensa rápido! — gritou Josh.

Eu me abaixei quando um sanduíche de baguete embrulhado em filme plástico passou raspando no meu rosto. Thomas agarrou-o sem fazer esforço.

— Sanduíche pronto? Somos tão sortudos de ter tantos privilégios, não? — brincou ele.

Senti o estômago revirar um tantinho. Perguntei-me se ele sabia que eu não pertencia à mesma classe social deles. Se algum deles sabia. Se se importavam com isso.

— Mal posso esperar pelo fim de semana da visita dos pais — disse Gage, mordendo o sanduíche.

Thomas soltou um suspiro e recostou-se pesadamente na cadeira. Mudança de comportamento instantânea.

— Por quê? O que tem no fim de semana dos pais? — perguntei. Estava curiosa diante do que acontecia, perguntando-me se seria possível meus pais se encaixarem ali. E se seria possível evitá-los durante todo o tempo em que estivessem presentes.

— Gage está se referindo ao fato de que é a melhor refeição do ano — explicou Noelle. — O mundo dele gira em torno do estômago.

— E de áreas ligeiramente mais ao sul — acrescentou Gage, rindo com a boca aberta, de forma que todos pudemos enxergar a comida mastigada lá dentro.

— Mal posso esperar para ver mamãe — disse Ariana.

— Senhoras e senhores, aqui está ela. A única menina que pensa que o pior de se estudar em um internato é estar longe dos pais — anunciou Noelle.

Todos riram, exceto Thomas.

— Podemos falar de alguma coisa menos chata, por favor? — pediu.

— Ih, tadinho, que sensível — disse Kiran, enquanto continuava mirando-se de todos os ângulos possíveis.

— Vocês parecem um bando de idiotas com essa conversa — resmungou Thomas. — Essa tradição é ridícula. Nem sei por que eles ainda organizam isso. Se nossos pais quiserem nos mandar qualquer coisa, podem usar a internet. Por que é que deixam eles perturbarem a vida da gente durante um fim de semana inteiro?

— Fica frio, rapaz. Não é nossa culpa se os seus pais são uns babacas — disse Dash.

— Vá para o inferno, imbecil.

E assim a última gota de alegria foi para o espaço. Enrubesci, chocada. Estava na cara que Thomas tinha algum problema com os pais. Ele tinha ficado com o rosto vermelho, e parecia irrequieto, como se estivesse pronto para correr ao primeiro barulho.

— Você está bem? — perguntei a ele.

— Estou — respondeu ele, pegando minha mão. Então olhou para mim com um ar suplicante. — Vamos sair daqui.

Eu não queria ir, juro. As refeições com as Meninas do Billings eram a melhor parte do meu dia. Mas Thomas parecia desesperado, seu pé balançava para cima e para baixo sob a mesa, e queria que eu fosse embora junto com ele. Eu.

— Certo — respondi.

Ele se levantou depressa e me puxou para fora dali tão rápido que mal tive chance de me despedir.

COISAS DE FAMÍLIA

Thomas passou pelas portas do refeitório como um furacão, correu até a árvore mais próxima, e deu um soco no tronco.

— Thomas! — gritei.

Ele nem mesmo pareceu me ouvir. Recuou e voltou a socar a árvore. E de novo, de novo e mais uma vez.

— Para com isso! — gritei, agarrando o seu braço.

Ele resistiu a princípio, mas depois parou quando viu minha cara de assustada.

— O que está acontecendo? — perguntei.

Pergunta inútil. Mas meu coração batia com força e eu me sentia fraca de tanto medo e preocupação. Precisava dizer *alguma coisa*.

Thomas esvaziou os pulmões e caiu sentado em um banco de pedra em frente ao refeitório. Jogou a mochila no chão. Lá em cima as nuvens passavam rapidamente no céu, e uma brisa fria me causou arrepios.

— Desculpe, desculpe — disse Thomas, colocando a mão ferida debaixo do braço.

— Não tem problema — disse a ele. Afinal, já tinha visto outras pessoas perderem o controle antes. — Respire fundo.

Ele me lançou um olhar agradecido e fez o que eu pedi, desviando os olhos de mim. Claramente, estava se contendo. Fosse qual fosse o motivo daquele descontrole, não tinha ainda conseguido desabafar inteiramente.

— Merda — disse ele, baixinho.

Pus as mãos em suas costas, mas ele se esquivou. Meu rosto ficou quente. Será que ele queria que eu fosse embora? Será que eu devia ir embora? Não queria deixá-lo sozinho ali. Só por via das dúvidas. Em meio às minhas ideias contraditórias, ouvi alguém assobiando.

Que momento perfeito para alguém aparecer... Um dos professores estava andando pela calçada em nossa direção. Xinguei em voz baixa.

— Não diga nada pra ele — suplicou Thomas, parecendo um menino com medo de se meter em encrenca. Senti pena dele.

— Não se preocupe.

O professor idoso parou e olhou para nós. Estava de gravata borboleta e terno de *tweed* de lã, com uma flor silvestre recém-colhida na lapela. Seu bigode branco tremeu quando ele falou.

— Tudo bem por aqui, Sr. Pearson? Vocês não deveriam estar almoçando?

— Tudo ótimo. Ótimo, Sr. Cross — respondeu Thomas. — Minha amiga estava meio enjoada, então eu a trouxe aqui para fora para respirar um pouco de ar fresco — continuou. Tão tranquilo que ninguém iria pensar que ele tinha se descontrolado dois segundos antes. — Esta é Reed Brennan, Sr. Cross. Ela está no segundo ano.

— Prazer em conhecê-la, Srta. Brennan — disse o homem, cumprimentando-me com a cabeça. — Não fiquem aqui muito tempo.

— Não vamos ficar — respondi.

Quando ele finalmente se afastou, tanto Thomas quanto eu conseguimos respirar.

— Ai, meu Deus, de vez em quando eu sinto ódio dessa gente — disse Thomas.

— Quem, os professores? — indaguei.

— Não. *Eles.* — disse ele, mostrando o refeitório com a mão machucada. — A tal da Noelle e o idiota do Dash. Quem é que ele pensa que é?

— Não sei. Eu... — O que eu devia dizer naquele momento? Nunca tinha visto ninguém a não ser minha mãe ter um ataque do tipo que Thomas tinha acabado de ter. E eu nunca havia conseguido dizer nada para ajudá-la. — Você está bem? — perguntei, olhando sua mão. Os nós dos dedos estavam vermelhos.

— Estou, sim — disse ele. Sua respiração parecia estar voltando ao normal, e ele apoiou o cotovelo no braço do banco. — Desculpe — continuou, mortificado. — É que às vezes eu fico muito irritado.

Sorri ligeiramente.

— Eu sei como é.

— Sabe?

— Sei. Normalmente soco um *travesseiro*, mas...

Thomas olhou para mim.

— E por que você ficaria zangada? — Sua expressão havia se suavizado.

Fiquei toda tensa. Nunca tinha contado a ninguém sobre minha mãe. Ninguém mesmo. Absolutamente nada. Mas ele me olhava de um jeito tão meigo e preocupado, que quase senti vontade de desabafar.

— Você conta o seu problema que eu conto o meu — respondi, querendo adiar esse momento.

Thomas deu um leve sorriso. Um sorriso tristonho.

— Tudo bem. Se você realmente quer saber... — E olhou, para a parede do refeitório do outro lado. — Por onde eu começo? O meu pai é um tremendo alcoólatra e minha mãe é uma alcoólatra ainda pior. Ele grita e diz coisas horríveis, ela fica calada e ríspida, e juntos eles conseguem estragar tudo — explicou ele, rapidamente se animando a falar do tema, como se estivesse gostando de desabafar. — Estou falando de festas de aniversário, férias, natais. Na minha formatura do ensino fundamental, meu pai acabou dormindo com a câmera na mão e caiu da cadeira no corredor, depois berrou com o diretor, reclamando das cadeiras defeituosas. Essa espetacular lembrança foi preservada em filme. E nem me peça pra falar da minha mãe.

Senti o coração apertado no peito. Reconhecia o tom dele. Um tom cansado. Triste. Decepcionado. Envergonhado.

— Todo ano eles vêm aqui, e a escola inteira beija os pés deles por causa do dinheiro que têm. Agem como se fossem todo-poderosos durante dois dias, mandam em mim a torto e a direito, bancam os pais perfeitos. E isso me deixa louco — disse Thomas, piscando para evitar as lágrimas. Ele tornou a olhar para mim e suspirou fundo, eliminando o ar em seguida. — Este aqui é o meu lugar, sabe? E quando eles vêm para cá, simplesmente... estragam tudo. — Ele suspirou e olhou para algum ponto atrás de mim.

Fiquei ali sentada um instante, sentindo pena dele. Sentindo pena de mim mesma.

— Sua vez — disse ele. Ai meu Deus. Olhei em seus olhos, torcendo para poder confiar nele. Vamos lá, coragem.

— Meu problema é só com minha mãe — expliquei, e depois não consegui acreditar que tinha conseguido dizer isso. — Só que ela gosta de pílulas para acompanhar o uísque. Pílulas tarja preta. De todos os tipos. Portanto, dependendo de qual ela usa naquele dia, ou fica psicótica ou desmaia, sem perceber nada que se passa ao seu redor. E, além disso, ela me odeia.

— Tenho certeza de que isso não é verdade — disse Thomas automaticamente.

— Não. É sim. — falei, tentando amenizar a coisa. — Ela me odeia por existir, por ter vida, por ser jovem, por ser saudável. Ela sofreu um acidente de carro quando eu tinha oito anos, e as costas ficaram bem prejudicadas por causa disso. Foi aí que tudo começou. Uma vez, quando estava em um estado de espírito particularmente detestável, depois de tomar um porre, ela me contou tudo isso. Como me despreza.

Thomas olhou para mim, bem no fundo dos meus olhos, e assentiu. E um balançar leve da cabeça me disse tudo. Seus olhos pareciam tristes, mas não porque sentisse pena de mim.

Ele entendia.

Depois de todo esse tempo sem querer desabafar, eu finalmente havia contado a alguém. Senti o alívio invadir meu coração.

— E o seu pai?

— Ah, eu adoro o meu pai. Meu pai é ótimo! — exclamei. — Mas minha mãe não tem jeito. Se ela vier aqui para o fim de semana dos pais, vai me humilhar só para se divertir. Vai ser horrível.

— Então não chame eles aqui — disse ele, com toda a simplicidade.

Eu ri.

— Não chame *você* seus pais.

— Touché. — Thomas sorriu ligeiramente. Depois estendeu a mão boa e pegou a minha. — Nós dois temos um problemão, né?

— Uma dupla e tanto.

— Já disse que gostei de você ter vindo para cá?

— Não — respondi, sentindo um sorriso se formar no meu rosto.

— Gostei. Aliás, acho que devíamos almoçar juntos de agora em diante — disse ele. — Só você e eu.

Meu estômago virou ligeiramente.

— Mas e as...

— As Meninas do Billings? — indagou ele. — Será que alguém pode me dizer o que tem de tão extraordinário na porra das Meninas do Billings?

Ergui as sobrancelhas.

— Só estou tentando fazer amizades aqui — respondi, baixinho.

— Então seja minha amiga — disse ele, chegando mais perto. Beijou-me rapidamente nos lábios e senti um formigamento no meu corpo inteiro. — Por que é que precisa delas, se tem a mim?

Porque elas têm tudo o que eu sempre quis na vida. Porque podem me ensinar a ser como elas. Porque se andar com elas, vou ter futuro.

— Meninas precisam fazer amizade com outras meninas — respondi, simplesmente.

Ele recuou.

— E você pensa que *elas* são suas amigas, é? — disse ele, incrédulo.

Demonstrei embaraço.

— Elas sempre me trataram bem.

Ele soltou uma risadinha sarcástica.

— Ah, é claro.

— Trataram, sim! — menti. — As meninas do meu andar são muito piores, pode crer.

— Não posso acreditar que prefira andar com elas a ficar comigo — brincou ele, sacudindo a cabeça. — Você me decepciona, Reed Brennan.

— Ah que é isso! — falei, empurrando-o com a perna. — Aposto que consigo ser amiga de todos vocês ao mesmo tempo.

— Se é assim — disse ele, dando de ombros jovialmente. Depois olhou-me nos olhos e ficou sério. — Eu só não quero que se magoe.

Sorri, emocionada. O que exatamente ele pensava que ia acontecer comigo?

— Obrigada. Mas não se preocupe, vou ficar bem.

Thomas retribuiu com um sorriso.

— É melhor eu ir tratar desse machucado — disse ele, erguendo a mão.

— Quer que eu vá à enfermaria com você? — perguntei.

— Não posso ir lá. A enfermeira precisa informar aos pais quando acontece algo assim, e é a última coisa que eu quero — disse ele, ficando de pé. — Entra, volta para as suas preciosas "amigas" — disse ele, desenhando aspas no ar com uma das mãos.

Ri e sacudi a cabeça. Mas por dentro estava começando a ficar meio desconfiada. Será que iria poder namorar com Thomas se as Meninas do Billings claramente desaprovavam esse relacionamento? Será que poderia ficar com elas quando Thomas claramente achava que elas não prestavam? Por que as duas partes mais importantes da minha vida na Easton estavam em conflito?

Olhei para o Thomas. Só senti vontade de abraçá-lo e protegê-lo, e, naturalmente, beijá-lo. Muito. Sempre que humanamente possível. Não conseguiria desistir dele. Não agora. Não quando havia finalmente encontrado alguém que me entendia.

Mas também sabia que não ia dar para aturar uma outra cena como a de hoje. Outro almoço tenso. Outra sessão de socos numa árvore. Precisaria tentar mantê-los afastados. Uma garota às vezes precisa sacrificar certas coisas, se quiser ficar com tudo.

— Até mais tarde, tá? — falei.

— Com toda a certeza — respondeu ele. Depois inclinou-se, beijou minha testa e foi embora.

C AGORA EQUIVALE A F

Na manhã de segunda, no fim da aula, o Sr. Barber nos devolveu os questionários da sexta anterior. Percorreu os corredores de um lado para o outro, colocando as folhas dos testes viradas para baixo sobre as carteiras.

— Como podem ou não saber, trabalho com o que algumas pessoas chamam de sistema de avaliação não ortodoxo — disse ele, enquanto os alunos iam pegando os questionários e gemendo ou sorrindo. — Na minha aula não existe C. Não existe D. Só existe A, que é excelente, B, que é satisfatório, e F. Todos sabem o que significa o F. E assim, embora alguns de vocês tenham passado no teste, vários não passaram. — acrescentou. Parou ao lado da minha carteira e o cheiro penetrante de café velho me envolveu. Com um floreio, ele me entregou o teste, virado para cima, para todos em torno de mim verem. Rabiscado com caneta vermelha de cima até embaixo, com um imenso F no alto.

Tirei o papel da mão dele, as lágrimas quentes me ardendo nos olhos. Ele fez cara de nojo ao virar-se.

— Aqueles entre vocês que se deram mal talvez queiram passar um pouco mais de tempo na biblioteca esta semana. O teste de sexta vai ter duas vezes mais perguntas.

O Sr. Barber sentou-se à sua escrivaninha e fez algumas anotações em seu caderno.

— Tenham um bom dia — desejou, pegando o café, e nesse mesmo instante a campainha tocou.

Levantei-me, olhando a prova, furiosa, e calculando mentalmente os pontos. Trinta e sete perguntas certas, de cinquenta. Eu tinha tirado 74. Tinha tirado 74 e recebido um F. Que tipo de escola maluca era aquela? Como é que o diretor deixava Barber fazer isso?

Missy gracejou ao passar por mim.

— Ah, agora você entendeu que não estamos mais na escolinha pública, né?

Um dia eu ainda ia enfiar alguma coisa naquela narina dela. Juro.

— Ahhh, puxa, sinto muito — disse Constance, tentando me alcançar saindo da sala. — Quer estudar comigo da próxima vez? Tenho um sistema de fichas de perguntas e respostas que funciona muito bem mesmo.

Fiquei de olhos cravados no Sr. Barber enquanto ela me levava para fora da sala, perguntando-me quão triste e infeliz uma pessoa deveria ser para torturar jovens inocentes assim. Ele deve ter sentido que eu estava de olho nele. Deve ter sentindo o calor do meu olhar de revolta. Mas não ergueu nenhuma vez os olhos do livro. Fingir não me notar simplesmente me fez odiá-lo ainda mais.

Lá pelo fim do dia, porém, comecei a me perguntar se o Sr. Barber tinha tido razão para me dar aquele F. Vários dos meus professores me entregaram notas dos trabalhos da semana anterior, e a cada uma eu me sentia mais desanimada. Claramente, ali na Easton, eu não era mais uma estudante nota dez. Mas pelo menos os outros professores foram legais o suficiente para usar o sistema tradicional de avaliação.

Fora o C da prova oral de História da Arte, tirei um C+ em Francês, um B- em Trigonometria e um C em um trabalho de Inglês que eu tinha escrito sobre Upton Sinclair. Pelo jeito, nem mesmo um trabalho sobre um dos meus autores prediletos, escrito para uma das minhas matérias preferidas, iria me salvar. Meu único A tinha sido em Biologia, um trabalho de laboratório que eu havia feito em sala de aula com três colegas e no qual nem sequer posso dizer que contribuí tanto assim, pois tinha ficado acordada até tarde na noite anterior, cochichando com Thomas no telefone do corredor. Não fiquei nem um pouco surpresa quando, depois de receber a correspondência naquela tarde, vi que entre as cartas havia um recado da Sra. Naylor para ir conversar com ela.

Tive a sensação de que era hora de começar a fazer as malas.

ENCONTRO CASUAL

No meu caminho para falar com a Sra. Naylor antes do jantar, passei correndo pelo Edifício Gwendolyn, o velho prédio de salas de aulas que tinha sido fechado dez anos antes por problemas de "integridade estrutural". Surpreendi-me quando um trio de rapazes saiu de trás da parede dos fundos e correu para o pátio, mas continuei andando. Até ouvir a voz dele.

— Oi.

Meu coração parou. Era Thomas. Ele estava encostado na parede de pedra com um dos joelhos dobrado e o pé apoiado contra ela. Estendeu a mão para mim.

— Vem cá.

Uma onda de calor percorreu-me o corpo. Espiei o Edifício Hale, que os estudantes haviam apelidado de Edifício Hell, uma vez que era onde os orientadores e professores ficavam. Se eu hesitasse muito tempo me atrasaria. Mas nem mesmo o medo que eu sentia da Naylor evitou que eu ficasse atraída pelo desejo e pela malícia no olhar de Thomas.

Peguei a mão dele.

— Para onde vamos? — perguntei.

Ele não disse nada. Puxou-me, contornando a esquina, e subiu um lance decrépito de escadas, atravessando uma entrada aberta de pedra. Do outro lado ficava uma sala que dava para o exterior, quase uma caverna, as paredes molhadas de orvalho. Em algum ponto por ali gotas pingavam numa batida constante. Thomas sentou-se em um banco embutido em uma das paredes laterais, puxando-me para o seu colo. Antes que eu pudesse recuperar o fôlego, ele colocou a mão sob meus cabelos e puxou-me para si, me sufocando com um beijo.

— Thomas — disse, ofegante — eu preciso...

Ele sacudiu a cabeça depressa e me puxou de novo. Meu coração batia com toda a força. Meus dedos tocaram-lhe o rosto, o pescoço, agarraram seus ombros. As mãos dele percorreram as minhas costas, subiram pela barriga, roçaram meus seios, depois voltaram para o rosto. Eu estava me sentindo dominada pelo calor e pelo desejo. Apertei-me cada vez mais contra ele, sabendo o tempo inteiro que poderíamos ser surpreendidos a qualquer momento, que estava ficando cada vez mais atrasada para minha reunião, e que tudo aquilo estava tremendamente errado.

— Eu só consigo pensar nisso — disse Thomas, sem fôlego, afastando-se uma fração de segundo.

— Eu também — falei procurando recuperar o fôlego. — Mas preciso ir.

— Quando vi você dobrando a esquina, pensei que estava vendo coisas — disse ele, olhando bem dentro dos meus olhos. — Mas você estava mesmo ali.

Soltei uma risadinha.

— É, estava mesmo — falei. — Mas preciso ir de verdade.

Thomas tornou a beijar-me, e eu senti sua ansiedade de me manter ali. Mesmo assim, consegui, não sei como, me desvencilhar dele, procurando a mochila no chão úmido de pedra.

— Precisamos fazer isso de novo — disse Thomas, olhando-me fixamente, seu peito subindo e descendo.

— É — respondi. — Precisamos mesmo.

O MEDO

— Srta. Brennan, quando nos conhecemos e eu avisei que iria ficar de olho em você, será que pensou que eu estivesse brincando?

Tentei parar de sorrir, no duro. Mas, depois do encontro com Thomas, era impossível.

— Não.

— Pois então, muito bem, presumo que não sabia que recebo relatórios semanais de cada um dos seus professores — disse ela, fazendo a papada tremer. Esta roçava na gola alta de sua blusa de seda roxa, deixando uma mancha horrível de maquiagem.

— Sim — pisquei, remexendo-me na cadeira e comprimindo os lábios. Tinha que ficar séria. Aquilo era uma coisa séria. — Quero dizer, não sabia disso, não.

A Sra. Naylor estreitou os olhos. Depois, estalou a língua enquanto erguia uma folha de papel da escrivaninha em direção à luz tênue.

— Insatisfatório — leu. E pegou outra folha, segurando-a da mesma forma. — Esforço demonstrado: mínimo. — E outra ainda: — Pouca ou nenhuma preparação para a aula e os testes.

A cada comentário que ela lia eu ia me sentindo mais quente, e por fim consegui superar minha vontade de sorrir. Tentei discernir que professor tinha dito o quê, e portanto quem eu odiava mais agora. Infelizmente, quando pensei nisso, percebi que qualquer um deles poderia ter dito qualquer dessas coisas. Todos estavam certos. Eu tinha me revelado uma péssima aluna.

— Mais uma rodada de notas como essas, e você passará por um período probatório. Sua bolsa vai ser reavaliada, e a Diretoria pode começar a se perguntar se não terá cometido um erro permitindo que a escola a admitisse — disse ela erguendo o queixo imperiosamente. — E acredite quando eu digo que ela não gosta de perceber que cometeu um erro.

Foi estranho ela se referir à Diretoria como "ela" em vez de "eles". Gramaticalmente correto, talvez, mas mesmo assim me fez visualizar um supercomputador atrás de uma cortina verde pronunciando vereditos como num supremo tribunal. Mas foi eficaz. Fiquei realmente assustada.

— E agora, o que vamos fazer sobre isso, Srta. Brennan? — indagou a Sra. Naylor, colocando os papéis na mesa e entrelaçando os dedos de juntas saltadas.

Engoli em seco.

— Estudar mais? — arrisquei.

Ela me olhou feio como se esperasse que eu lhe dissesse que isso era piada.

— Sugiro que pare de passar tanto tempo tentando fazer amizade com as moças do Alojamento Billings e vá para a biblioteca — disse ela. Meu queixo caiu. Os lábios dela retorceram-se, e eu podia jurar que tinha ficado satisfeita de ter conseguido me surpreender. Bateu com a ponta de um dedo na têmpora perto do canto do olho excessivamente maquiado. — Eu lhe disse que ia ficar de olho. Devia me levar mais a sério, assim como sua educação.

Sinistro. Muito sinistro.

— Se não for mais aluna da Easton como é que vai poder passar tempo com suas novas amigas ou com aquele tal de Thomas Pearson, hein?

Ai, meu Deus! Será que ela havia nos visto? Por que estava me olhando daquele jeito?

— E agora, vai começar a levar mais a sério os estudos? — indagou ela, os olhos reluzindo de triunfo.

— Vou... vou sim — respondi, tentando descobrir onde estariam escondidas as câmeras de vigilância secretas. Nunca tinha visto a Sra. Naylor fora da sua caverna, a não ser nos serviços matinais. Como é que ela sabia com quem eu andava?

— Muito bem, então. Pode se retirar.

Levantei-me depressa e saí da sala, sentindo os olhos dela na minha nuca. Uma vez lá fora, respirei fundo e refleti sobre tudo que ela tinha me dito. Podia ser que ela fosse assustadora e tivesse uma tendência voyeurística, mas estava certa. Se minhas notas não melhorassem, iam me expulsar, e aí não teria mais as Meninas do Billings nem o Thomas para me distrair. Iria pegar um ônibus de volta para Croton antes mesmo que se pudesse terminar de dizer "fracasso total."

GÊNIO

Lá fora o dia estava quente, ensolarado, e no caminho para o almoço vi Noelle, Ariana, Taylor e Kiran esparramadas na grama do pátio, tomando sol. A blusa de Kiran estava enrolada, deixando a barriga à mostra, e o rosto estava voltado para o céu. Noelle estava apoiada nos cotovelos, conversando com Taylor, que arrancava folhinhas de grama. Ariana estava deitada de barriga para cima com os pés em um banco, o livro erguido diante do rosto. Tinha passado de *Anna Karenina* para *Os Irmãos Karamazov*.

Outros estudantes passavam pelas Meninas do Billings a caminho do refeitório, e lançavam olhares de soslaio para elas. Durante o dia, não tínhamos permissão de ficar assim deitadas em lugar nenhum, a menos que estivéssemos doentes, e nesse caso, precisaríamos ir para a enfermaria. Dei um suspiro ao passar por elas.

— Está com algum problema, Pequena Voyeur? — perguntou Noelle.

Parei, sem saber o que fazer, a um ou dois metros de distância delas, segurando a alça da mochila com ambas as mãos. Já fazia um bom tempo que nenhuma delas nem sequer me notava fora do refeitório.

— Não, tudo bem — respondi.

— Tudo bem, nada. Você acabou de sair da sala da Sra. Naylor — disse Ariana, sem tirar os olhos do livro nem por um segundo. Como é que ela sabia disso? Virou, então, a página preguiçosamente, e continuou lendo.

Kiran abaixou os óculos de grife e me olhou sobre eles.

— Ah, é. Ela está com aquela cara.

— Que cara? — perguntei.

— Aquela cara de quem "acabou de receber as primeiras notas na Easton e está pensando em se matar" — disse Noelle, cruzando as pernas na altura dos tornozelos.

Taylor sugou ar pela boca, através dos dentes cerrados.

— A coisa foi assim tão ruim, é?

Às vezes eu me esquecia de que essas meninas sabiam tudo sobre aquele lugar. Conheciam bem como as coisas funcionavam na Easton. Alguns anos ali, e já sabiam tudo o que se passava. Será que um dia eu saberia tanto assim sobre a Easton? Eu me perguntava mesmo se ficaria ali tempo suficiente para descobrir qual seria o prato especial da próxima sexta.

— Eu vou dar conta — respondi.

— Mentira sua — retrucou a Noelle. — Pela sua cara, até parece que descobriu que está grávida. Pede ajuda à Taylor.

Os olhos da Taylor cintilaram e ela se sentou.

— Vou te ajudar, com certeza.

— Vai mesmo? — perguntei. Não podia crer que as Meninas do Billings estavam me oferecendo ajuda. Elas também não haviam me obrigado a cumprir nenhuma missão repulsiva durante dias. Será que a tortura já tinha terminado? Talvez elas estivessem finalmente me aceitando.

— Ela ajuda todas nós — disse Noelle, fechando os olhos ao virar o rosto para o sol. — Por que acha que está sempre conosco?

Taylor de repente ficou sem graça. O comentário tinha sido um pouco franco demais.

— Noelle — disse Ariana, repreendendo-a.

Os olhos de Noelle se arregalaram e ela tornou a sentar-se.

— Que foi? Ela sabe que estou brincando — disse. — Taylor, você sabe que estou só brincando, né?

Taylor conseguiu confirmar, mas vi que estava arrasada.

— Você já não tem muito trabalho para fazer? — perguntei.

Antes que Taylor conseguisse responder, Noelle riu-se, zombeteira.

— Ah, vai. Ela já fez todos os trabalhos e lições de casa do semestre inteiro. Dela e meus.

Kiran riu baixinho, e eu me perguntei se tudo aquilo era mesmo para valer. Não sei por quê, mas não ficaria surpresa se fosse verdade. Se Noelle só andasse com Taylor porque ela a ajudava. Isso explicaria por que uma garota de comportamento assim tão amorfo tolerava alguém sempre gentil.

— Sério, mesmo. Não vai ser incômodo — disse-me Taylor.

— Você é uma preguiçosa, Lange — disse Kiran a Noelle, bocejando. Ela virou-se de barriga para baixo, tornando a enrolar a camiseta para cima para poder expor as costas ao máximo. Havia uma tatuagem na parte inferior de suas costas que se parecia com uma esfinge egípcia. Quis perguntar-lhe que tatuagem era aquela, mas Noelle me interrompeu.

— Olha só quem está falando. Acho que seu traseiro cresceu exponencialmente desde que viemos para cá — disse Noelle.

— E eu estou impressionada de ver que você conhece a palavra "exponencialmente" — replicou Kiran, com um sorrisinho sarcástico.

— Meninas — ralhou Ariana, sacudindo a cabeça.

Noelle suspirou e pegou a mochila, levantando-se do chão.

— Devia deixar Taylor te ajudar, Voyeur — disse ela quando todas se levantaram depressa, imitando a líder como sempre. — Ela pode parecer uma loura burra e se comportar como uma, mas é tão inteligente que chega a assustar.

Taylor ficou vermelha, mas não disse nada. Sorriu para mim encorajadoramente, apertando os livros contra o peito.

— Tudo bem — concordei, finalmente. — Se não for um incômodo para você.

— Legal! Quando quer começar?

Ela parecia estar excessivamente animada para me ajudar a estudar, mas isso fez eu me sentir dez vezes melhor. E ainda melhor, as Meninas do Billings estavam me estendendo a mão, e isso podia melhorar minhas notas e me manter ali na Easton. A sorte estava começando a sorrir para mim.

INTENSO

Os dias que se seguiram foram um torvelinho de estudos, jogos de futebol e namoro escondido com Thomas. Toda vez que eu o via ele encontrava um jeito de me tocar, me fazer cócegas ou me beijar. Um dia demos um amasso atrás da casinha do jardineiro depois do café da manhã. No caminho de volta do treino, em uma tarde ensolarada, ele me puxou até o abrigo de beisebol, onde eu o deixei colocar as mãos sob minha camisa e sob o sutiã pela primeira vez, trêmula de nervosismo e paranoia durante o tempo inteiro.

Mas nós costumávamos nos encontrar sobretudo em nosso cantinho secreto, no saguão do Edifício Gwendolyn. Mesmo ali, ficávamos sobressaltados, mas parecia um lugar mais seguro do que todos os outros. Eu me sentava no colo do Thomas ou ele me deitava em sua jaqueta e nos tocávamos, nos beijávamos e explorávamos até o último segundo possível. Até termos de sair correndo para a aula ou para as reuniões dos dormitórios ou treinos.

Mesmo assim, cada um desses encontros era apressado e repleto de receios, e nós dois passávamos o tempo todo prestando atenção para ver se escutávamos passos e olhando sobre os nossos ombros para ver se havia alguém espiando. E isso tornava os encontros ainda mais emocionantes, deixavam-me ainda mais desesperada para ir um pouco além a cada vez. Antes que alguém nos pegasse. Antes que nos descobrissem.

Em uma certa tarde, saí correndo depois do almoço para me encontrar com Thomas no Edifício Gwendolyn, como havíamos combinado, e fiquei confusa ao vê-lo caminhando em minha direção no pátio. Estava pálido e parecia distraído, os olhos passando de um rosto para o outro. Pensei que estivesse me procurando, e ergui a mão para lhe chamar a atenção, mas ele passou direto por mim.

— Thomas?

Ele parou e se virou para mim. Todos os seus gestos eram bruscos e deliberados, totalmente diferente do seu comportamento relaxado e natural.

— O que foi?

— Não posso conversar agora.

— Mas pensei que a gente fosse...

— Não posso — repetiu ele, com firmeza. Depois olhou em torno de si e deu uns dois passos em minha direção. Disse baixinho:

— Não viu o meu celular por aí, viu?

— Seu celular? Não. Por quê? — indaguei, perplexa.

— Que é que eu fiz com ele, droga? — desabafou Thomas, dando-me as costas. Levou ambas as mãos à boca, as pontas dos dedos unidas, e olhou para o outro lado do campus, concentrado. — Preciso encontrá-lo — disse, afastando-se de novo.

— Eu vou te ajudar — disse, correndo atrás dele.

— *Não*.

A reação dele foi tão áspera que eu parei na mesma hora. Thomas viu minha cara e suspirou.

— É problema meu. Não se preocupe com isso — disse.

— Vá para a aula que eu... me encontro com você depois.

Tentei não deixar minha decepção transparecer. Tinha passado a manhã inteira na expectativa de me encontrar com ele. Mas dava para ver que ele estava mesmo muito abalado pela perda do telefone. Eu não ia piorar as coisas fazendo-o se sentir culpado.

Além disso, a espera só tornaria nosso próximo encontro muito mais intenso. Dava para eu aguentar.

— Espero que o encontre — disse, quando ele foi embora.

Ele nem mesmo deu sinal de ter me ouvido.

INFORMAÇÕES DE DENTRO

Toda a Biblioteca Municipal do Croton caberia no foyer da Biblioteca da Easton. Pelo jeito, Mitchell Easton, que havia fundado a escola com seu irmão Micah no passado, adorava livros. Tinha viajado ao redor do mundo inteiro adquirindo textos originais para encher as estantes de sua amada biblioteca, cuja construção ele mesmo havia supervisionado. Ou pelo menos era isso que eu tinha lido na placa de bronze perto da porta de entrada, enquanto esperava Taylor aparecer para nossa primeira sessão de estudos naquela noite. Ao chegar, quinze minutos depois da hora, Taylor desculpou-se explicando que estava ao telefone com sua irmã caçula, incentivando-a a submeter-se a testes de música na escola em Indiana. Até aquele momento, não fazia ideia de que Taylor fosse do Meio-Oeste, e dali por diante comecei a sentir uma afinidade ainda maior com ela. Eu não era a única pessoa ali que não tinha sido criada em Nova York, Boston, Chicago ou Los Angeles.

— O Sr. Barber gosta de pensar que vivemos morrendo de medo dele, mas no ano passado descobri sua manha — sussurrou ela, sentada em frente a mim à mesa larga e lustrosa de carvalho da qual tínhamos nos apossado entre as estantes. O lugar estava num silêncio mortal, o único som era o zunido de uma copiadora distante, em algum ponto perto da parede dos fundos.

— Manha? — cochichei, debruçando-me na mesa.

Taylor sorriu, travessa, e percebi que ela estava bem à vontade. Mostrava-se muito mais autoconfiante, brincalhona e tagarela ali entre os livros do que entre as amigas.

— Todos pensam que os testes semanais dele são arrasadores, mas garanto que consigo prever quase todas as perguntas que ele faz — disse Taylor, abrindo meu livro de História no capítulo seis e virando-o para mim na mesa. — Ele tira todas as perguntas das terceiras frases dos parágrafos da lição que vai cair. — E usou a borracha do lápis como indicador. — Olha aqui. "Em 12 de julho de 1812, o General Hull e suas tropas atravessaram a fronteira para o Canadá em Sandwich." Lia o texto de cabeça para baixo mais rápido do que eu conseguia ler na posição normal. — É a terceira frase do parágrafo. Pode deixar de lado todo o resto depois disso. Só decore essa informação, que vai se dar bem.

— De jeito nenhum — disse eu, puxando o livro para mim.

— Pode confiar. Se ele não te der no mínimo um 92 no próximo teste, pode descontar em mim — disse ela.

Sorri e abri o caderno para poder começar a anotar as frases. Sentia-me como se alguém acabasse de me dar um cartão de crédito sem limite. Era animada assim que eu estava para me vingar do Sr. Barber.

— Acho que eu te amo — disse a Taylor.

Ela riu e ficou muito satisfeita.

— Anota tudo isso aí, que depois vamos conversar sobre como impressionar a Srta. Krantz — disse Taylor, tirando um romance da mochila. — Aquela mulher adora relatórios orais sobre comida. Não sei por quê. Tenho a impressão de que ela não tem uma refeição de verdade desde o governo Clinton.

Eu ri.

— Não vai estudar? — perguntei, olhando com estranheza o seu livro surrado.

— Lembra que Noelle disse que já fiz as lições do semestre inteiro? — disse ela.

Confirmei com a cabeça.

— Ela não estava brincando.

Caramba.

Abri o caderno e estava para começar a trabalhar quando o telefone de Taylor vibrou na mesa. Ela olhou de relance para ele e revirou os olhos.

— É pra você — disse.

Franzi a testa, mas peguei o telefone. A mensagem de texto dizia: "Já está esperta, Voyeur?"

Abafei uma risada. Pus a caneta de lado e escrevi a resposta: "Quase."

No momento em que larguei o celular, ele tornou a vibrar. Taylor lançou-lhe um olhar irritado. Dessa vez o texto era: "Vc ñ tem fone? Perdedora?

Corei e respondi: "Não posso." Mas a verdade mesmo era "não tenho dinheiro". Só que ela não precisava saber disso.

Quase imediatamente ela respondeu: "Temos q resolver isso."

Não entendi o que ela queria dizer com isso, mas deixei o telefone de lado e ele tornou a vibrar. Taylor estalou a língua e o pegou. Depois teclou furiosamente uma resposta.

— O que você respondeu? — perguntei, na esperança de que isso não fizesse Noelle se zangar comigo.

— Só lembrei a ela que se não conseguirmos melhorar suas notas eles vão te mandar para casa. E ela não quer que isso aconteça.

Verdade? Puxa, isso era... interessante. Difícil crer que Noelle ligava se eu estava ali ou não. Mas era bom ouvir isso.

Sorri, lisonjeada, e um tanto aliviada. Só que, um segundo depois, o telefone vibrou de novo. Agarrei-o só de brincadeira antes que Taylor pudesse pegá-lo, mas depois fiquei assustada com a minha audácia. O celular não era meu, e Noelle podia estar dizendo algo particular à Taylor. Estava para devolver o aparelho quando vi que o texto não era de Noelle. Era de Thomas. Pelo jeito ele tinha encontrado o celular. Meu coração parou. Por que Thomas estaria enviando uma mensagem para Taylor? Mas no segundo seguinte entendi que a mensagem era para mim.

"Menina nova: salão comunitário do Ketlar, 20h. Ñ falte."
Um convite para ir ao dormitório dos meninos. Do Thomas. O dia estava mesmo ficando cada vez mais interessante. Taylor deve ter notado minha cara animada porque agarrou o telefone para arrancá-lo de mim. Olhou de relance a mensagem, riu-se e desligou o celular.

— Pode ir namorar quando terminar a lição — disse ela, fingindo um tom maternal.

Dei uma risada. Ela sorriu. Eu podia pensar em Noelle e seus planos mais tarde. Se eu não estudasse agora, talvez jamais tivesse chance de descobrir quais eram esses planos.

Naturalmente, quem saberia se eram bons ou maus?

ALOJAMENTO KETLAR

Quando eu cheguei ao Ketlar naquela noite, Thomas pegou minha mão e me levou direto para o outro lado do salão comunitário e pelo corredor em direção ao seu quarto. Abriu a porta e ficou ali de pé, esperando eu entrar. Além da porta vi duas camas feitas, com colchas pretas. Um lado do quarto estava bagunçado e coberto de materiais de arte, ao passo que o outro era quase patologicamente arrumado, com diversos equipamentos eletrônicos brilhando e zunindo na escuridão. A única luz vinha de uma luminária de mesa verde.

— O que vamos fazer? — indaguei, meu pulso se acelerando ao mesmo tempo de receio e excitação.

— Entra — disse Thomas.

Hesitei. Isso era totalmente contra as regras.

— Vai, entra — repetiu Thomas, dessa vez com um pouco mais de firmeza. Minha pulsação se acelerou e me conduziu além do batente da porta. Thomas fechou a porta e ficamos a sós. No quarto dele. Eu estava sozinha no quarto de um garoto em seu alojamento, com a porta fechada.

— O que vamos fazer? — repeti.

— Desculpe eu não ter ido ao encontro hoje — disse ele pegando a minha mão e beijando-a. — Queria compensar a ausência.

Meu coração começou a bater com toda a força, mas eu me virei. Ele estava sugerindo que começássemos a dar um amasso ali mesmo. No quarto dele. Eu podia ser expulsa por isso. Peguei o celular dele da mesa, querendo adiar minha decisão.

— Estou vendo que encontrou o celular — falei. — Onde estava?

Exatamente nesse instante, um outro celular tocou. Olhei para o lado do quarto onde Josh dormia, mas Thomas tirou um segundo telefone do bolso.

— Só um minuto — disse-me, abrindo o celular e dando-me as costas. — Pearson.

Olhei para o celular que eu tinha nas mãos. Ele tinha dois? Por que tinha dois? Será que ter *um* não era suficiente? E se o celular estava sempre com a pessoa, não era necessário ter outro.

— Não. É. Tudo bem. — disse Thomas depressa no outro celular. — A gente se vê lá.

Aí ele fechou o celular e suspirou.

— Perdão — disse, guardando o segundo celular no bolso da jaqueta de camurça, pendurada na porta do armário. — Eram Lawrence e Trina.

Ergui as sobrancelhas para ele.

— Os regentes do império — explicou. — São os únicos que têm esse número.

— E isso porque...?

— Eles pagam a conta. Foi por isso que pirei quando perdi o celular. Precisava ativar um outro antes de eles descobrirem. Meus pais já pensam que sou um irresponsável sem isso.

Ah, bom. Então era o celular que ele tinha para falar com os pais que havia desaparecido. Ele aproximou-se e tirou o primeiro celular da minha mão.

— Eu é que pago a conta desse aqui. É o número que dou para todas as pessoas importantes.

Ele estendeu o braço ao meu lado e pôs o telefone na mesa. Estava a alguns centímetros de distância.

— Não quero que meus pais fiquem verificando a minha conta e se metendo na minha vida — disse, olhando bem dentro dos meus olhos. — É muito mais fácil assim.

Senti pena dele. Do fato de ele ter que chegar a esse ponto para se separar dessas pessoas que deviam amá-lo. Mas eu também tinha precisado me afastar quilômetros de distância de casa pelo mesmo motivo.

— Já decidiu o que fazer? No fim de semana de visita dos pais? — perguntei sem olhar para ele.

Ele inspirou profundamente e depois esvaziou os pulmões.

— Não. E você?

Meu coração doía sempre que eu pensava no meu pai. Ele tinha mencionado o assunto uma ou duas vezes ao telefone desde que começou a falar nisso. Disse que tinha recebido um convite. E que estavam animados para fazer a visita. Pessoalmente, eu não podia imaginar minha mãe se animando com nada, muito menos com alguma coisa que estivesse ligada a mim. Mas o sentimento de culpa, sempre que eu pensava em dizer a ele para não vir, era avassalador.

— Não — admiti.

— Sabe de uma coisa? Não quero falar sobre isso — disse Thomas, despreocupadamente. — Eu pedi que viesse aqui porque sei que seu dia foi duro e queria te ajudar a relaxar.

Sorriu e ficou atrás de mim. Devagar, tirou minha jaqueta, deixando-a cair no chão. Minha respiração ficou presa na garganta quando ele pôs as mãos nos meus ombros. Ele tocou meu pescoço suavemente com os lábios e minhas pálpebras fecharam-se, trêmulas. Uma emoção cheia de expectativa me invadiu. Tudo aquilo era tão proibido que eu só sentia ainda mais vontade de ficar ali.

Thomas puxou de leve o meu ombro e eu me virei para ele. Nós nos beijamos de maneira intensa, e devagar a princípio. Tremi ao agarrar as costas da camisa dele, buscando em que me segurar. Estava me sentindo muito excitada e curiosa, e só queria continuar a acariciá-lo. Ele me abraçou com força e me apertou cada vez mais até que ouvi um ruído no corredor e dei um pulo, afastando-me.

Ele deu um passo para frente e pegou minha mão, puxando-me para a cama impecável.

— Não se preocupe — disse ele. — Ninguém vai descer aqui. Confie em mim.

— Como é que você sabe? — perguntei, com o coração quase saindo pela boca.

— Eu tenho meus meios — respondeu ele.

Ele me puxou para a cama e minha perna enroscou-se na dele. Depois deslizou as mãos sob meus cabelos e puxou-me para si. Seu beijo foi ávido. Quase violento. E entendi claramente, o que ele queria. Por que eu estava ali.

Ele colocou as mãos sob a minha blusa e prendi a respiração, já sabendo o que faria depois. Mas, para minha surpresa, suas mãos pararam na minha barriga. Ele se afastou e olhou direto nos meus olhos.

— Você sabe que eu amo você, né? — sussurrou.

Fiquei tão assustada que quase ri.

— Não precisa dizer isso — respondi.

Vi um lampejo de raiva em seu rosto.

— Não estou mentindo. Eu te amo. Senão não faria isso.

Certo.

Depois notei a sinceridade em seu olhar, e senti culpa pela minha deslealdade. Então, o que ele queria, que eu dissesse que também o amava? *Será* que eu o amava? Não fazia a menor ideia. Será que devia dizer isso mesmo não tendo certeza? Será que ele entraria em parafuso se eu não dissesse que o amava?

— Eu...

— Não diga nada — falou Thomas. — Não tem importância. Eu só quero estar com você.

Engoli em seco. Nesse momento tive certeza. Tive certeza de que ia lhe dar o que ele queria. Daria tudo.

— Tá — respondi.

E ele sorriu e me beijou, inclinando-me devagar para trás, em cima da sua cama.

UM PRESENTE

E pronto. Lá se foi. Minha virgindade. Oficialmente perdida. Dada de presente. Enquanto eu subia a rampa para o treino de futebol no dia seguinte, tentava compreender tudo aquilo. Tentando decidir como me sentia com isso. Em toda a minha vida, nunca havia pensado que seria uma pessoa que simplesmente deixa as coisas acontecerem. Sempre tinha achado que ia haver preparação, conversas, decisões longas e difíceis. Mas em vez disso tinha apenas vivido o momento. Tinha tomado a decisão naquele instante e deixado tudo acontecer. De certa forma estava orgulhosa de ter tido essa coragem. Mas por outro lado, sabia que talvez não tivesse sido a decisão mais sensata do mundo. Eu não era de deixar uma coisa tão importante assim simplesmente acontecer.

Mas sempre que pensava nas mãos do Thomas, em seu beijo, seu cheiro, sorria, tremia e desejava estar com ele outra vez. Sozinha. Em seu quarto, no escuro. E era tudo de que eu precisava para esquecer qualquer dúvida. Thomas e eu tínhamos ficado juntos, ele tinha sido o meu primeiro homem, e não havia mais como voltar atrás.

E eu gostava dessa ideia.

É claro que agora havia um milhão de coisas em que pensar. Será que devia tomar pílula? Será que eu era o tipo de menina que levava camisinhas na mochila? E onde é que alguém ia comprar esse tipo de coisa naquele verdadeiro convento onde eu estudava?

— O que é que está te preocupando, Voyeur? — indagou Noelle, correndo para me alcançar.

Estremeci, como se tivesse acabado de ser pega em flagrante. Uma resposta. Uma resposta. Eu precisava de uma resposta.

— É o fim de semana com os pais — respondi.

Noelle riu.

— Thomas te contagiou, é?

Corei, pensando no quarto de Thomas. No corpo dele. Em sua pele contra a minha.

— Não é isso, não. — Olhei para o alto do morro, para as colegas que estavam a uns dez metros dali, batendo papo e rindo. — Também não estou nem um pouco ansiosa para esse dia chegar. Não tem nada a ver com ele.

— Ah. Problemas em casa? — perguntou ela, fazendo biquinho.

— Muitíssimo obrigada — falei, com um pouco mais de sarcasmo do que esperava.

Os olhos de Noelle arregalaram-se de surpresa.

— Olha só, se você não quer que seus pais venham aqui, eles não precisam vir. A vida é sua. Você não deve nada a eles.

Ela estava errada. Eu devia tudo ao meu pai. Mas sabia que ele não ia vir até ali sem minha mãe. Ele se agarrava à ideia de que podíamos ser uma família normal e feliz. Além do mais, ela iria reclamar das despesas e da inconveniência que seria a viagem. Mas se ele viesse sem ela, ela teria um ataque ainda pior, muito embora nem quisesse estar ali. O nível de psicose da minha mãe era assustador.

— Eu não sei como diria isso a ele — respondi, pensando em voz alta, depois enrubescendo. Noelle me olhava, expectante. — Deixa pra lá.

Uma outra coisa que eu não estava preparada para fazer era confiar a Noelle meus segredos.

Nós chegamos ao alto do morro e vimos quase todas as nossas colegas de time se exercitando no campo. Noelle deixou a bolsa aos seus pés. Jogou os cabelos espessos para trás dos ombros e estendeu a mão para fazer um rabo de cavalo.

— Se quiser que eu esteja presente quando você ligar, é só falar — ofereceu-se Noelle. — Sei muito bem como ajudar os outros a dar um chega pra lá nas pessoas.

Devo ter deixado minha incredulidade transparecer de forma muito óbvia, porque ela deu um sorrisinho malicioso.

— Nem vem — disse ela. — Quer dizer, se nós, filhas de famílias mal resolvidas, não pudermos nos unir, onde é que vamos parar?

Eu sorri. Não sabia o que estava errado na família dela, mas isso fazia eu me sentir bem melhor. Se ela ia começar a me contar segredinhos sobre sua vida, talvez eu pudesse fazer o mesmo. Talvez. Algum dia.

— Ai, quase ia me esquecendo. — Ela se agachou e pegou alguma coisa no bolso lateral de sua bolsa. Tirou um celularzinho azul e o estendeu para mim, na palma da mão.

— Isso é pra você.

— Quê? — perguntei, pegando o celular. Na tela se viam as palavras: "Telefone da Voyeur."

Ninguém jamais tinha me dado um presente caro assim. Nem extravagante desse jeito. Mesmo que nele estivesse escrito "Voyeur" em vez de "Reed."

— Você só pode estar brincando comigo.

— Parece que eu estou brincando? — disse ela.

Eu estava boquiaberta.

— Não posso aceitar isso.

— Mas já aceitou — disse ela, com um dar de ombros.

— Mas e a... hã...

— A conta? Isso já está resolvido. Não dou a ninguém nada pelo qual eles tenham que pagar.

— Noelle...

Ela ficou de pé e pegou a bolsa.

— Olha, não dá para a gente ficar sem se comunicar com você, dá? — disse ela, recuando para o campo.

Eu pisquei. Aquele pressentimento tinha voltado. Será que isso fazia parte de um plano que Noelle estava tramando, para mim? O plano que Taylor quase tinha me revelado por descuido?

— Como assim?

— Quem sabe? Pode haver algum tipo de emergência em que precisemos de uma Voyeur — disse ela, só para me provocar.

— Lange! Brennan! Tratem de vir para cá agora mesmo! — berrou a técnica, acenando para nós.

Noelle sorriu para mim, depois virou-se e foi andando com toda a calma para o campo.

RANCOR

Quando Noelle chegou ao meu quarto naquela noite, passou dez minutos olhando ostensivamente em torno de si, pegando livros, analisando cartazes, examinando quadros. Ela não teria me surpreendido se houvesse começado a abrir gavetas. E provavelmente eu teria deixado. Privacidade não era importante. Só conseguia pensar, enquanto ela realizava a sua revista, se aprovaria aquilo tudo ou não. Finalmente ela se sentou na cama de Constance e me fitou com uma expressão franca.

— Vamos acabar com isso — falou.

Concordei e sentei-me diante dela. O celular escorregava na palma suada da minha mão. Só digitar o número do telefone naqueles botõezinhos minúsculos já foi difícil. Meu pai atendeu no segundo toque, soando alerta e paranoico. Sempre atendia o telefone daquela maneira.

— Alô?

— Oi, pai, sou eu.

— Reed! Oi, filhota! — A voz dele mudou completamente, e senti uma imensa onda de culpa. Ele parecia animado.

Até feliz. Olhei para Noelle, sem saber o que fazer. Ela me lançou um olhar severo. — A que devo esse prazer? — indagou ele.

— Sabe o que é, quero falar com você sobre a visita dos pais.

Eu sentia que ia morrer. Ia mesmo. Estava me contorcendo e me agarrando à colcha da cama.

— Sua mãe e eu estamos ansiosos para ir aí — disse ele.

Ai, meu Deus. Até parece!

— *Fala pra ele, anda!* — cochichou Noelle, dando-me um chute no pé.

Lancei um olhar mortal para ela. Se não estivesse já tão extenuada, isso nunca teria acontecido. Ela simplesmente me retribuiu o olhar, incentivando-me a prosseguir.

— Bem... — disse apertando os olhos. — Acho que vocês não deviam vir.

Ele riu. Depois fez-se silêncio.

— O quê? Por quê?

Até mesmo me sentindo culpada, revirei os olhos.

— Você *sabe*, pai.

— Mas Reed, sua mãe *quer* ir — disse ele. — Até comprou uma roupa nova.

Engoli em seco. A roupa não era por minha causa. Eu sabia muito bem como ela pensava. Só as aparências importavam. Ela queria que os outros pais pensassem que ela pertencia àquele meio. Mas sua natureza iria superar a fachada. Ela não ia conseguir passar o fim de semana inteiro ali sem mostrar quem realmente era, e sem que eu sofresse as consequências. Só imaginar isso já me incentivou a continuar:

— Não importa, pai. Não quero que ela venha aqui.

— Ora, Reed...

— Não vou mudar de ideia — disse a ele, vendo que Noelle aprovava. — Ela vai estragar tudo. Nós dois sabemos disso. Além do mais, pense na economia que vai ser...

Olhei de relance para Noelle. E a vi registrar isso. Eu tinha acabado de mostrar as cartas a ela. Não havia mais como voltar atrás.

— Ah, Reed, não é por causa do dinheiro — disse meu pai. — Não faça isso...

— Sinto muito, pai — rebati, pronta para desatar a chorar por vários motivos. — Não quero que venham aqui e não vou mudar de ideia.

Fez-se uma longa pausa. Imaginei-o na cozinha, seu corpo pesado sentando-se em uma das cadeiras de madeira em torno da mesa. Seus ombros caídos. A mão no rosto. Eu ia chorar a qualquer momento.

— O que vou dizer a sua mãe? — disse ele, por fim. — Ela anda sofrendo tanto ultimamente...

Então era isso. Tudo girava em torno dela. Ela. Como ela iria se sentir. Como ela reagiria. O terror e a culpa que ela derramaria sobre todos nós quando se decepcionasse. Eu estava de saco cheio daquilo. De saco cheio de viver com medo dela. Ela conseguia fazer até meu pai tremer na base.

— Diga a ela para *me* ligar — respondi, resoluta. — Se é isso que ela quer.

— Reed. Eu estava tão ansioso por isso... — disse ele. — Para ver você...

Meu coração ficou pequenininho. Não pela primeira vez, desejei ter apenas o meu pai. Isso tornaria minha vida muito mais fácil. Talvez conseguisse convencê-lo a vir sozinho. Talvez se houvesse um jeito...

Senti que ia começar a desmoronar e olhei para Noelle. Ela deve ter notado a fraqueza em meu olhar, porque o seu ficou assustador.

— Não ceda — disse, entre dentes. — Não ceda.

Eu só precisava disso. Não dava para desabar na frente dela.

— Sinto muito, pai — disse honestamente. — Não dá.

— Gostaria que não guardasse tanto rancor assim — disse ele, num tom triste e resignado.

Depois de ser criada numa família assim, não dá para ver tudo cor de rosa.

— É. Eu também.

Noelle fez cara de confusa. Respirei fundo. Já estava na hora de encerrar o telefonema. Eu precisava desligar. Precisava sair e socar alguma coisa.

— Preciso desligar agora, pai. Hora do jantar.

— Está bem, Reed. Se mudar de ideia... — disse ele, esperançoso. Tamanha era sua esperança que isso quase me matava.

— Sim, pai. Eu sei. Converso com você depois.

Desliguei antes que ele pudesse se despedir.

— Muito bem, Voyeur — disse Noelle, dando-me um tapinha no ombro.

— Você pode, *por favor*, parar de me chamar assim? — disse, sem pensar.

A raiva e a surpresa passaram rapidamente pelo seu rosto, e pensei que ela fosse explodir. Mas depois ela sorriu.

— Você só precisava pedir.

CLAREZA

Separei-me de Noelle a caminho do jantar, na esperança de encontrar Thomas antes que todos fossem para a mesa. Depois da ligação para meu pai, eu sentia uma mistura de emoções desencontradas. Às vezes sentia orgulho de mim mesma, depois culpa, em seguida me sentia livre, e então, desesperada. Queria ao mesmo tempo rir e desatar a chorar. Precisava falar com Thomas. Precisava falar com alguém que me entenderia.

O tempo havia mudado, como se para combinar com meu estado de espírito. Uma chuva fina tinha começado a cair pouco antes de sairmos do Alojamento Bradwell, acompanhada de um vento gelado. Puxei minha jaqueta jeans com mais força para me proteger, enquanto me aproximava do refeitório. O outono definitivamente havia chegado. Os alunos passavam apressados por mim, correndo para entrar antes que o céu despejasse uma chuva mais forte. Quando vi Thomas de pé diante das portas duplas, senti um alívio instantâneo. Ele estava, como sempre, cercado por vários estudantes, alguns dos quais eu agora conhecia e outros que eu só tinha visto de passagem. Easton era pequena o suficiente para que a essa altura eu já tivesse visto todos os alunos. Thomas atraiu minha atenção, disse algumas palavras ao seu séquito, e eles todos se dispersaram rapidamente. Às vezes eu pensava que não estava namorando só o cara mais popular da escola, mas também o mais poderoso. As pessoas sempre pareciam ouvir e fazer tudo o que ele dizia.

— Oi — disse ele, envolvendo-me com os braços.

Deixei-me afundar em seu peito, sentindo o aroma de banho tomado. Muito melhor assim.

— Oi — respondi. — Eu fiz.

— Fez o quê? — indagou ele, inclinando-se ligeiramente para trás para me olhar nos olhos.

— Disse aos meus pais para não virem. — Mesmo enquanto eu dizia isso, meu coração ficou apertado.

O rosto de Thomas se iluminou de um jeito que eu ainda não tinha visto antes. Pela primeira vez pude ver claramente como ele devia ter sido quando era garotinho. Um garotinho que tinha acabado de receber uma bicicleta nova e brilhante. Ou, no caso de Thomas, talvez um helicóptero.

— Mas isso é perfeito! — disse ele. — Agora pode vir almoçar comigo e os meus pais.

Olhei para ele, confusa.

— Desde quando você está tão entusiasmado assim para almoçar com seus pais? — Em parte, eu pensava que, se tinha tido coragem de pedir ao meu pai para não vir, talvez ele conseguisse fazer o mesmo. Mas, pelo jeito, ele não estava tão inclinado nem inspirado a fazer isso.

— Desde que você ficou disponível — respondeu ele, voltando a se comportar da forma de sempre. — Eles estão loucos para conhecer você. E, quando estão assim, em geral se comportam direitinho.

Um grupo de meninas do meu andar passou por nós conversando alto, ao entrarem no refeitório.

— Por que eles estão loucos para me conhecer? — perguntei.

— Eu contei sobre você, e eles estão muito felizes por eu ter uma namorada de verdade — disse ele, com um sorriso. — Qualquer sinal de estabilidade na minha vida e eles ficam esfuziantes.

— Puxa! Você nunca teve namorada antes? — perguntei.

— Não uma sobre a qual valesse a pena conversar com eles — respondeu Thomas. Corei de prazer enquanto ele envolvia minha cintura com os braços e me puxava mais para perto de si. — Então, venha. Por favor? Tudo vai ficar bem mais fácil.

Eu fiquei lisonjeada. Lisonjeada, honrada e feliz. Thomas queria que eu conhecesse seus pais. Ele praticamente precisava que eu os conhecesse. Toda a culpa que eu andava sentindo por causa da minha família ficou de lado. Noelle estava certa. Agora eu precisava cuidar da minha vida.

— Tudo bem — aceitei finalmente.

— Jura?

— Está brincando? — disse, com um sorriso zombeteiro.

— Conte comigo. Mal posso esperar para conhecer Lawrence e Trina.

NOVA TAREFA

Estava quase pegando no sono quando meu celular soltou um bip. Pulei da cama com o coração na mão. Olhei para o relógio digital da mesa de Constance: 12:01 da madrugada. Quem iria me mandar uma mensagem de texto às 12:01? Ele tornou a soltar um bip e revirei minha bolsa procurando-o, e lançando olhares rápidos a Constance, enquanto a mão apalpava os objetos. O peito dela subia e descia no ritmo normal, sem nenhuma alteração. Um sono tão pesado assim não podia ser saudável. Mas pelo menos era bom para mim.

    A tela do meu celular estava acesa, e nela se via uma mensagem de texto. Perdi completamente o fôlego quando li as palavras:

ENCONTRO ATRÁS DO BILLINGS. VC TEM 3 MIN.

Mas como assim?

Muito bem. Aparentemente a fase de escravidão no meu relacionamento com as Meninas do Billings não havia terminado ainda.

Infelizmente, eu não tinha tempo para pensar. Depois de me levantar, vesti um moletom por cima do pijama e meti os pés descalços nos tênis. Parecia que estava fazendo um barulhão e esbarrando em tudo ao sair do quarto na ponta dos pés e fechar a porta às minhas costas. Passei direto pelo elevador, que emitia um *ping!* capaz de ressuscitar os mortos, e ficava logo ao lado da sala da Srta. Ling no primeiro andar, e fui direto até as escadas. Meu coração quase saiu pela boca durante todos os cinco lances e na portaria. Empurrei a pesada porta dos fundos do Alojamento Bradwell até ela finalmente se fechar, esperando a qualquer segundo que a Srta. Ling aparecesse, e temendo que eu tivesse acionado algum alarme silencioso. Mas nada aconteceu.

Graças a Deus.

Lá fora, o ar congelou meus ossos e o céu estava preto como a morte. Não havia lua nem estrelas. Tropecei duas vezes no caminho curto até o outro lado, onde ficava o Billings, e rezei para as meninas não estarem assistindo a esse espetáculo patético. Mais ou menos dez segundos depois, estava perto do muro dos fundos do Billings, encarando Noelle, Ariana, Kiran e Taylor. Arfei, tentando recuperar o fôlego.

— Você quase se atrasou — disse Kiran, os lábios cintilantes fazendo biquinho.

— Desculpem — respondi, tentando ficar em pé direito.

— Precisamos que você faça uma coisa pra nós — disse Noelle.

Grande novidade. Eu não achava que tinha sido chamada ali para uma festa de reconhecimento dos meus méritos.

— O que é? — perguntei.

— Ariana tem teste de física amanhã — disse Taylor. — Precisamos que pegue o gabarito pra ela.

O chão fugiu debaixo dos meus pés.

— O quê?

— Não tive tempo de estudar — disse Ariana, alegremente.

— E eu não tive tempo para ajudá-la — disse Taylor.

Fiquei olhando fixamente para ela. Será que aquela era a mesma menina que tinha me ajudado a estudar com tanta boa vontade? Eu tinha pensado que ela era boazinha. Normal até. Agora estava olhando para mim com ar de superioridade, junto com as outras, pedindo para eu fazer o quê? Invadir a sala de um professor?

— Não faz essa cara de assustada — disse Noelle. — A sala do Dramble fica no primeiro andar do Edifício Hell. É moleza.

— Se é tão mole assim, por que vocês não vão lá fazer isso? — perguntei. Então imediatamente me arrependi de ter perguntado.

— O que foi que disse? — indagou Kiran, franzindo a testa, incrédula.

— Pensei que quisesse me ajudar, mas se prefere que eu não passe no teste... — disse Ariana, fazendo papel de mártir.

— Não. Tudo bem, eu vou — concordei, sentindo a garganta seca. — Como eu faço?

— Você é uma garota esperta — disse Noelle, dando um tapinha no meu ombro. — Vai conseguir achar um jeito.

Elas nem mesmo iam me dar uma dica? Que tipo de pessoas elas eram?

— Agora vá — disse Noelle. — Se não estiver de volta aqui em quinze minutos, seremos obrigadas a denunciá-la à segurança.

Uma só olhada para ela me confirmou que não era brincadeira.

— Vá — tornou a dizer ela.

Pensei no que elas estavam me pedindo para fazer. Pensei no que aconteceria se me pegassem. Pensei na minha vida em casa e na minha vida ali e como tudo que eu já havia sonhado ter na vida estaria ao meu alcance, desde que eu continuasse ligada às Meninas do Billings.

Naturalmente, pensei tudo isso por exatos dois segundos. Depois me virei e corri.

CRIMINOSA

Uma única luz estava acesa acima da entrada em arco do Edifício Hell. Era uma porta grossa de madeira com um vidro ondulado comprido, no meio. Olhei em volta e subi até a porta dois degraus de cada vez, torcendo para um milagre acontecer. Ao puxar uma vez a maçaneta de ferro trabalhado, vi que não ia acontecer o tal milagre. O lugar estava trancado.

— Merda — reclamei, baixinho.

Tornando a descer as escadas, corri para a escuridão ao lado do prédio e senti-me ligeiramente mais segura. Pelo menos não estava mais na cara de todo mundo para ser vista e expulsa. Mas, ao inspecionar as paredes de pedra fria percebi que estava encrencada. As janelas do primeiro andar ficavam bem acima da minha cabeça. Fui entrando entre dois pés de azaleia e fiquei na ponta dos pés, estendendo o braço até uma janela. A ponta dos meus dedos roçou o parapeito apenas. Eu não ia ter como subir até ali, mesmo que uma delas, por sorte, estivesse destrancada.

Como é que se podia classificar essa missão como mole? Impossível.

Tentei calcular mentalmente se já haviam se passado quatro minutos desde que tinha saído dos fundos do Alojamento Billings. Será que elas iriam mesmo mandar os seguranças atrás de mim? Se mandassem, eu ia ficar por minha conta numa situação difícil.

Estes podiam muito bem ser meus últimos momentos na Easton.

Não. Tinha de haver outra forma de entrar. Tinha de haver. Eu só precisava encontrá-la. E usá-la para entrar. E encontrar a sala do Dramble naquele breu, e aí...

Era melhor começar a fazer alguma coisa.

Recuando, tropecei em uma torneira que havia no chão. A palma da minha mão bateu em um trecho áspero de parede quando eu caí e estremeci de dor. Estava para tentar me levantar de novo até a janela, quando vi aquilo de que precisava. Uma janelinha na altura do chão. Tinha mais ou menos uns quarenta centímetros de altura e um metro e vinte de largura e parecia ser composta de duas vidraças que corriam. Meu coração saltou de esperança. Janelas de porão. É claro. Já tinha visto Kiran e o garoto do Alojamento Traste usando uma antes. Pelo jeito era o ponto fraco da Easton, provavelmente uma dessas coisas que todos sabiam nesta escola. Pelo menos se já estavam ali há mais tempo do que apenas algumas semanas.

Arrastei-me sobre a terra gelada em direção à janela, os galhos dos arbustos que a escondiam arranhando-me o rosto. Encostei a mão aberta contra o vidro e rezei, tentando fazer a vidraça deslizar. Nada aconteceu. Reclamei comigo mesma, mas tentei de novo. Nada. Enterrei as unhas entre a beirada do vidro e a moldura da janela, e puxei com toda a força, prendendo a respiração.

Dois segundos depois caí para trás, quase arrancando três unhas. A dor foi violenta.

Danem-se. Danem-se, elas e o teste delas. Que Ariana se dê mal. Que ela sinta como é.

Mas mesmo enquanto eu pensava isso, sabia que jamais as decepcionaria, agarrei meus dedos e contive as lágrimas. Precisava continuar tentando.

A um metro de distância havia uma outra janela. Uma vez mais, apertei a mão contra o vidro, prendi a respiração e fechei os olhos. Empurrei. E a janela se abriu.

Isso! Estava salva.

Meti a cabeça na escuridão fria de um porão que servia como depósito. Mesas e cadeiras estavam empilhadas ao longo de todas as paredes, e sob a janela havia uma escrivaninha comprida de metal. Virando-me, desci de costas. O trilho de metal da janela cortou minhas pernas, depois a barriga enquanto eu me retorcia para passar, mas procurei não pensar na dor. Fiquei pendurada ali um segundo, depois caí na mesa com um baque que reverberou pelo mundo inteiro. Fechei os olhos e quase desatei a chorar. Alguém certamente tinha ouvido aquilo.

Pelo jeito eu não estava preparada para uma vida de crimes.

Mas não importava. Precisava prosseguir. Em algum lugar, no primeiro piso, ficava a sala do Sr. Dramble. Ainda precisava encontrá-la, depois encontrar o teste, em seguida sair dali o mais depressa possível e voltar para o Alojamento Billings.

Corri para a porta e a abri bruscamente, nem mesmo procurando ver se havia alguém por perto. Se houvesse, eles já estariam vindo, alertados pela minha entrada escandalosa. Mas ainda assim, pelo menos poderia tentar ir o mais longe possível.

Encontrei a escada nos fundos do prédio e corri até o primeiro andar. A única luz vinha de um luminoso que marcava a saída de emergência, projetando nas paredes uma tonalidade cor de sangue. Prossegui ao longo do corredor, vendo os nomes nas placas de bronze ao lado de cada porta de madeira e vidro.

Srta. Johnson. Sr. Carter. Sr. Cross.

E finalmente, no fim do corredor, encontrei-a. A porta do Sr. Dramble.

Agarrei a maçaneta e a girei. Graças a Deus estava destrancada. Talvez, como nos alojamentos, nenhuma das salas dos professores ficasse trancada. Afinal de contas havia um código de honra ali. Talvez as autoridades da Easton sentissem que já bastava deixarem gente como eu de fora.

Que pena.

Revirei o escritório, tropecei com força em uma cadeira e acabei chegando à escrivaninha, apalpando o que estava no caminho. À medida que os meus olhos se acostumavam às trevas, encontrei uma luminária e a acendi. Sabia que era arriscado, mas não conhecia nada ali, e não queria quebrar nada nem me machucar, portanto precisava de luz. O computador do Dramble ficava em um carrinho baixo ao lado da sua escrivaninha. Apertei o botão que o ligava, e prendi a respiração enquanto a máquina zunia e a tela levava um milhão de anos para acender, desejando ter pego o meu relógio quando estava saindo do quarto. Não fazia ideia de quanto tempo estava desperdiçando ali. Cinco minutos? Dez? Parecia mais que haviam se passado umas cinco horas.

Finalmente o desktop apareceu. Uma foto de um cão *schnauzer* miniatura no meio. Vários ícones de pastas estavam alinhados à direita. Prendi a respiração quando vi um que dizia "Física quarto ano".

Com as mãos trêmulas, agarrei o mouse e cliquei duas vezes na pasta. Havia pelo menos duas dúzias de arquivos chamados "teste_set_21", "teste_set_28" e "exame_1" e "exame_2". E daí por diante. Que exame era aquele? Será que já tinham feito um ou seria esse o primeiro? Merda. Simplesmente ia ter que imprimir vários.

Abri os primeiros quatro arquivos de exames e enviei-os para a impressora. Quando ela começou a funcionar, senti-me como se estivesse agonizando. A impressora era um dinossauro, mais barulhenta do que uma bomba atômica. Quando começou a imprimir, até chorei de desespero. Uma página por hora, mais ou menos.

À medida que cada página ia sendo impressa, eu a arrancava da impressora. Meus pés batiam no chão, impacientes, as mãos tremiam. Meu coração executava uma batucada errática que não devia fazer nada bem à saúde. Finalmente, a última página saiu. Rapidamente, me joguei em direção ao computador, desliguei-o, e depois, sem ter a menor ideia se a segurança já estava no prédio me procurando, saí correndo.

No corredor, parei durante um milésimo de segundo. Procurei prestar atenção para ver se ouvia passos, e nada.

Talvez a sorte *estivesse* mesmo do meu lado.

Sabendo que não havia como subir pela parede do porão e passar por aquela janelinha minúscula pela qual eu tinha entrado, saí pela porta da frente. Corri o mais depressa que pude, pelo corredor, contornei uma esquina, e entrei deslizando na portaria. Estava para disparar para a porta quando tudo mudou, e eu caí no chão, horrorizada.

Havia um rosto na janela.

UM CONVITE

Ouvi uma risada malévola e, devagar, olhei para cima. Era Noelle. Ela estava de pé bem ali em frente à porta.

— Reed Brennan! Saia daí! — cantarolou ela, em voz baixa.

Tremendo e xingando baixinho eu me levantei e saí cambaleando na direção da porta. Quando a empurrei com um ombro, Noelle, Ariana, Kiran e Taylor todas se afastaram para um lado. O rosto de Noelle estava distorcido antes, visto através do vidro de relevo irregular da janela, mas se eu não estivesse tão apavorada e se tivesse tido um segundo mais para contemplá-lo, veria que era ela. Senti-me uma completa idiota. Tinha caído no chão bem na cara dela.

Ela agarrou-me a mão e me puxou, ainda rindo, para as sombras, com o resto das meninas atrás de nós. Comecei a ferver de raiva.

— Devia ter visto a sua cara — sussurrou Noelle, alegremente, uma vez que alcançamos um lugar seguro, distante de todos os prédios onde ficavam os adultos.

— Pena ter perdido essa — disse, estendendo os testes para Ariana. — Pronto. Aproveite bem.

— Ah, ela está chateada! — provocou Kiran.

— Acalme-se, Reed. Foi só uma piada — disse Taylor.

— Ótimo. Que engraçado. Posso voltar pra cama agora? — indaguei.

Noelle levou um momento para responder. Seu olhar ficou severo.

— Se teimar em se comportar assim, não vai ganhar o presente que temos para você.

Meu coração bateu descompassado, curioso.

— Como assim?

— Ora nós iríamos te convidar para ir lá no alojamento amanhã se pegasse o teste da Ariana — disse Kiran. — Mas se não estiver interessada...

Convidar-me? Para ir ao Billings? Dentro do Billings? No santuário particular delas?

— Não, estou interessada, sim.

— Achei que estaria— respondeu Noelle.

— Ótimo — disse Ariana com um sorriso. — Kiran vem buscar você aqui.

A tensão, o medo e a raiva, todos se derreteram, uma vez que a esperança havia me invadido. Elas iriam permitir que eu entrasse. Finalmente iriam permitir que eu entrasse.

— Ah, e pode ficar com isso — disse Ariana, me entregando o teste. — Nem mesmo faço aula de física.

Elas se afastaram juntas, satisfeitas, sorrindo, e eu fiquei sozinha ali, no meio do campus escuro, incapaz até mesmo de respirar.

LÁ DENTRO

Enquanto seguia Kiran pela calçada que levava à porta da frente do Alojamento Billings, senti meu coração apertar-se de expectativa. Olhei firme para as janelas acima de mim, sentindo-me tão zonza quanto era de se esperar. A qualquer momento veria o que estava por trás delas. A qualquer minuto conheceria os segredos deste lugar. Sentia-me como se estivesse sendo conduzida para a sede de alguma sociedade secreta. Seria recebida por meninas de túnicas brancas e obrigada a assinar algum documento com sangue, jurando que jamais repetiria o que visse entre aquelas paredes? Não ficaria nem um pouco surpresa, principalmente depois da noite anterior.

Kiran parou diante da porta e ergueu uma sobrancelha.

— Você está preparada?

Tudo o que consegui foi confirmar com a cabeça. Ela sorriu, maliciosa, e abriu a porta. Estava na hora.

Segui Kiran, entrando na portaria do prédio, e tentei não parecer muito admirada nem intimidada.

— Pronto, aqui estamos — disse ela. — Lar, doce lar.

— Bonito — afirmei. A descrição mais insuficiente do ano. A portaria do alojamento Billings era ampla, porém acolhedora; os tetos altos tinham vigas de madeira entrecruzadas. Uma lareira de pedra tomava uma das paredes, e o chão era de madeira de lei, coberto por um belíssimo tapete tecido a mão. Fotos emolduradas de meninas do Billings de vários anos adornavam as paredes, e em uma delas reconheci uma ou duas políticas, uma famosa apresentadora de tevê e pelo menos duas escritoras. Poderia tê-las apreciado mais de perto se não houvesse pensado que isso iria me fazer parecer ávida demais.

No segundo andar, os tapetes eram felpudos, as luminárias das paredes eram de bronze e havia fotos artísticas do campus da Easton. Ouvi música tocando dentro de um dos quartos. Quando entramos no quarto de Kiran e Taylor, esta se encontrava deitada de costas na cama, com a cabeça para fora dela, pendurada para trás, lendo um de seus romances prediletos.

— Oi, Reed! — disse ela, virando-se para a posição normal. Fechou os olhos quando o sangue desceu da cabeça, depois sorriu.

— Você estuda em algum momento? — perguntei a ela.

— Ela não precisa. Tira A como quem pega a correspondência na caixa do correio — disse Kiran, pendurando a bolsa em sua cama. — Tão irritante.

O quarto delas era enorme. A cama de Kiran, coberta de retalhos de cetim e seda em milhares de tons de roxo, ficava perto da janela da sacada. A de Taylor, coberta de vermelho e rosa, ficava bem do outro lado do quarto. O espaço entre as camas equivalia a uma pista de dança. Elas também tinham sua própria lareira, na qual havia uma dúzia de velas brancas de todas as formas e tamanhos. As mesas tinham o dobro do tamanho das do Alojamento Bradwell, e as cômodas com o dobro de gavetas.

— Não é culpa minha Deus ter me dado memória fotográfica — disse Taylor. — Sabe que porcentagem da população tem memória fotográfica? — ela me perguntou.

— Duvido que ela se importe — zombou Kiran enquanto tirava a jaqueta de veludo. — Tinha esperança de que, morando com ela, uma parte dessa capacidade se transferisse para nós por osmose, mas até agora não demos sorte. — Ela tirou os grampos do coque e deixou os cabelos compridos lhe caírem sobre os ombros. — Fique à vontade. Preciso ir ao toalete.

Ela passou pela cama de Taylor e abriu a porta que dava para o que pensei ser um closet.

— Menos de 0,05 por cento — sussurrou Taylor, orgulhosamente, quando Kiran saiu. — Embora alguns cientistas defendam que esse negócio de memória fotográfica na realidade não existe.

— Ah — disse, distraidamente. Estava ocupada demais olhando para onde Kiran tinha ido. — Aquilo é um banheiro?

— Pois é — disse Taylor, marcando a página que estava lendo e jogando o livro na escrivaninha. — Esse lugar aqui é uma loucura. Todos querem vir para cá. É o melhor alojamento do campus.

É, sem brincadeira. Eu estava para perguntar a Taylor como é que se conseguia um convite para vir morar no Billings, quando ouviu-se uma descarga, e Kiran saiu do banheiro.

— E aí, vamos por mãos à obra?

Fiquei desanimada. Trabalho? Será que tinham outra tarefa para mim? Será que era por isso que eu tinha sido chamada ali?

Nesse momento, a porta se abriu e entraram Noelle e Ariana. Fiquei meio animada, meio arrasada ao vê-las.

— Como assim? Nem começaram ainda? — indagou Noelle, erguendo uma sobrancelha.

— Estávamos esperando vocês — disse Taylor.

Epa, aquilo estava ficando cada vez mais assustador.

— Que gentileza a sua — disse Ariana.

Ela foi até um par de portas duplas de correr e as abriu.

— Reed Brennan, bem-vinda à sua recompensa — disse Kiran.

Meus olhos se arregalaram. O armário era maior do que qualquer um que eu já tinha visto, e preenchido de ponta a ponta com suéteres deslumbrantes, blusas cintilantes, saias de seda. Só os sapatos eram suficientes para deixar qualquer menina maravilhada, até alguém que nunca tinha sido muito de andar na moda. Naquele instante me perguntei se isso tinha sido mesmo por opção minha, ou se no fundo eu era uma aficionada por moda que nunca havia tido dinheiro para poder ceder aos meus impulsos.

— Acho que você é verão — disse Kiran, com o dedo no queixo ao analisar seu guarda-roupa. — Ou seja, tons de azul, cinza e prata. Ahhh, tenho uma ideia. — E esfregou as mãos, depois mergulhou no meio das roupas, puxando algumas para fora e pendurando os cabides nos dedos. Depois que pegou meia dúzia de peças, foi até sua cama e começou a estendê-las sobre ela.

— Ela pensa que *eu sou* um gênio: espere até vê-la trabalhando — disse Taylor baixinho. — Eu sempre desejei saber combinar cores, mas é muito raro ser ao mesmo tempo um gênio acadêmico e artístico. Naturalmente, temos Leonardo da Vinci, Benjamin Franklin...

— Taylor — ralhou Noelle.

Taylor enrubesceu e comprimiu os lábios.

— O que está havendo? — indaguei.

— Vamos valorizar o seu guarda-roupa — disse Noelle.

— Você tem um rosto ótimo, sabia — disse Kiran. — Precisa aprender a realçá-lo.

Corei ao vê-la tirar peças do armário. De repente, isso me pareceu muito um ato de caridade.

— Nunca fui muito de andar na moda.

Kiran abafou uma risada.

— Nós notamos.

— Você não precisa levar nada — disse Ariana, sentando-se aos pés da cama de Kiran. — Só experimente algumas coisas. Talvez goste delas. Nunca se sabe.

Fiquei emocionada com a oferta, muito embora me sentisse envergonhada pela insinuação de que eu precisava de ajuda.

Kiran colocou uma calça cinza junto a um suéter azul com decote canoa. Uma saia prateada combinando com uma blusa branca de gola tartaruga. Estendeu mais alguns trajes, depois estalou a língua e mudou tudo.

— Pronto, experimenta isso aqui — disse ela, empurrando-me uma blusa azul-turquesa e uma saia cinza. O tecido da blusa era mais macio do que qualquer coisa que eu já houvesse tocado.

— Tá. Já volto — concordei, virando-me para o banheiro.
— Ih, ela é envergonhada — provocou Kiran.
— Quê? — respondi.
— Anda, se troca aí mesmo — disse Noelle, impaciente.
— Você não tem nada que não tenhamos visto antes. Pelo menos espero que não.

Olhei de relance para Taylor, que sorriu, incentivando-me. Ariana simplesmente observava tudo com aqueles seus olhos azuis misteriosos. Sentindo-me pra lá de envergonhada, pus as roupas sobre a cadeira de Taylor, depois abri o jeans e o tirei. As Meninas do Billings estavam observando meus mínimos gestos. Eu já havia me trocado diante de meninas antes, mas nunca quatro pessoas tinham ficado olhando assim para mim enquanto fazia isso. Virei de costas para elas quando tirei a camiseta e rapidamente vesti a blusa. Mesmo tensa como estava, não pude deixar de notar como o tecido era macio. Depois pisei dentro da saia, e puxei-a para cima, o forro de cetim sussurrando, frio, contra as minhas pernas. Prendi-a depressa na cintura, cobrindo minhas calcinhas de algodão tão rápido quanto pude.

Fechei o zíper da saia e me virei, afogueada. Ergui os cabelos e deixei-os cair nas costas.

— O que acham?

Todas ficaram me olhando. Tentei me lembrar se eu tinha posto desodorante naquela manhã ou não. Como seria constrangedor se devolvesse as roupas de Kiran cheirando a cecê...

Bem devagarinho, Noelle sorriu.

— Acho que ainda há esperança para você.
— Vá se olhar no espelho — disse Ariana.

Fui até o espelho de corpo inteiro num dos cantos do quarto e sorri abertamente ao ver meu reflexo. Era uma Reed totalmente nova. Eu estava mais velha. Estava mais sexy. Estava *ótima*.

Se ao menos pudesse aparecer para almoçar com os pais do Thomas usando algo assim, eles poderiam até pensar que eu era boa o suficiente para o filho deles.

— Pode me emprestar essas roupas? — perguntei, quando Kiran aproximou-se com outro traje.

— Emprestar? Pode ficar com elas — disse Kiran.

Meu queixo caiu.

— O quê?

— Não esquenta, eu ganho coisas novas toda semana, enviadas de Milão... Nova York... Paris — disse ela. — Não tem problema algum.

— Puxa, muito obrigada! — exclamei. — É exatamente o que eu precisava!

— Pra quê? — perguntou Ariana, astutamente.

Senti algo afundando dentro de mim, e voltei a fitar meu reflexo.

— Para melhorar o meu guarda-roupa — respondi, cautelosamente. — Sabem que não tenho nada bonito assim.

— E é por isso que está aqui — disse Noelle, revirando os olhos. — Vamos prosseguir, sim?

Kiran me entregou o traje seguinte, ainda mais deslumbrante do que o anterior, e escondi um sorriso ao voltar as costas para as meninas uma vez mais. Quem ainda se importava se elas tinham me enganado e me mandado pegar um gabarito de teste sem motivo algum? Aquilo valia cada minuto de tortura. Aquilo fazia tudo valer a pena.

A É O NOVO C

Meu coração batia violentamente quando o Sr. Barber nos devolveu o mais recente teste. Era o primeiro depois de eu passar a usar o novo método de estudo proposto por Taylor, e, embora acreditasse que sabia todas as respostas quando preenchi as lacunas, ainda estava tensa. Precisava me sair bem naquele teste. Mais tarde, receberia outras notas, e sentia como se o que eu conseguisse neste fosse determinar tudo que ocorreria nas outras aulas. Se eu não me saísse bem, meus dias estariam contados. Pensei no alojamento Billings e na minha tarde com as meninas. Pensei em Thomas. Pensei em todas as coisas que perderia se tivesse me dado mal.

Então pensei em minha mãe, nas paredes cinzentas do Colégio Croton, no nada para o qual teria de voltar.

Eu não podia voltar para lá.

Fiquei olhando a capa do meu caderno enquanto o Sr. Barber percorria os corredores entre as carteiras, usando toda a força de vontade que tinha para não acompanhá-lo com o olhar.

E então sua sombra projetou-se sobre minha carteira. Prendi a respiração.

— Srta. Brennan — disse ele.

Olhei para cima. Ele estava encarando furiosamente as páginas grampeadas, consternado. Relanceou os olhos para mim.

— Melhorou muito — disse.

Meu coração deu um pulo quando ele pôs o teste virado para baixo na minha carteira. Peguei as páginas com dificuldade, e finalmente as virei. Havia um imenso A ao lado do meu nome.

— Uau. Parabéns! — elogiou Constance, debruçando-se para ver.

Sorri radiante, sentindo um formigamento no corpo inteiro diante daquele triunfo. Aquele dia iria ser bom.

UMA DOSE DE REALIDADE

— Tirei a nota máxima em tudo! Taylor, você salvou minha vida!

O rosto dela irradiava orgulho. Estávamos a caminho do jantar, e um vento frio havia começado a soprar, arrancando as primeiras folhas amareladas das árvores e fazendo os cachos dourados de Taylor dançarem em torno de seu rosto.

— Foi mesmo? Conseguiu responder corretamente a todas as perguntas?

— Bom, não em História da Arte — disse. — Tirei só B nesse teste. Mas ainda acho que foi totalmente injusto.

— Mas um B é ótimo, Reed! Você conseguiu — exclamou Taylor, dando-me um abraço apertado.

— Não conseguiria sem você — disse a ela, sorrindo. — Estou tão aliviada, não faz ideia. Quero dizer, depois da minha última reunião com Naylor, eu realmente pensei que iria ser expulsa daqui.

— Já contou ao Thomas?

Meu coração sobressaltou-se. Pelo jeito eu não tinha conseguido manter em segredo como era importante meu relacionamento com Thomas. Naturalmente, pela cara de animação de Taylor, ela não parecia importar-se tanto quanto Noelle, por exemplo.

— Ainda não — respondi, com a garganta seca. — Ainda não o vi.

— Ah, puxa, como não. Ele fica sempre por perto do refeitório antes do jantar. Vamos contar a ele — disse Taylor, agarrando minha mão.

Ri quando ela me puxou para o outro lado do pátio. Sentia-me leve e livre. Não conseguia parar de sorrir.

Thomas não estava perto da porta, como ficava às vezes, mas isso não deteve Taylor. Ela me levou ao lado norte do prédio e ali estava ele, rodeado pelo seu séquito de costume...

...entregando a alguém um saquinho contendo meia dúzia de pílulas brancas. Depois pegou uma nota amassada e guardou-a no bolso.

Parei na mesma hora. Perdi o chão. Comecei a suar frio e de repente entendi tudo.

Thomas vendia drogas? Thomas vendia drogas. Bem ali, na frente de todo mundo. Era por isso que ele era tão popular. Tão poderoso. Era por isso que vivia cercado de alunos. Não eram seus amigos. Eram seus clientes.

— Ah, merda — disse Thomas, vendo a minha cara.

Dei-lhe as costas, desvencilhando-me de Taylor, e corri.

— Reed! Espera! — gritou Thomas. — Falo com vocês depois — ouvi ele dizer a sua clientela.

Contornei a esquina do prédio voando e me afastei. Para longe do refeitório. Para longe de todos eles. Para onde ia, não fazia ideia. Só precisava fugir.

— Reed!

Thomas agarrou meu braço. Fiz força e consegui me soltar.

— Qual é o problema? — perguntou ele.

Virei-me, então bruscamente:

— Qual é o problema? Está brincando comigo?

Ele sabia o que tinha acontecido com minha mãe. Sabia que ela tomava pílulas e sabia o que lhe causavam. O que causavam a mim. Como é que podia achar que não era nada?

Taylor apareceu atrás dele, hesitante. Segurava uma das mãos com a outra e tentava não prestar atenção na conversa.

— Qual o problema? — disse Thomas, atrevendo-se a sorrir. — Alguém tem que fornecer essas coisas. É só um jeito de ganhar uma grana. Relaxa.

Como se ele precisasse ganhar algum extra. Seu relógio valia mais do que o meu carro.

— Muito bem, Thomas, se não é nada, por que não me contou? — perguntei.

— Talvez porque soubesse que você teria um ataque — disse ele, fechando a cara. — Você é tão perfeita, Reed, que não queria que pensasse que eu não sou.

— Mentir para mim vai mesmo ajudá-lo — falei. De repente percebi que ele não tinha mentido apenas sobre isso. — Seu celular. O celular que você perdeu e o deixou tão preocupado. Não é o telefone que os seus pais usam, é?

Ele cerrou o maxilar.

— Não, não é.

Senti como se meu coração fosse bater desesperadamente até a morte.

— É o celular que usa para falar com eles, né? Seus clientes? Seus fornecedores também? Por isso é que ficou tão assustado?

Seu rosto disse tudo.

— Eles não são os caras mais legais do mundo, Reed. Preciso estar sempre à disposição deles, entende?

— Meu Deus, Thomas, o que vai me dizer depois? Que aquela história toda sobre seus pais também era invenção sua? — indaguei.

— Não, não é — disse ele. — Reed, eu não mentiria pra você sobre isso. Não mentiria sobre coisas importantes.

Ser traficante de drogas não era importante, afinal de contas.

— Com licença, preciso ir embora — disse, começando a andar de novo. Ele voltou a me segurar. — Me solta, Thomas.

Ele me contornou, ficando de frente para mim. Olhou-me nos olhos. E isso, de alguma forma, me fez sofrer ainda mais. Ele estendeu as mãos para pegar meus braços e então deixei que me tocasse.

— Reed, por favor, você não está com raiva. — disse ele, com as mãos em meus braços. Suas mãos estavam quentes. — Não está. Você me ama, certo? Se me ama, precisa amar tudo que faço.

Engoli em seco. Nunca tinha dito a ele que o amava. Ele estava ali de pé naquele momento horrível, colocando palavras importantes na minha boca. Jogando-as assim, usando-as para justificar um fim. Como é que podia fazer isso comigo? Eu tinha me entregado a ele. Entregado-me por completo. E ele estava mentindo para mim o tempo todo. Quem era aquela pessoa, afinal, droga?

— Thomas...

— O quê? Você não... — E ele riu, andando para trás. — Não vai terminar comigo por causa disso, vai?

Olhei para ele, sentindo-me desesperada. Sentindo-me usada, suja e burra. Só queria ficar longe dele. Só queria ficar sozinha e refletir.

— Não sei — respondi.

Aquela petulância dele sumiu na hora. Juro que vi medo em seus olhos.

— Não, Reed. Por favor, não pode me deixar. Você... me ama.

— Thomas...

— Reed, por favor.

Aquilo quase me fez desistir. Aquela súplica.

— Eu preciso de um tempo.

— Não — disse ele, agarrando a minha mão, e tentando impedir que eu fosse embora.

— Thomas, por favor, me deixa ir embora.

Ele sondou meu olhar. Fiz força para não ceder. Finalmente ele me soltou, colocando as mãos para trás, como se estivesse sendo preso. Depois as levou até a nuca por um segundo e mordeu o lábio. Estava tentando pensar em algo para dizer. Parecia que iria chorar. Não consegui mais aguentar aquilo. Passando ao seu lado, parti rumo ao Alojamento Bradwell.

— Reed! Reed! Aonde está indo? — chamou Taylor, correndo para me alcançar.

— Sabia disso? — perguntei, percebendo que ela estava a par de onde encontrá-lo.

— Bem, sabia sim — disse Taylor, dando de ombros. — Ele vende pra todo mundo no Alojamento Billings. Como você não sabia?

Senti gosto de bile no fundo da garganta. Estava a ponto de vomitar. Não conhecia ninguém. Não sabia de nada. Eu era mesmo uma ingênua, ridícula, caloura do segundo ano.

— Você está bem? — perguntou ela.

— Preciso ir — respondi. Depois fui embora, correndo para a escuridão que se aproximava.

A GOTA D'ÁGUA

Dessa vez eu estava bem acordada, pensando obsessivamente em Thomas, quando meu celular emitiu um bip. Tinha desligado a campainha horas antes, após a vigésima mensagem suplicante e furiosa dele, mas havia me esquecido de fazer mesmo com o alerta de mensagens de texto. Peguei o telefone devagar e olhei para a mensagem.

ENCONTRO ATRÁS DO BILLINGS. VC TEM 3 MIN.

Fiquei ali deitada por um bom tempo. Não estava nem um pouco a fim de ir até lá. Não depois do que houve com Thomas. Não depois de Taylor ter abafado o que ele fazia com toda aquela calma. Não agora, que sabia o que sabia. Não estava a fim de fazer nada para ninguém. Nem de confiar em ninguém, nem um pouquinho. Não estava a fim de me mexer.

Minha pulsação acelerou-se. Fiquei de olhos pregados no teto. Eu poderia ignorá-las. Poderia. Eu tinha meus próprios pensamentos e sentimentos. Ficaria bem. Não, não ficaria. Se eu as ignorasse, não teria nada. Não teria Thomas. Não teria o alojamento Billings. Nada. Se eu não tomasse conhecimento daquela mensagem, simplesmente seria outra segundanista sem nome, sem rosto, esforçando-me por mim mesma, como Constance. Seria sempre a Reed Brennan que tinha chegado àquela escola desajeitada e solitária, sem a menor ideia do que fazer. Tinha progredido muito desde aquele dia. Será que poderia mesmo recuar?

O telefone tornou a emitir um bip. Olhei para a tela.
DOIS MIN.

Joguei as cobertas para o lado, me vesti e desci as escadas contra a vontade, saindo pela porta e indo para trás do Billings. Estava tão furiosa que meu maxilar doía de tanto trincar os dentes e uma dor de cabeça começava a fazer minhas têmporas latejarem. Nos fundos do Alojamento Billings, Noelle, Ariana, Kiran e Taylor me esperavam. A noite estava fria, e elas vestiam suéteres e jaquetas deslumbrantes.

— Estamos infringindo seu horário, ou coisa assim? — indagou Noelle.

— O que vocês querem? — perguntei, friamente.

— Ah. Então estamos querendo fazer malcriação outra vez, né? — disse Kiran.

— Kiran — disse Taylor, chamando a atenção da amiga. Todas olharam para ela. Interessante. Quem geralmente repreendia era Ariana. Taylor aparentemente estava com pena de mim depois de testemunhar meu rompimento com Thomas e minha depressão. Será que não tinha contado o que havia acontecido às outras, ou será que elas simplesmente não se importavam?

Noelle avançou e olhou para mim de cima até embaixo.

— Temos mais uma missão para você.

Olhei firme para ela, num silêncio estoico.

— Sabe a garrafa térmica que o Sr. Barber vive carregando pra lá e pra cá?

— Sei.

O que elas queriam que eu fizesse com a garrafa? Que a roubasse também?

— Antes da aula, amanhã, queremos que despeje isso aqui dentro dela — disse Noelle.

Ariana avançou com uma garrafa de vodca e a entregou a mim. Eu a olhei indignada.

— Quê? Por quê?

— Vai ser divertido — disse Kiran, dando de ombros. — Ele provavelmente vai espirrar tudo na sala de aula.

— E alguém vai sentir o cheiro e denunciá-lo, e aí vai haver uma investigação... — disse Noelle, liderando o discurso e inclinando a cabeça para o lado.

Kiran riu, zombeteira, e Ariana sorriu. Taylor ficou olhando para o chão. Elas só podiam estar brincando.

— Ele pode ser demitido — falei.

— Isso sim é que seria o máximo — disse Noelle. E todas elas riram.

Cerrei os punhos. Eu já estava no limite, mas isso era a gota d'água. Elas não podiam se meter na vida dos outros assim. Muito bem, talvez eu as tivesse deixado interferir na minha, mas havia sido minha decisão. E pelo menos tudo que eu tinha feito antes havia acabado, de alguma forma, sendo bom para elas. Pegar comida, romper com o namorado, guardar o segredo de Kiran, roubar provas... Ok, exceto essa última. Mas quando elas tinham me pedido para fazer isso, havia sido para ajudá-las. Só que eu não iria ajudá-las a demitir um cara apenas para se divertirem. Por mais cretino que ele fosse.

— Não, obrigada — falei, dando as costas para elas.
— Quê? — disse Kiran.
— Pensei que detestasse esse cara — disse Noelle.
Parei e inclinei a cabeça para trás.
— E daí? — perguntei ao céu.
— E então, não quer que ele seja demitido? — provocou Taylor.
— Ele merece — interferiu Ariana. — Depois do que fez com você.
— O que ele fez comigo? — indaguei, virando-me para encará-las.
— No primeiro dia de aula — disse Ariana.
— Como vocês sabem disso? — perguntei, deixando minha voz ficar perigosamente alta. Nenhuma delas tinha parecido notar ou se preocupar.
— Esta escola é pequena — disse Noelle. — Ninguém consegue esconder seus segredos de nós.
Pois eu duvidava muito. Havia milhares de segredos ali. Só que todos escondiam tudo de mim. Olhei de relance para Kiran, que fez força para não desviar o olhar. Pelo menos *a maioria* dos segredos estava sendo escondida de mim.
— Não vou fazer isso — disse, indo em direção ao Alojamento Bradwell.
— Tem certeza? — perguntou Noelle.
— Você entende do que está desistindo? — disse Kiran, cruzando seus braços esguios sobre o peito.
Olhei para Billings, minha respiração produzia nuvens de vapor no ar frio. Olhei para as janelas por onde tinha espionado Ariana naquela primeira noite. Lembrei-me do desejo que tinha sentido. Da necessidade. Da sensação de que essas

meninas poderiam ser aquelas que me salvariam. Me salvariam de uma vida que eu nunca quis ter.

Eu queria tudo aquilo. Queria tudo muito mesmo. Mas havia um limite para tudo. E eu tinha chegado a esse limite.

— Não vou fazer nada para demitir alguém só porque vocês estão a fim — falei, olhando para cada uma nos olhos, uma por uma. Pude ver a dúvida nos olhos delas. A crença absoluta de que eu iria ceder. Aquilo só fortaleceu minha convicção. Eu já estava cansada de elas quererem me sacanear. Estava cansada das meninas do Billings, de Thomas e de todo mundo naquela maldita escola pensar que era perfeitamente normal mexer com a cabeça da menina nova.

— Há certas coisas que nem eu faço.

Minhas pernas tremiam quando dei meia-volta. Dei às costas à nova vida que estava tão perto de conseguir. Voltei para a minha tão familiar escuridão.

UMA DUPLA INTRIGANTE

Na manhã de quinta, na aula de História da Arte, fiquei olhando pela janela para as folhas recém-caídas que se moviam suavemente sobre a grama, enquanto a Srta. Treacle discursava monotonamente. Nem mesmo me importava se a velha me chamasse para falar sobre a leitura, que, a propósito, não tinha feito. Nem mesmo sabia muito bem onde eu estava.

Tinha desistido das Meninas do Billings. Tinha me negado a ajudá-las. Na luz cinzenta do dia, havia começado a me perguntar se aquilo não tinha sido loucura de minha parte. O que eu pensava que iria fazer ali sem elas? Meu relacionamento com Thomas havia terminado. Tinha me isolado de todas as meninas da minha turma. Pensava que meu comportamento era moral e admirável. Agora percebia que tudo o que consegui foi destruir minha única esperança.

Jamais seria uma Menina do Billings. Nunca seria nada além da coitadinha da Reed Brennan com um pai operário e uma mãe viciada. Não havia saída.

De repente, como que conjurada pelos meus pensamentos, uma das Meninas do Billings surgiu no meu campo de visão. Leanne Shore estava sendo conduzida ao longo de um dos caminhos de tijolos pela Sra. Naylor. Leanne parecia estar nervosa e se sentindo mal, como fosse fazer xixi nas calças. Alguma coisa estava acontecendo, e eu não tinha sido a única a notar. Ouvi Missy e Lorna atrás de mim, cochichando, enquanto acompanhávamos a caminhada das duas.

Elas dobraram na curva que levava ao prédio da administração e desapareceram pelas portas pesadas de madeira. Meu coração batia com força.

— Alguém se ferrou — cantarolou Missy baixinho.

Ninguém conseguiu se concentrar em mais nada pelo resto do dia.

SEGUNDA CHANCE

Lá pela hora do jantar, todos já sabiam da novidade. Leanne havia sido acusada de desrespeitar o código de honra. Tinha colado em uma prova de Inglês. Eles iriam investigar o episódio e, se fosse mesmo culpada, ela seria expulsa. Leanne não apareceu no refeitório naquela noite, o que provavelmente foi uma boa decisão, considerando-se que todos estavam esperando sua chegada. Eu estava louca para conversar com as Meninas do Billings sobre o assunto, descobrir o que sabiam, mas elas não falaram comigo o dia inteiro. Nem mesmo olharam na minha direção quando passei por elas no pátio. Sabendo que não poderia nem tentar me sentar perto delas, eu tinha passado tanto o desjejum quanto a hora do almoço na enfermaria, e planejado passar o jantar lá também até que meu estômago vazio me convencesse do contrário.

Saí da fila com minha bandeja e olhei de relance para a mesa do Billings, onde todos estavam reunidos, cochichando. Aliás, todos, em todas as mesas estavam reunidos, cochichando, comentando as últimas fofocas. Inspirei profundamente e comecei a me dirigir à mesa de Constance, sabendo que Missy e as outras iriam cair na minha pele por me sentar com elas de novo. Era só um outro aborrecimento que eu teria que suportar em minha queda vertiginosa.

Já estava a meio do caminho da mesa quando Thomas se levantou e ficou no meu caminho. Meu coração quase saiu pela boca. Eu nem mesmo havia notado que ele estava ali. Sua pele parecia translúcia sob a luz fraca.

— Preciso falar com você — disse ele, fitando-me com atenção.

Olhei de relance para a direita. Noelle e Ariana viraram para o outro lado. Estavam assistindo à cena.

— Não olhe para elas. Olhe para mim — disse Thomas. Estava falando excessivamente alto.

— Thomas...

— Eu te liguei cem vezes ontem à noite. Por que está me evitando? — perguntou ele, ficando subitamente petulante.

— Acho que você sabe por quê — respondi.

— Por favor, Reed, me dê só uma chance de pedir desculpas — disse ele. — Você me deve ao menos uma chance.

Olhei bem dentro de seus olhos suplicantes e senti que iria começar a desmoronar. Não sei se pela necessidade de sair de baixo dos refletores ou pelo desejo de ouvi-lo, mas me dirigi a uma cadeira em uma mesa vazia e ele sentou-se diante de mim.

— Sinto muito mesmo — disse ele. — Devia ter lhe contado, mas queria ficar com você e tinha certeza de que se soubesse de tudo iria pensar que eu era um tremendo fracassado.

Olhei-o, surpresa.

— Você não é fracassado — acrescentei, automaticamente.

Ele recostou-se na cadeira e deslizou um pouco para baixo.

— Sou, sim. Não estou à sua altura. Sei que não estou.

De repente ele me pareceu tão triste, humilde e arrependido de tudo que, mesmo zangada e decepcionada como estava, tive necessidade de fazê-lo se sentir melhor. Tive necessidade de protegê-lo.

— Não diga isso.

— Não, é verdade — disse ele. — Mas posso mudar, Reed. Posso mudar por você.

Senti um nó no peito, que subiu para a garganta. Ninguém jamais havia feito promessas assim para mim antes. Ninguém jamais tinha me considerado importante a ponto de mudar por mim. Nem minha mãe, nem ninguém. Mas mesmo assim senti receio. Afinal de contas, ele vendia drogas. Uma imagem perigosa era uma coisa. Um perigo real era outra.

— Quero você de volta — disse Thomas, inclinando-se para a frente, e pegando minha mão. Segurou-a sobre a mesa e olhou firmemente para ela, como se fosse um cabo salva-vidas. — Faço tudo que você me pedir.

— Thomas...

— Não precisa responder agora — disse ele, interrompendo-me. — Mas quero conversar um pouco mais com você. Podemos pelo menos continuar conversando?

Conversar não era promessa de nada. Era só conversa. E nem mesmo precisava ser esta noite, nem amanhã, nem na semana seguinte. Era só uma coisa atrativamente vaga.

— Claro — respondi, afinal.

Seu sorriso iluminou o salão.

— Ótimo. Então escuta, esta noite vai ter um lance. No bosque. Só para relaxar antes de todos os pais virem aqui. Você vem?

— Que tipo de lance?

— É tipo uma festa — disse ele. — Nós juntamos todas as bebidas que conseguirmos reunir e nos encontramos na clareira...

— E você leva as drogas... — falei, sarcástica.

— Não! — respondeu, bruscamente. — Esta noite, não. Não vou levar. Se não quiser que eu leve, eu não levo.

Inspirei profundamente. O que eu estava fazendo agora? Será que realmente queria me envolver em tudo aquilo? Porém, uma coisa havia me deixado curiosa.

— Quem vai?

— Eu, os meninos e, naturalmente, suas amiguinhas ali — disse ele, indicando com a cabeça a mesa do Billings. — Como se Dash fosse capaz de ir a algum lugar sem levar Noelle a tiracolo.

Bom, vamos pensar logicamente sobre o assunto. Uma festa ilegal no bosque com Thomas e as Meninas do Billings poderia definitivamente terminar com minha expulsão da escola e me fazer voltar para o buraco que era a minha cidade natal. Mas ir a essa festa também me daria a chance de encostar Noelle e as outras na parede, de fazê-las me escutar. E mostrar a elas que eu não era um caso perdido. Se um cara do quarto ano me convidava para uma festinha ilícita no bosque, isso devia significar alguma coisa. Mesmo que esse cara fosse Thomas Pearson.

Eu só precisaria usar essa festinha a meu favor.

Fixei os olhos cansados e esperançosos de Thomas e vi que uma resposta afirmativa significaria muito para ele. E mais importante ainda, poderia significar muito para mim.

— Está certo — concordei. — Eu vou.

NO BOSQUE

Naquela noite fiquei na cama de calças de flanela e camiseta, esperando dar onze horas, quando deveria sair do alojamento às escondidas e me encontrar com Thomas atrás do Alojamento Bradwell. Perguntei-me se estava fazendo a coisa certa. O que as Meninas do Billings fariam quando eu caísse de paraquedas na festinha delas? Ficariam com raiva? Será que me mandariam de volta na hora? Essa possibilidade me fez sentir um frio na boca do estômago, mas eu não tinha alternativa.

No momento em que o alarme do meu relógio digital tocou, indicando que eram onze horas, joguei os lençóis para o lado e calcei os tênis. Agarrei minha jaqueta jeans e a lanterna do kit de emergência que meu pai tinha insistido para eu trazer para a escola. Constance, que dormia como uma pedra, nem mesmo se mexeu quando abri a porta e saí na ponta dos pés.

Lá fora o ar noturno estava gelado e cortante. Não se ouvia um só ruído no campus a não ser os milhares de grilos que cobriam o chão. Thomas não estava em lugar algum.

Inspirei profundamente, prendi a respiração, depois sussurrei:

— Thomas?

Imediatamente uma silhueta destacou-se das sombras. Quase morri de susto. Principalmente porque percebi que o rapaz andava meio desajeitado e era ligeiramente corpulento. Não era Thomas.

Estendi a mão para a porta, atrás de mim, e estava para fugir, quando o rapaz passou para a área iluminada. Soltei, então, um suspiro de alívio. Não era nenhum fugitivo de hospício. Era só Josh.

— Oi — cumprimentei.

Quando ele sorriu, tudo ficou mais tranquilo. Como é que eu podia ter pensado que ele era uma ameaça, com aqueles cachinhos dourados e a cara de bebê? Ele estava de casaco preto comprido sobre um moletom cinzento com capuz e jeans.

— Você me deu um susto e tanto — falei. — Cadê Thomas?

— Desculpe — disse Josh erguendo um ombro. — Thomas me mandou vir buscá-la. Ele queria chegar cedo à festa.

Beleza. Ele mandou um garoto de recados para me pegar? Que tipo de manobra era aquela por parte de alguém que estava querendo ser perdoado? Pelo jeito estava tão ansioso para afogar as mágoas que nem podia esperar por mim.

— É melhor a gente ir andando — disse Josh. — Podemos ir?

Senti um nó na garganta.

— Podemos — assenti por fim.

— Siga-me — disse Josh. — E não se afaste.

Josh puxou o capuz do moleton, agachou-se, e atravessou o pátio. Abaixei-me e fiz o mesmo, xingando-me por não pensar em usar um chapéu ou capuz também. Fazia todo o sentido. Quanto mais a pessoa se cobrisse, menor seria a chance de que alguém a identificasse.

Quando chegamos ao limite do campus, eu já estava sem fôlego. Não da corrida, mas da certeza de que a qualquer segundo holofotes iriam se acender e todos os professores e funcionários estariam esperando para nos deter. Mas nada aconteceu. O campus estava silencioso como um túmulo.

— Por aqui — disse Josh, baixinho, virando a cabeça.

Ficamos bem perto das árvores, subindo o morro e depois caminhando ao longo da linha de fundo do campo de futebol. Bem atrás do placar, que se erguia contra o céu estrelado, Josh dobrou à esquerda e entrou no bosque. Meu coração batia acelerado enquanto eu o seguia, e o meu lado prático de repente fez com que me desse conta de que estava seguindo um cara que eu não conhecia direito para dentro de um bosque no meio da escuridão da noite. Eu quis dizer alguma coisa para quebrar o silêncio e amenizar minha tensão, mas o quê?

Ei Josh, sei que você parece uma gracinha, tem um ar inocente, e coisa e tal, mas por acaso está planejando me estuprar aqui e me deixar morrer? É só curiosidade minha, sabe.

Fiquei de boca fechada.

Seguimos por um caminho sinuoso penetrando ainda mais no bosque. De vez em quando as folhas farfalhavam acima de mim, alterando o ritmo da minha pulsação. Exatamente quando estava para mandar a cautela para o espaço e perguntar até onde nós iríamos, ouvi um grito de menino, seguido de risadas. Depois de outra curva, chegamos a uma clareira onde havia uma fogueira em uma cavidade cercada de pedras. Kiran, Ariana e Taylor estava sentadas em círculo em uma pedra baixa, bebendo e cochichando entre si. Meia dúzia de meninos estava por ali, de pé, bebendo de latas de cerveja e garrafas e soltando piadas um para os outros. Com eles estava Noelle, que parecia perfeitamente à vontade entre os homens. Thomas, naturalmente, estava no meio. Atraí seu olhar e fiquei surpresa quando ele não veio direto falar comigo. Surpresa, mas um tanto aliviada.

Eu precisava cuidar de outro assunto.

— Quer uma cerveja ou outra coisa? — indagou Josh, tocando-me na altura da cintura.

— Não, obrigada — respondi.

Ele sorriu e foi em direção à fogueira. Eu me virei para Ariana e as outras.

— Oi — cumprimentei.

Elas olharam para cima, notando-me pela primeira vez.

— O que está fazendo aqui? — indagou Kiran.

Endireitei os ombros e me enchi de coragem.

Kiran levantou-se e me encarou. Usava um belíssimo casaco de cashmere que ia até o chão. Elegante, mesmo no meio do mato.

— Eu... precisava falar com vocês — falei. Olhei para Thomas ao lado da fogueira, na esperança de que ele ficasse longe, me desse algum tempo. Ele riu de algo que Gage disse, tomou um gole de cerveja, e pendurou um braço no ombro do amigo. Era como se eu nem estivesse presente.

— Sobre o quê? Está tudo bem? — indagou Ariana, sempre em tom maternal. Fiquei emocionada por ela perguntar. Talvez nem tudo estivesse perdido.

— Sim — respondi — É que...

Por cima do ombro de Kiran, vi Thomas deixar uma lata vazia cair no chão e esmagá-la com o pé. Depois ele veio em nossa direção, cambaleando um pouco.

— Senhoras — disse ele, com um sorriso debochado. Meu coração começou a bater depressa. Ele estava totalmente bêbado. Estendeu as mãos para mim e me chamou com os dedos. — Vem cá.

— Nós estávamos conversando — observou Ariana, friamente.

— Eu a convidei para vir — replicou Thomas.

Então ele agarrou minha mão e me puxou. Com força demais. Caí em cima dele, que cambaleou ligeiramente para trás. Fiquei vermelha de vergonha.

— Thomas, não dá para esperar? — pedi, olhando para as meninas.

— Não dá, não — disse ele, rindo.

E me arrastou para o outro lado da clareira, empurrando-me para trás até me encostar numa árvore enorme. Depois me agarrou os ombros e me beijou. Estava com gosto de cerveja na boca e cheirava a cinza da fogueira.

— Você me perdoa, não é? — murmurou ele, empurrando meus ombros contra a árvore com tanta força que eu não podia me mover. — Você me perdoa agora.

— Thomas...

Ele cobriu minha boca com a dele. Tentei me livrar, mas ele pressionou seu corpo contra o meu, procurando me prender. Suas mãos desceram até a minha cintura. Senti que ele puxava minha blusa. Senti suas mãos frias na minha pele quente. Quando dei por mim, elas estavam subindo até o meu sutiã. Desviei o rosto do dele, com algum esforço.

— Thomas, não.

— O quê? — disse ele, meio zonzo. Depois sorriu largamente. — Ah, que é isso...

Ele me agarrou o pescoço e começou a me beijar de novo, apalpando-me.

— Espera, dá um tempo — falei sentindo as lágrimas quentes brotarem dos meus olhos. — Todo mundo está olhando.

Thomas lançou um olhar malicioso.

— Eu sei. Eu gosto disso.

Olhei para Noelle, que tinha se reunido às outras. Taylor parecia enojada. Kiran sorria, e tomava um gole de bebida. Ariana, como sempre, olhava fixamente. Noelle só parecia decepcionada. Não era aquilo que deveria acontecer naquela noite.

Thomas afastou-se por um segundo, e aproveitei aquela minha única oportunidade.

— Saia de cima de mim — disse, entredentes. Ergui as mãos e o empurrei com todas as forças.

Thomas cambaleou para trás e quase caiu, mas tocou o chão com os dedos e aprumou-se, voltando a ficar de pé, meio desnorteado. Seu peito arfava. A raiva lhe contorcia as feições. Fez-se silêncio.

Não. Não me faça passar vergonha aqui, implorei com o olhar.

— Por que é que veio aqui, então? — disparou Thomas. Estava furioso demais para se importar ou bêbado demais para notar minha súplica.

— Eu...

— Está na cara que não foi por minha causa — disse ele.

Automaticamente, olhei para as Meninas do Billings. Thomas seguiu meu olhar e riu como um maníaco.

— Ah, claro! — anunciou ele, com grande estardalhaço.

— Ela veio aqui puxar o seu saco! — berrou para a Noelle.

— É por isso que está aqui, certo, *garota nova?* Só quer saber de se entrosar com elas. *Eu quero ser uma Menina do Billings! Elas são minhas amigas! São muito boas pra mim!* — disse, imitando lamúria.

Eu não conseguia respirar. Ele estava lançando minhas próprias palavras na minha cara. Palavras que eu havia confessado a ele em particular.

— Thomas... — disse num murmúrio ridículo.

— Está me usando agora, é? — berrou ele. Thomas avançou para mim. Ficou bem na minha frente. — Está me usando para se aproximar delas?

Tive a impressão de que iria vomitar. Ou desmaiar. O que ele estava fazendo? Como podia me tratar assim depois de tudo que tinha acontecido entre nós?

— Eu...

— Bom, sinto muito decepcioná-la, mas não pode me usar — disse ele. — E não quero mais você aqui. — Ele agarrou meus ombros e eu arfei quando ele me virou para a trilha. — Pode ir.

Fiquei ali parada, imóvel.

— Vá! — gritou ele.

Saí aos tropeções pela trilha, a visão embaçada devido às lágrimas. E então, de repente, o chão começou a vir na minha direção. Meu joelho bateu em uma pedra pontiaguda e, quando levei as mãos à perna, caí sentindo minha têmpora bater no chão. Mordi a língua e senti gosto de sangue enquanto todos os ossos do meu corpo tremeram. Taylor soltou um grito, e fechei os olhos com força, sentindo um acesso súbito de tontura.

No meio de toda essa confusão, senti Thomas ajoelhar-se junto a mim.

— Ai, meu Deus. Você está bem?

Eu me encolhi, procurando ficar longe dele, e de repente Noelle surgiu entre nós.

— Sai fora, Thomas — disse ela, com firmeza.

Elas estavam assistindo. As Meninas do Billings. Tinham visto tudo. A humilhação foi pior do que a dor.

Thomas ficou de pé e recuou, cambaleante, alguns passos. Parecia pálido e chocado.

— Você está bem? — indagou Taylor, agachando-se ao meu lado.

Tentei me sentar. Thomas havia me empurrado ao chão. Diante de todas aquelas pessoas. Diante de Noelle, Ariana, Kiran e Taylor. Por que eu estava ali? Que burrice a minha. Tudo o que eu tinha conseguido ali fora solidificar minha total ausência de futuro.

Mas então Kiran surgiu, dando-me o braço e me erguendo com a ajuda de Taylor. Zonza, olhei em volta e vi que as Meninas do Billings, todas elas, tinham se reunido ao meu redor para encarar Thomas. Tentei respirar sem sufocar com um soluço. Tentei entender o que estava acontecendo.

— Thomas, o que há de errado com você, afinal? — exigiu saber Ariana.

— Ah, qual é? Todos viram o que houve! — disse Thomas. — Eu só pedi que fosse embora e ela tropeçou! Eu nem mesmo encostei nela.

Noelle estreitou os olhos para ele. Se ela me lançasse aquele olhar teria me fulminando.

— Dash! — chamou.

— Deixe comigo — respondeu o namorado dela, na mesma hora. — Cara, a gente precisa levar um papo — disse ele, passando o braço musculoso ao redor dos ombros de Thomas. Ele o levou para longe, na direção das árvores, e meus joelhos quase desmontaram. Felizmente Kiran e Taylor estavam ali para me sustentar.

Para *me* sustentar. Para me dar apoio.

Ariana apareceu no meu campo de visão.

— Você está bem? — murmurou, prendendo meu cabelo atrás da orelha.

— O que aconteceu? — ouvi minha voz perguntando. Olhei fixamente para o chão. Para as pedras, para o fogo, meu jeans predileto rasgado no joelho. Nada daquilo estava nítido, nada fazia sentido.

— Saia de cima de mim, porra!

Eu me encolhi, todas nos voltamos e vimos Thomas empurrando Dash para longe. Dash, quase duas vezes maior que Thomas, por pouco não caiu na fogueira, segurando-se bem a tempo. Thomas virou-se e entrou no bosque pela direção oposta à trilha. Por um instante, ficamos todas ali, assustadas e em silêncio.

As Meninas do Billings não saíram do meu lado nem por um segundo. Mas mesmo com elas reunidas ao meu redor, eu estava mortificada. Não podia crer que elas tivessem acabado de testemunhar aquilo tudo. A atitude impetuosa de Thomas, seu escárnio. As coisas que tinha dito, como eu queria que elas gostassem de mim. *O que elas deviam estar pensando agora...* Eu nem mesmo conseguia imaginar. Precisava me afastar delas.

— Vou voltar — anunciei.

Noelle ficou séria. Desviei o olhar, envergonhada.

— Não vai, não — disse Kiran. — Que se dane o Thomas. Fique e se divirta com a gente.

— Não dá — falei, sentindo-me esgotada. — Preciso ir embora.

Virei-me e voltei à trilha, cambaleando cegamente. Ouvi passos atrás de mim, depois uma voz.

— Reed. Espere. Eu levo você de volta. — Voltei-me na direção da pessoa que falava. Era Noelle.

RECOMEÇO

— Já chega. De agora em diante você nem chega perto de Thomas Pearson — disse Noelle. Seus passos eram pesados, duros, ao pisarmos sobre a grama congelada em torno do campo de futebol. — Não sei por que se envolveu com ele. Besteira de caloura.

A cada passo, meu joelho ensanguentado doía e eu estremecia, sentindo novamente toda a humilhação e a confusão. Estava emocionalmente esgotada. Thomas tinha me deixado um trapo.

— Ele disse que queria pedir desculpas — expliquei. — Disse que queria ser bom o suficiente para mim.

— Jeito esquisito de mostrar isso — disse Ariana.

Eu nem mesmo a tinha notado até ela falar, mas agora percebia que as duas me acompanhavam, cada uma de um lado, como se fossem minhas guarda-costas. Quis dizer alguma coisa para parecer melhor. Para apagar a imagem ridícula que Thomas tinha passado de mim, como uma infeliz que morria de vontade de ser aprovada por elas. Mas tive a sensação de que qualquer coisa que eu dissesse só iria piorar tudo.

— Você está bem? — indagou ela.

— Estou — disse, com os braços ao redor do corpo. — Eu simplesmente... não entendo. O que foi que eu fiz?

— Não fez nada — disse Noelle, os cabelos espessos batendo em seu rosto ao descermos o morro para os alojamentos, perto das árvores. — Ele sempre fica mau quando bebe. Puxou ao pai.

— Então acha que foi só porque ele bebeu? — perguntei. Meu coração até chegou a palpitar esperançoso.

— E isso importa? — perguntou Ariana, baixinho.

— Não, não importa — disse Noelle, firmemente.

Ela estava certa, é claro. Eu nunca perdoei minha mãe por todas as loucuras que dizia quando estava de porre. Por que perdoaria Thomas?

— Percebe que precisa ficar longe dele agora, não é? — disse Noelle. — Esse cara está a um passo da loucura, se quer saber minha opinião.

Engoli em seco e concordei.

— É. Acho que não dá mais para eu continuar com Thomas.

— Ótimo — disse Ariana.

— Vai ser melhor para você — acrescentou Noelle.

Eu quase sorri da convicção dela.

— Por que vocês estão sendo assim tão legais comigo?

As duas pareciam confusas.

— Nós sempre fomos legais — disse Ariana num tom que me fez pensar que ela acreditava mesmo nisso.

— Não deixe isso subir à sua cabeça — disse Noelle, objetivamente.

— Meninas... Sobre aquela outra noite... — comecei.

— Não estamos falando nisso agora — Noelle me cortou firmemente. Decidi ficar de boca fechada o resto do caminho.

Estávamos exatamente nos aproximando dos fundos do Alojamento Billings, que ficava logo atrás do Bradwell, quando ouvimos o som de pneus esmagando cascalho. Meu coração subiu até a garganta e Noelle me puxou com força para trás, contra a parede de pedra do Billings. Ficamos as três ali de pé, sem nos movermos, sem respirar, a pedra fria irradiando arrepios por meio de nossas roupas e para dentro de nossos ossos. O vento fez as folhas farfalharem, abafando uma voz ininteligível, um grito sufocado. Depois faróis brilharam momentaneamente entre os edifícios e o som de um motor desapareceu a distância. Só consegui respirar de novo quando ficamos em absoluto silêncio.

— Quem era? — perguntei.

— Como vamos saber? — disse Noelle. Ela não parecia amedrontada, mas irritada por aquela pessoa, fosse quem fosse, tê-la colocado numa situação difícil durante aqueles 30 segundos. — Reed, preste bem atenção. Foi bom que Thomas tenha posto as manguinhas de fora lá no bosque, pois agora você já sabe quem ele é — disse ela, lançando o olhar para o morro. Meu coração ainda estava apertado, e eu mal conseguia me concentrar. — Não deixe ele te obrigar a voltar entendeu? Se eu vir você trocando nem que seja uma palavra com aquele imbecil...

— Não vou falar mais com ele — disse a ela, tocada pela intensidade de sua emoção. Emoção por minha causa. — Prometo. Não vou mais.

Era fácil para mim escolher agora entre Thomas e as Meninas do Billings. Thomas tinha facilitado as coisas. Apesar de todo aquele papo de não querer que eu sofresse nas mãos das Meninas do Billings, ele é que tinha estragado tudo. Eu não iria deixar que repetisse a dose. Por mais que ele me pedisse. Dessa vez seria forte.

— Não vejo ninguém — disse Ariana, olhando a área ao lado do prédio.

— Vamos — disse Noelle.

Elas me acompanharam para além da segurança que o prédio do Billings representava e passaram pelo pátio aberto onde podiam ter sido flagradas por várias autoridades, para terem certeza de que eu iria chegar bem ao meu alojamento. Nós nos despedimos, entrei com todo o cuidado e subi para o banheiro para limpar meu joelho machucado. Cada vez que estremecia ao me lembrar do rosto de Thomas, repetia para mim mesma que bastava. Se ele suplicasse o meu perdão de novo, eu só precisaria me lembrar dessa dor.

Constance continuava apagada quando entrei pé ante pé, mas não me despi, sem querer correr o risco de acordá-la e ter de explicar aonde eu tinha ido. Tirei os sapatos e me meti debaixo das cobertas ainda vestida.

Não iria conseguir pegar no sono. Estava muito agitada. Fiquei pensando o tempo todo no que Noelle e Ariana tinham dito. Como tinham sido protetoras. Como haviam demonstrado claramente que se preocupavam comigo. Eu tinha voltado a ser amiga das Meninas do Billings. Ainda tinha esperança de ter um futuro.

E isso única e exclusivamente graças a Thomas Pearson e seu temperamento psicótico.

VISITA INESPERADA

Vesti-me depressa na manhã de sexta-feira enquanto Constance cantava baixinho ao som do rádio e dançava pelo quarto, colocando os brincos e ajeitando os cabelos. Eu não tinha pregado olho. Nem por um minuto. Estava exausta, mas bem disposta. Naquele dia, voltaria à mesa do Alojamento Billings. Seria um recomeço.

Vesti meu jeans com todo o cuidado por cima do joelho machucado e tinha acabado de abotoar o cós quando ouvi alguém bater à porta.

Constance me lançou um olhar intrigado. A maioria das meninas do nosso andar entrava direto nos quartos. Ela abriu a porta e ficou paralisada ao ver Thomas parado ali. Entendi perfeitamente essa reação. Eu também fiquei sem fôlego.

— Oi — disse Thomas a ela.

Estava com as mesmas roupas da noite anterior e os olhos vermelhos e lacrimejantes.

— Posso entrar? — pediu a mim.

Abri a boca, mas não disse nada. De alguma forma, ele interpretou isso como um convite.

Constance recuou, sem nada dizer, quando ele entrou em nosso quarto.

— Você estava saindo para tomar café, não estava? — disse Thomas a Constance, sem deixar lugar para dúvida.

— Hã... — Constance me lançou um olhar preocupado. Fiz um sinal com a cabeça para ela, insinuando que podia ir. Fosse o que fosse acontecer, eu não queria que ela testemunhasse e contasse para a escola inteira.

— Tá bem — disse ela, pegando a mochila. — Até mais. — Fechou a porta atrás de si, provavelmente aliviada por não poder ser envolvida se alguém nos surpreendesse. Afundei na minha cama, sentindo-me fraca.

— O que veio fazer aqui? — murmurei.

Não queria ficar sozinha com ele. Sentia-me encurralada e presa. Olhei para a porta e me perguntei se ele tentaria me deter se eu fizesse menção de sair. Imaginei-o agarrando meu pulso, me segurando ali, e fiquei onde estava.

— Reed, por favor, escute o que vou dizer — disse Thomas, sentando-se nos pés da minha cama. Imediatamente me encolhi no canto do quarto. Thomas ficou cabisbaixo. Depois se levantou e sentou-se no colchão de Constance. — É melhor assim? — indagou.

Soltei um suspiro.

— Um pouco.

Ainda de cabeça baixa, ele suspirou.

— Acho que mereço isso.

Você acha? Acha mesmo?

Ele olhou para mim, seus olhos castanhos suplicantes.

— Juro por Deus, Reed, eu não queria gritar com você daquele jeito. Eu não sabia que você iria tropeçar.

Fiquei olhando para ele, surpresa. O que devia dizer? *Ah, tudo bem, não foi nada?*

— Não sei o que me deu ontem à noite, Reed. Eu... — ele parou e esfregou as mãos no rosto, passando-as pelos cabelos em seguida. Como sempre, eles ficaram instantaneamente arrumados. — Não, é mentira minha. Eu sei o que houve — falou.

Eu estava em parte atenta, e em parte planejando minha rota de fuga.

— Eu... eu tenho um problema, sabe — disse Thomas, unindo as mãos. — De intolerância ao álcool.

Por algum motivo essa explicação me fez descontrair alguns músculos.

— Não vai dizer nada? — perguntou.

— O que quer que eu diga? Dã?

Thomas piscou. Um a zero para Reed. Até desejei que Noelle estivesse ali para ouvir aquela.

— Acho que mereci essa também — disse ele, com um sorrisinho malandro. E por algum motivo, não pude deixar de sorrir também. Devagar, estendi as pernas e me sentei com elas cruzadas, observando-o. Era impressionante como ele estava diferente da noite passada. Sua linguagem corporal estava totalmente transformada. Não se via um sinal sequer de beligerância. Ele parecia o Thomas. O Thomas normal. O *meu* Thomas.

Mas ele vendia drogas. Era um mentiroso. E um bêbado violento. Eu tinha que me lembrar dessas coisas.

— Está no meu sangue — continuou ele. — Sei que não é desculpa. Não é. Eu só... Eu sei que preciso de ajuda. Sei disso. Quer dizer, meu Deus, fiquei esses anos todos desejando que meus pais fizessem isso, então que tipo de hipócrita eu seria se também não fizesse?

— Então vai... para alguma clínica se reabilitar? — perguntei.

Thomas deixou escapar uma risada estranha.

— Até que gostaria. Gostaria mesmo. Mas não dá. Senão meus pais iriam descobrir. Só vou me tornar maior de idade daqui a seis meses — disse ele, olhando-me nos olhos. — E não posso contar isso a eles. Eles só vão rir e esquecer tudo. Só vão me dizer para aguentar o tranco, como homem. — Fiquei morrendo de pena dele nesse momento. Ele parecia tão vulnerável. E assustado. Como um menininho decepcionado pelos pais pela milionésima vez. Queria ajuda, mas não podia nem pedir aos pais. Ele deve ter notado a mudança em minha expressão, porque voltou para a minha cama. Não me encolhi quando ele estendeu os braços para pegar minhas mãos. Por um instante, ele olhou para os nossos dedos.

— Sei que não vai me perdoar — disse. — Mas preciso resolver isso, e não dá para resolver sem você, Reed — completou ele, olhando-me nos olhos. Engoliu em seco. — Eu... eu preciso de sua ajuda. Por favor, se não me ajudar nessa, eu não... não sei o que vai ser de mim.

Uma lágrima escapou e, antes que eu percebesse, ele já estava chorando. Chorando de verdade. Ele inclinou-se em minha direção e eu estendi os braços para ele. Abracei-o. Deixei-o chorar no meu ombro. Como é que podia ter pensado em dar as costas a ele? Thomas precisava de ajuda.

— Sinto muito mesmo, Reed. Juro que nunca seria capaz de te machucar — disse Thomas. — Por favor. Precisa acreditar em mim.

Ele olhou para mim, com seus olhos lindos avermelhados. Parecia tão indefeso. Tinha tanto medo de que eu não o perdoasse que nesse momento senti vergonha. Vergonha de ter sido tão desleal. O jeito como ele tinha se comportado comigo havia sido um acidente. Um erro. Todos cometem erros. E além do mais ele me amava. Eu sabia que ele me amava. Eu era tudo que ele tinha.

— Está bem. Eu vou. Em tudo que precisar.

— Obrigado — disse Thomas, chorando contra o meu suéter.

Enquanto ele ia se acalmando, fiquei ali sentada, pensando em Noelle. Sabia o que ela faria nesta situação. Seria forte. Ela se levantaria e o mandaria para o inferno. Diria que não precisava desse tipo de problema em sua vida. Mas eu só queria continuar abraçando Thomas. Eu queria que ambos sentíssemos que tudo voltaria a ficar bem.

Por fim, Thomas soltou um profundo suspiro e sentou-se. Enxugou os olhos e me lançou um sorriso constrangido. Mas até mesmo de nariz vermelho e com o rosto marcado pelas lágrimas ele ainda era lindo. Tão incrivelmente, espantosamente lindo.

— Você está melhor? — perguntei, o coração pesado.

— Vou ficar. Agora. — E deu mais um suspiro profundo, exalando o ar em seguida. — Escuta... tem mais uma coisa. Sei que não tenho direito de pedir isso, mas gostaria... gostaria que você viesse ao *brunch* comigo e meus pais amanhã — disse ele. — Meus pais esperam conhecê-la, e eu sei que vão adorá-la.

Ele estava certo. Não tinha o menor direito de me pedir isso. Mas estava sendo tão sincero... Tinha se mostrado tão arrependido, triste e penitente. Estava colocando o coração aos meus pés, e eu não tive forças para esmagá-lo.

Nem mesmo com a voz de Noelle soando aos meus ouvidos. Dizendo-me que se eu falasse com ele outra vez...

— Está bem — disse com a garganta seca. — Eu vou.

Todo o corpo de Thomas descontraiu-se. Seu sorriso de gratidão tocou meu coração e eu vi naquele instante que faria tudo por ele. Eu o amava de verdade. Nada que tinha acontecido mudava isso. Eu enfrentaria tudo o que viesse. Esse pensamento me deixou ao mesmo tempo empolgada e petrificada.

— Obrigado — disse ele, aproximando-se para beijar a minha testa. Fechei os olhos e procurei não chorar. Ele tornou a me beijar, nos lábios dessa vez, depois saiu.

VERGONHA

Quando saí pela porta dos fundos do Alojamento Bradwell sozinha, quinze minutos depois, estava ao mesmo tempo física e emocionalmente exausta, assim como completamente despreparada para o que vi. Uma multidão de estudantes se encontrava em torno do Alojamento Billings, e o grupo crescia a cada segundo que passava. O que tinha acontecido dessa vez? Minha pressão sanguínea elevou-se enquanto eu me unia à confusão. Rapidamente encontrei Constance, Diana e Missy no meio da multidão.

— O que está havendo? — perguntei.

— Ei, você está bem? — indagou Constance, em tom preocupado.

Levei um segundo para perceber que ela estava falando da visita de Thomas. Dois segundos de curiosidade, e eu já tinha me esquecido dele.

— Estou bem, sim. O que houve?

— Vão expulsá-la. A menina do Billings — disse-me Constance, com os olhos arregalados.

Senti as minhas entranhas se revirarem, e, durante uma fração de segundo, me deu um branco. Não sabia por quê, mas as únicas meninas do Billings que consegui imaginar foram Ariana e Noelle.

— Quem? — indaguei.

Missy revirou os olhos.

— Leanne Shore. Tente se manter informada, Brennan.

Fingi não ter escutado o comentário dela, sentindo o alívio invadir-me. Mas é claro. Leanne. Por que minha mente tinha ido para outro lado? Procurei na multidão por Ariana e as outras, imaginando onde estariam, o que achavam de tudo aquilo. Não vi nenhum sinal delas.

— E aí, o que houve? Ela confessou? — perguntou Diana, na ponta dos pés, numa tentativa inútil de ver acima de dúzias de jovens diante de nós.

— Não! Encontraram as colas — disse Constance. — Ouvi de uma das meninas do *The Chronicle*.

— A idiota nem mesmo queimou as provas — falou Missy, fingindo ser solidária e olhando firme para a porta da frente. — Não admira que ela tenha precisado colar.

— Acha que Noelle e as outras estão bem? — perguntou-me Constance. — Acha que ficaram chateadas?

— Por quê?

— Porque, sabe como é, elas todas são colegas de alojamento — disse Constance. — Devem estar pirando.

Missy prendeu o riso, mas dessa vez achei que ela tinha razão. A última coisa que qualquer daquelas meninas faria neste momento seria ter chilique. Noelle estava provavelmente dançando de alegria em algum lugar.

— Sei lá. Não creio que elas fossem assim tão chegadas — falei, diplomaticamente.

Um silêncio absoluto se fez na multidão quando as portas da frente do alojamento se abriram de supetão. Constance subiu no braço do banco de pedra atrás de nós, que já estava cheio de gente, e me puxou lá para cima também. Fiquei pasma com a insaciabilidade dela, mas impressionada com seu afinco. Juntas nos equilibramos ali, o que nos proporcionou uma visão panorâmica perfeita de todas as fases do processo.

Leanne foi a primeira a sair, seguida por duas pessoas que presumi serem seus pais. Vários componentes do quadro da Easton vinham atrás delas, com malas e caixas. Leanne estava branca como um fantasma.

— Tchauzinho, fracassada —, disse alguém. Alguém cuja voz se parecia muito com a de Noelle. Rapidamente eu a localizei com as outras bem no meio, na parte da frente, e vi que era mesmo Noelle acenando para Leanne.

Algumas pessoas na multidão soltavam risadinhas. O andar de Leanne mudava de vez em quando, ligeiramente, e eu percebia que ela estava escutando. Que coisa mais horrível. Por mais que eu não suportasse aquela menina, nunca teria desejado isso, nem para ela, nem para ninguém. Por que é que precisavam fazer isso agora, com todo mundo olhando? Por que ninguém vinha dispersar a multidão, mandando-nos tomar o café da manhã?

— Eles querem que vejamos isso — disse uma das meninas no banco, como se lesse meus pensamentos. — Pensam que fazendo assim vão nos ensinar uma lição ou algo parecido.

— Bom, eu sei que jamais vou quebrar o código de honra — disse sua amiga. — Por isso acho que o Diretor Marcus fez muitíssimo bem.

Exatamente neste ponto houve uma comoção na frente da multidão. Vi Natasha empurrando várias pessoas pelo caminho, na direção de Noelle. Dava para notar que ela estava praticamente soltando fogo pelas ventas. Pulei do banco e comecei a empurrar todo mundo também para chegar onde estavam minhas amigas.

— Reed? Aonde vai? — Constance gritou.

— Já volto — respondi.

Cheguei exatamente na mesma hora que Natasha, eu atrás de Taylor, ela bem diante de Noelle.

— Que diabo está acontecendo, Noelle? — disse Natasha, arquejante.

— Não ouviu dizer? Sua colega vai voltar para casa — disse Noelle, inocentemente. — Ela quebrou o código de honra.

— Não quebrou nada — disse Natasha.

As sobrancelhas de Noelle ergueram-se.

— Estou chocada, Srta. Crenshaw! Está insinuando que a Diretoria cometeu um erro? — retrucou ela. — Porque se eu fosse você, pensaria duas vezes antes de fazer uma acusação dessas.

— Não estou acusando a Diretoria. Estou acusando você — gritou Natasha.

Olhei para Taylor, mas ela não tinha me notado ali. Que diabo significava tudo aquilo?

— Pode ser que queira pensar duas vezes no assunto, Natasha — disse Kiran, intervindo. Ariana tocou-lhe o braço e sacudiu a cabeça como se o confronto fosse muito inconveniente.

Pela primeira vez notei incerteza nos olhos de Natasha. Ela olhou de relance para Kiran, Ariana e Taylor. Depois deslocou o olhar para mim, e deve ter pensado que eu concordava com as outras, como se também estivesse na mira do seu julgamento. Depois fez cara de repulsa e retirou-se, sabiamente, na minha opinião.

Quando ela foi embora, minha cabeça encheu-se de perguntas, mas fiquei de boca fechada. Logo a bagagem de Leanne já estava toda no carro, e ela tomou o caminho de volta para o lugar de onde tinha vindo. Depois que os alunos começaram a se dispersar, reuni coragem e falei:

— Do que ela estava falando? — perguntei.

Noelle, Ariana, Kiran e Taylor todas se viraram para mim e me olharam, inexpressivas.

— Você adoraria saber, não é, Voyeur? — perguntou Noelle.

Kiran deu um sorrisinho malicioso. Ariana olhou para algum ponto atrás de mim. Taylor desviou o olhar depressa.

— Qu... que foi?

Eu não fazia ideia do que mais iria dizer. Uma pontada fria de medo começou a descer pela minha espinha.

— Eu vi Thomas, Reed — disse Ariana. — Eu o vi saindo do seu alojamento esta manhã.

Meu coração ficou apertado, do tamanho de um caroço de pêssego podre.

— Ele só veio...

— Pensei que tivesse lhe dito para nunca mais falar com ele — disse Noelle. — Ou será que isso foi só uma outra coisa que decidiu que não podia fazer?

Ai, ai, ai, ai, ai. Então elas não haviam me perdoado pela minha recusa de pôr álcool no café do Barber. Ou tinham, mas agora eu havia estragado tudo de novo.

— Eu não pedi para ele vir aqui — falei, bruscamente. — Ele simplesmente apareceu sem ser convidado. Juro, Noelle. Eu nem queria falar com ele.

— Coisa mais lamentável — disse Kiran. — Ela não consegue ficar longe dele. Bem que eu te avisei.

Meu rosto ardeu quando ouvi que elas tinham conversado sobre mim. Conversado e me analisado, com relação a noite passada.

— Vocês não entendem — falei.

Noelle semicerrou os olhos, fitando-me com pura aversão. Eu estava suplicando em prol da minha vida naquele momento, e ela sabia disso. E não gostou.

— Estou entediada — disse Kiran, com um suspiro.

— Muito entediada — repetiu Taylor.

— Senhoras? — disse Noelle.

— Noelle — pedi, dominada pelo desespero. Meu mundo inteiro estava mudando diante de mim. — Ariana, você não pode...

Mas elas fingiram que não estavam me ouvindo, seus olhares me atravessando como se nem mesmo estivesse ali. Noelle virou-se e Ariana, Kiran e Taylor se alinharam ao seu redor, dirigindo-se para a aula. Exatamente dessa forma. Sem mim.

SOZINHA

Naquela tarde, cada um dos meus professores começou com um discurso alertando que não permitíssemos que o recente escândalo desviasse nossa atenção do estudo, mas mesmo assim, durante as aulas, todos ficaram cochichando entre si. Os instrutores passaram tanto tempo dando advertências às pessoas por trocarem fofocas que nem pareceram me notar olhando pela janela, imaginando onde é que tudo tinha começado a dar errado. Será que eu devia ter expulsado Thomas do meu quarto naquela manhã? Provavelmente. Mas Ariana ainda poderia tê-lo visto saindo e presumido que eu havia falado com ele. Talvez se eu pudesse simplesmente falar com uma delas, qualquer uma delas, a sós, pudesse explicar. Se elas ao menos me escutassem e percebessem que Thomas havia me encostado na parede, talvez eu ainda pudesse recuperar a amizade delas.

Mas aí, naturalmente, havia o pequeno problema que era Thomas em si. O fato de eu ter lhe dito que o ajudaria. Eu tinha dito que ia lhe dar apoio. Não dava para ficar com ele e as Meninas do Billings, isso eu sabia perfeitamente bem. E agora, o que faria?

Só para tornar meu isolamento mais completo, Thomas desapareceu durante o resto do dia. Normalmente eu o via nos corredores entre as aulas ou relaxando no pátio antes que tocasse o sinal, mas ele não estava em lugar algum. Eu olhava o celular para ver se havia chegado alguma mensagem a cada cinco minutos, mas nada. Até mesmo ver a tela em branco me deprimia, quase tanto quanto as palavras "Telefone da Voyeur", que eu não havia mudado porque aquilo tinha começado a virar uma piadinha pessoal entre mim e Noelle. Só que agora simplesmente parecia uma piada cruel.

Voltando ao Bradwell depois do jantar, mantive o celular no bolso e fiquei escutando para ver se ouvia a campainha do telefone do saguão, mas tudo estava em silêncio. Até mesmo o alojamento estava mais silencioso do que o normal, porque várias de minhas colegas de andar tinham saído para jantar com os pais. A maioria das famílias chegaria no sábado para os serviços matinais seguidos do *brunch*, mas alguns tinham vindo cedo para levar seus queridinhos para comer em restaurantes antigos iluminados à luz de velas. Pode-se pensar que isso faria eu me arrepender da decisão de pedir aos meus pais para não virem, mas fazia eu me sentir mais segura. Nós no máximo iríamos almoçar no Denny's à beira da estrada enquanto minha mãe pedia que transformassem seu café puro em irlandês e me arrasava por pensar que eu era melhor que ela.

Com um suspiro, levantei-me da cama e me sentei no peitoril da janela. O quarto de Ariana estava escuro como breu. A maior parte das janelas do Billings estava. Mais ausências causadas pela visita de fim de semana dos pais. Tirei meu telefone do bolso e fiquei contemplando-o, me sentindo desesperada. Precisava falar com alguém.

Inspirei profundamente e decidi começar pelo fim. Iria ligar para Taylor. Era a pessoa que mais provavelmente me emprestaria um ombro amigo. E talvez, se estivesse com os pais, estaria mais inclinada a me tratar bem.

Estava me agarrando a qualquer fio de esperança.

Apertei o botão de chamada rápida quatro. Noelle tinha pré-programado os números para mim. Ela era um. Ariana era dois. Kiran era três. Taylor, quatro.

Prendi a respiração quando o telefone tocou uma, duas, três vezes. Aí entrou o correio de voz: "Oi! Este é o celular da Taylor! Deixe uma mensagem, por favor!"

Desliguei antes do bip. Sentindo-me mais corajosa, tentei Kiran. Um outro correio de voz.

— É a Kiran — disse ela, soando entediada. — Se não souber o que fazer ao ouvir o bip, não posso te ajudar.

Desliguei. Uma pontada de raiva agora começava a crescer dentro de mim. Como é que podiam me ignorar assim? Será que tinham combinado de não atender às minhas ligações? Trêmula, disquei para Ariana. Seu correio de voz atendeu no ato. Desliguei antes que a voz gravada tivesse terminado de pronunciar a primeira palavra, e joguei meu telefone na cama de Constance, irritada — com elas, sim, mas ainda mais comigo.

Dane-se o mundo.

Levantei-me, peguei o celular, e estava para discar para Noelle quando a porta se abriu de repente, fazendo meu coração disparar. Constance entrou pulando, vermelha de entusiasmo.

— Ei! Vamos assistir a um DVD. Quer vir? — perguntou.
Não. Quero ficar aqui sofrendo.
— Obrigada pelo convite — disse. — Preciso dar uns telefonemas.
— Venha, Reed. Lorna desencavou toda a coleção da Reese Witherspoon, e as meninas já estão brigando para escolher o que assistir — disse Constance.
— Não dá — falei. Estava torcendo para ela ir embora. Quanto mais ela ficasse ali, mais tempo me impediria de ligar para Noelle. De suplicar para ela salvar minha vida.
— Vamos! — tentou persuadir-me Constance. — Vai ser divertido! Você vai ser o voto de Minerva!
— Eu já disse que *não* — repliquei, de má vontade.
Na hora me arrependi disso. Constance olhou-me como se eu tivesse acabado de lhe dar uma bofetada. Desde que eu tinha chegado ali ela só havia sido otimista, gentil e solícita. E eu não dava a menor bola para ela.
— Constance...
— Não, tudo bem — disse ela, pegando um suéter em cima da cama. — Pode ligar para as suas *amigas*.
Deu-me as costas e, pela primeira vez, desde o dia em que a conhecera, bateu a porta.
E fiquei ali, sozinha no meu quarto, agarrada ao meu celular, escutando os risos e as conversas do outro lado da parede.

OS PEARSON

Às sete da manhã de sábado, cheguei ao fim da calçada que levava ao Alojamento Ketlar, arrumada como nunca havia me arrumado antes. Não sabia se Kiran ainda gostaria de me ver usando suas roupas, mas tinha decidido arriscar. Para sobreviver àquele dia, precisava ser uma outra pessoa. E, com essa roupa, eu me sentia outra pessoa. Naturalmente, meu coração ainda batia com força, de tanto nervosismo. Estava para conhecer os pais de Thomas, os mal-afamados Lawrence e Trina. Como é que não estaria com medo?

Era uma manhã de outono belíssima, nítida e cristalina. Por toda parte os alunos cumprimentavam seus pais com apertos de mão e abraços antes de levá-los até a capela para os serviços matinais. Procurei Thomas por ali, mas não o encontrei. Entretanto, vi seus pais. Mais óbvio do que aquilo, só se o nome Pearson estivesse carimbado em suas testas. O pai estava no final da calçada, o punho do terno cinza muito bem cortado subindo cada vez que ele conferia a hora em seu Movado. Era a cara de Thomas, só um pouco mais alto e corpulento, com algumas rugas em torno dos olhos. A mãe estava sentada na beirada de um banco atrás dele, o rosto contraído e os cabelos tingidos de ruivo presos em um coque na nuca. Ela estava de terninho risca de giz e sapatos de couro de salto perfeitos que combinavam com sua bolsa de couro perfeita. Ela parecia, em uma só palavra, entediada.

Thomas estava claramente atrasado. Eu sentia vontade de matá-lo por me colocar nessa situação constrangedora. Nunca tinha sido boa para me apresentar às pessoas, principalmente adultos. Durante alguns instantes, esperei que eles me vissem. Afinal, eles sabiam que eu viria. Thomas devia ter me descrito para eles. Não era responsabilidade do adulto se aproximar dos jovens?

Mas quanto mais eu esperava, mais a área se esvaziava, e logo me senti tão em destaque que não consegui mais aguentar. Pensando na sofisticação tranquila de Kiran, e na autoconfiança de Noelle, dei um sorriso meio forçado e me virei para o pai de Thomas. Ei, eu ainda podia imitá-las, mesmo que elas me odiassem.

— Olá! Você deve ser o Sr. Pearson — disse, avançando na direção dele.

Ele me olhou de cima até embaixo, franzindo a testa. Atrás dele, a esposa ficou de pé, equilibrando-se nos saltos.

— Sim. E você...?

— Reed Brennan.

Nem sinal de que já tinham ouvido falar de mim. Comecei a suar de nervoso.

— A...

A palavra não saía. Descobri que, quando os notórios Pearson me encaravam, eu não conseguia pronunciá-la.

— A... o quê, querida? — disse Trina, pegando o braço do marido.

— A amiga do Thomas — disse, afinal. *Quero sair daqui. Agora.* — Ele não... pensei que ele tivesse lhes dito que eu iria participar do *brunch* com vocês.

Seu pai suspirou.

— Não disse, não. Mas Thomas é assim mesmo. Não estou nem um pouco surpreso.

Não podia acreditar nisso. Thomas tinha lhes contado tudo a meu respeito. Eu era a primeira namorada que ele queria que eles conhecessem. Estavam empolgados para me conhecer. Mais mentiras. Fiquei olhando para a porta do Ketlar, desejando que Thomas aparecesse. Se ele estivesse ali dentro, fingindo que tinha ficado doente, e me deixando enfrentar sozinha aquelas pessoas que nem mesmo sabiam da minha existência, era o maior covarde que já havia pisado no planeta Terra.

Mas ele não iria fazer isso comigo. Não iria. Não depois de tudo. Não depois de sua confissão, seu pedido de desculpas. Alguma coisa devia estar errada.

Peguei meu celular e liguei para Thomas, apertando o botão de discagem rápida. Sorri para os seus pais, depois lhes dei as costas. O telefone foi direto para o correio de voz, e fechei o celular. Pela primeira vez, desejei ter o número do seu outro celular. Qualquer coisa para encontrá-lo.

— Onde está Thomas, querida? — perguntou a mãe, examinando-me atentamente. Guardei o celular.

— Sei lá. Ele deve ter se atrasado — disse. Procurei inventar alguma desculpa. — Ele... hã... tinha um trabalho bem grande para entregar, e sei que deve ter ficado estudando até tarde ontem.

— Thomas? Estudando até tarde? Essa é boa — disse o pai.

Meu rosto pegou fogo. Eu não sabia mentir. Mal conseguia enfrentar meus próprios pais. Nesse momento, os sinos da capela tocaram, indicando que os serviços matinais iriam começar. Olhei em volta. O pátio inteiro estava deserto.

O tom do sino reverberou pelos meus ossos enquanto eu olhava para os beirais altos do Alojamento Ketlar. Já fazia quase 24 horas que eu não falava com Thomas. Não o tinha visto desde sua visita na manhã anterior. De alguma maneira, eu sabia que Thomas não estava entre aquelas paredes, olhando para fora. Lá bem no fundo sabia disso.

— Agora já chega. Vou entrar e arrastá-lo para fora, se for preciso — disse o Sr. Pearson.

Quis protestar. Dizer que eu iria. Mas ele já havia começado a caminhar como um touro, e estava a meio caminho do alojamento. A Sra. Pearson suspirou profundamente, e eu lhe lancei um sorriso de quem pede desculpas, que ela ignorou completamente. Quanto mais tempo esperávamos ali sozinhas, mais rápido meu coração batia. Alguma coisa estava errada. Muito, muito errada.

Eu tinha esperança de que o Sr. Pearson saísse segurando Thomas pelo cangote, ainda de cuecas ou pijamas, ou seja lá qual fosse a roupa com que um cara assim dormia. Mas momentos depois, quando o Sr. Pearson apareceu, estava vermelho de raiva e completamente só.

Thomas tinha desaparecido.

UMA MENSAGEM

Durante os serviços matinais, sentei-me em silêncio com Constance e os pais dela — um homem imenso com uma cabeça imensa, e uma mulher minúscula que ele ofuscava completamente. Constance não falou comigo durante a manhã inteira, e tinha saído do quarto para ir se encontrar com os pais antes mesmo de eu tomar minha ducha. Mas quando me sentei ao seu lado na capela, ela viu com atenção minha roupa, e me lançou um olhar de quem estava impressionada. Interpretei isso como um bom sinal. Talvez o estrago da noite anterior não fosse irreversível.

Enquanto o Sr. Talbot continuamente se inclinava para falar com a filha e fazer perguntas sobre o serviço a todo volume, passei metade do tempo esticando o pescoço para ver se Thomas já havia chegado. Seus pais estavam de pé no fundo do auditório, com uma expressão amargurada e impiedosa. De vez em quando eu me virava, e pegava a mãe dele olhando para mim com petulância. Como se eu tivesse alguma culpa pela desfeita de seu filho. Cada vez que eu encontrava o seu olhar, empalidecia e me dizia para não virar mais em sua direção, mas não conseguia. Fiquei olhando até o discurso final do diretor.

Thomas não deu as caras.

Quando os serviços terminaram, saí me esgueirando através da multidão, tentando encontrar Josh, mas o muro que as famílias formavam fechou-se ao meu redor e eu o perdi de vista junto com seus pais. Logo me vi voltando para o Alojamento Bradwell sozinha, e refletindo sobre meu próximo passo. Já havia tentado o telefone de Thomas uma dúzia de vezes. Que mais poderia fazer? Entrar em seu quarto e procurar por pistas? Aonde ele teria ido? E por que ele não tinha me dito que iria embora?

Quando entrei em Bradwell, vi Constance e seus pais esperando o elevador. A última coisa que eu queria era subir naquele espaço claustrofóbico com um homem imenso e sua filha que podia estar de mal comigo. Aquilo poderia me fazer perder a paciência. Virei-me e saí empurrando as pessoas até chegar às escadas, subindo os degraus de dois em dois. Talvez Thomas tivesse deixado algum recado na minha porta. Ou talvez até estivesse se escondendo em meu quarto.

Eu tinha direito de ter esperança.

Cheguei à nossa porta, toda suada e ofegante, na mesma hora que Constance. Ela estava sozinha. *Graças a Deus*.

— Onde estão seus pais? — perguntei, procurando recuperar o fôlego.

— Esperando no salão comunal — disse ela. — O que está acontecendo? Você está bem? Todos vimos os pais de Thomas durante os serviços. Alguma coisa aconteceu com ele?

Sei lá, droga. Mas aparentemente minha proximidade com a mais recente fofoca tinha lhe apagado da memória o fora da noite anterior.

— Tenho certeza de que ele está bem — menti.

Empurrei a porta do nosso quarto e congelamos ali mesmo. Toda a minha metade do quarto estava vazia. Tinham sumido os livros, os cartazes, os lençóis, os travesseiros, a bola de futebol. Não havia mais nada meu ali.

— Que é que...? — disse Constance.

— Ai, meu Deus — disse, baixinho. Senti o quarto começar a girar. — Ai, meu Deus.

— Fique calma — disse Constance, embora ela mesma parecesse estar longe de ficar calma. Olhamos para a cama sem lençóis, a escrivaninha agora sem nada em cima, o armário com seu enorme espaço vazio. Todos os meus pertences haviam desaparecido. Como se eu nunca tivesse estado ali. — Tem que haver uma explicação razoável para isso.

— Como por exemplo? — indaguei.

Sentia-me como se estivesse para ter um enfarte. Primeiro Thomas, e agora isso. Quanto uma menina poderia aguentar em uma só manhã?

Constance olhou para mim e mordeu o lábio.

— Suas notas melhoraram mesmo, né?

Por um segundo tudo ficou embaçado.

— Acha que me expulsaram?

— Não! Sei lá! — disse Constance, desesperada. — Eu só... Cadê todas as suas coisas?

— Preciso ir — falei, andando para a porta, com as pernas bambas. Sentia como se estivesse em um sonho. — Preciso falar... com alguém.

Naylor, talvez. O diretor? Quem as pessoas procuravam quando todas as suas coisas sumiam do quarto? Será que tinham mesmo me expulsado?

E foi aí que eu entendi. As Meninas do Billings. A acusação de Natasha. Sua insinuação de que Noelle tinha sido, de alguma forma, responsável pela expulsão de Leanne. Será que elas tinham conseguido me expulsar? Será que chegariam a esse ponto só porque eu tinha perdoado Thomas? Será que tinham influência para fazer aquilo?

Um nó imenso se formou no meu estômago. Achei que iria vomitar. Minha vida na Easton tinha terminado. Minhas esperanças, meus sonhos, meu futuro, tudo terminado.

— Quer que eu vá com você? — perguntou Constance.

— Não. Fique com seus pais. — respondi, conseguindo de alguma forma manter meus pensamentos lúcidos. — Eu... eu já volto.

Espero.

Saí cambaleando pelo corredor e desci as escadas com os joelhos fracos, quase caindo pelo menos três vezes. Lá fora, o sol me ofuscou e parei por um segundo, desorientada. Aonde estava indo? Precisava falar com alguém, mas quem? Como poderia resolver isso?

Exatamente nessa hora meu celular tocou, quase me matando de susto. Com as mãos trêmulas, peguei o aparelhinho no bolso para identificar quem estava ligando. Número restrito. Apertei o botão para falar, sem saber quem era, nem quem eu queria que fosse.

— Alô?

— O que está fazendo aí sozinha, Voyeur?

Meu coração disparou. Dei meia-volta e olhei para cima, para o prédio Billings. As cortinas estavam fechadas em todas as janelas, exceto uma. Ali, na vidraça do meio, estava Noelle, olhando para mim. Ela sorriu devagar e senti um arrepio avassalador de medo.

— Se quiser saber onde estão suas coisas, é melhor entrar aqui. Agora.

— *Vocês* estão com as minhas coisas? — perguntei.

Mas ela já havia desligado. Tornei a olhar para a janela, e Noelle ainda estava sorrindo. Ergueu a mão e curvou o dedo, chamando-me para entrar. E aí, devagarinho, as cortinas se fecharam.

BEM-VINDA AO BILLINGS

No momento em que entrei no Alojamento Billings, meu primeiro instinto foi correr. Quatorze meninas estavam de pé no vestíbulo, formando um semicírculo, com Noelle bem no meio. Com as cortinas cerradas, a sala estava mergulhada na penumbra. Velas tremeluziam no consolo da lareira e em todas as superfícies disponíveis. Cada uma das garotas segurava uma vela preta diante de si com ambas as mãos. Parei perto da porta, insegura. Será que era algum ritual de sacrifício? Matar a menina nova para eliminar a vergonha que ela representava para elas?

Noelle avançou um passo. Ela me entregou uma vela apagada, agarrou meu braço com força e me levou para o meio da sala. As meninas formaram um círculo apertado em volta de nós, a luz bruxuleante das velas contorcendo suas feições.

Corra. Fuja agora. Corra e nunca mais olhe para trás.

Noelle pegou minha mão com a vela e me obrigou a levantá-la. Inclinou sua vela contra o pavio da minha e acendeu-o. Meus dedos tremiam ao segurá-la. Minha boca estava com um gosto estranho e amargo. Noelle recuou e me encarou. Seus olhos estavam tão opacos quanto pedra desgastada. O que iriam fazer comigo? Por que eu estava ali?

— Nós, as mulheres do Alojamento Billings, acolhemos, você, Reed Brennan, em nosso círculo — disse Noelle.

Minha pulsação acelerou-se tanto que senti tontura e fraqueza. Todas as cores e rostos na sala misturaram-se, e tive que fazer força para respirar.

Acolhiam-me em seu círculo? O que significava isso? Será que significava que...

Encontrei Kiran em meio àquela luz difusa, e seu olhar franco me fortaleceu. Ao seu lado Taylor fazia força para prender um sorriso. Foi aí que tive certeza.

Eu tinha conseguido entrar no Alojamento Billings. Sem saber como, nem por quê, tinha sido escolhida para morar ali. Sim, elas tinham retirado minhas coisas do meu quarto, mas tinham-nas trazido para cá. Eu não tinha sido expulsa. Aliás, agora eu me sentia mais aceita do que jamais tinha me sentido na vida.

Agora era uma Menina do Billings.

Estava acontecendo. Estava acontecendo de verdade. Sem caber em mim de contentamento e alívio, procurei Ariana entre os rostos. Minha primeira amiga. Aquela que tinha me trazido para a mesa delas, que tinha começado tudo. Queria agradecer a ela com o olhar, mostrar a ela o que tudo isso significava para mim. Devia tudo a ela.

Mas quando a encontrei, ela estava me avaliando com o olhar de novo, exatamente como naquela primeira noite em que eu a tinha visto pela janela do Alojamento Bradwell. Com as sombras da luz das velas dançando sobre seu rosto, era díficil focalizá-la. A cada momento suas feições mudavam. Não reconheci nada em seu rosto, e me senti insegura.

É só Ariana. O que há de errado com você?

Noelle ficou ao meu lado, de frente para as outras. Eu olhava fixamente para a Ariana, atônita, incapaz de desviar os olhos. Estava ansiosa por vislumbrar a menina que eu conhecia, mas havia alguma coisa errada ali. Alguma coisa estranha.

— Senhoras? — disse Noelle.

— Bem-vinda, Reed! Bem-vinda ao nosso círculo! — gritaram elas em coro.

A chama de Ariana finalmente parou de tremeluzir, e eu consegui focalizar seu rosto com nitidez. Perdi o fôlego. Quando ela me olhou, eu também fui capaz de enxergar através dela. E tudo o que vi foi escuridão.

Noelle inclinou-se, chegando perto da minha orelha. Depois cochichou tão baixinho que pareceu estar apenas exalando o ar de leve.

— Você é uma de nós agora.

E depois disso as velas se apagaram, e a escuridão consumiu todas nós.

Este livro foi composto na tipologia
ClassGarmnd BT, em corpo 11/16, e impresso em
papel off-white no Sistema Digital Instant Duplex
da Divisão Gráfica da Distribuidora Record.